W0289746

Maria Heinrich

Kein normaler Arbeitstag

Tödlicher Triumph

Thriller

MARIA HEINRICH

THRILLER

KEIN NORMALER ARBEITSTAG

TÖDLICHER TRIUMPH

IMPRESSUM

1. Auflage 2023
Copyright © 2023 Maria Heinrich
c/o Autorenservice Gorischek
Am Rinnergrund 14/5
8101 Gratkorn, Österreich
mheinrich282@gmail.com

Lektorat, Korrektorat: Buchfein

Cover: BookCoverZone.com

Foto: Martin Jordan

Buchsatz: Constanze Kramer, coverboutique.de

Herausgeber: Independently published

ISBN 978-3-9505311-2-1

Die im Roman beschriebenen Personen und Geschehnisse sind fiktiv. Ähnlichkeiten mit lebenden oder verstorbenen Personen sind rein zufällig und nicht beabsichtigt. Viele erwähnte Orte existieren in der Realität, wurden jedoch der fiktiven Handlung des Romans angepasst.

Alle Rechte vorbehalten. Das vorliegende Werk darf weder in seiner Gesamtheit noch in seinen Teilen ohne vorherige schriftliche Zustimmung der Rechteinhaber in welcher Form auch immer veröffentlicht werden. Das betrifft insbesondere jedoch nicht ausschließlich elektronische, mechanische, physische, audiovisuelle oder anderweitige Reproduktion oder Speicherung und oder Übertragung des Werkes sowie Übersetzungen. Davon ausgenommen sind kurze Auszüge, die zum Zwecke der Rezension entnommen werden.

ÜBER DIE AUTORIN

Maria Heinrich wächst in Wien auf und bleibt der Region und ihren Menschen immer eng verbunden.

Ihre Berufswahl führt sie in die Informatikbranche. Nach Jahren in der Softwareentwicklung arbeitet sie in einem internationalen Konzern als Projekt-Managerin und Business Consultant. Mit der ersten Führungsposition entdeckt sie ihre Begeisterung für das Management. Es folgen leitende Positionen im Vertrieb, in der Personalabteilung und im Projektgeschäft.

Besonderes Augenmerk legt Maria Heinrich auf das Coaching und die Weiterentwicklung von jungen Talenten.

»Die fesselndsten Geschichten schreibt das Leben.«

Das Lesen und Schreiben von Romanen waren ein willkommener Ausgleich zur hektischen Arbeitswelt. Manch ein berufliches Erlebnis ist die Quelle von Ideen für eine spannende Erzählung. Ein Blick auf das Innenleben von internationalen Konzernen und wie Karriere wirklich funktioniert.

In ihren packenden Thrillern führt Maria Heinrich in die Welt von Intrigen und Verbrechen und fesselt durch die realitätsnahe Beschreibung und durch starke weibliche Hauptcharaktere.

Wem denn sonst als dir?
Du schenkst mir Liebe, Vertrauen und das Gefühl,
angekommen zu sein.

KAPITEL 1

»Jetzt ist aus dem Tag doch noch etwas geworden, das hat wohl keiner mehr geglaubt.« Horst Waberer lehnte sich genüsslich auf dem Campingstuhl zurück, der unter seiner Last ächzte.

»Und ihr müsst zugeben, das waren die besten Grillerdäpfel, die ihr je gegessen habt.« Zustimmendes Gemurmel erklang, aber das war ihm zu wenig enthusiastisch, denn er fuhr fort: »So sagt schon, bin ich der beste Grillmeister aller Zeiten?«

»Ja, Horst, das bist du«, Lilos dunkle Stimme klang erschöpft.

»Auf alle Fälle, Herr Waberer. Das haben Sie hervorragend gemacht.« Der lächelnde Mann streckte ihm ein Glas entgegen. Horst nahm seines vom Boden auf, wobei er leicht schwankte, und stieß es fest gegen jenes des Kollegen. Ein kleines Wunder, dass keines der Gläser zersprang.

»Du bist schwer in Ordnung, wie heißt du noch einmal?«

Horst sollte lieber zu trinken aufhören, das hörte sich nicht mehr gut an. Ana hätte ihm gerne sein Glas weggenommen, was sie sich aber verkniff.

»Anton Huber ist mein Name.«

»Ah ja, Toni. Ich darf doch Toni sagen? Ich bin der Horst.«

Anton Huber schob die Unterlippe vor. »Von mir aus. Eigentlich rufen mich alle Anton, aber wenn es dir Freude bereitet, nenn mich Toni.«

»Der Toni von der Softwarebude, der gefällt mir. Was hat denn der Toni für einen Job?«

»Ich leite das Consulting.«

»Ah. Jetzt, wo Leo in Pension geht, machst du dir bestimmt Hoffnung auf seinen Vertriebsleiterjob.« Horst hielt sein Glas in die Höhe und brüllte: »Leo, schau mal her, hier hockt dein Nachfolger!«

Der Vertriebschef beobachtete gebannt die Flammen und ignorierte ihn. Neben ihm saß Pat, die CEO der Firma, und runzelte ihre Stirn.

Anton wippte unruhig. Er kratzte sich am Kopf und fuhr sich mit der Zunge über die Lippen. »Über den Vertriebsleiterjob habe ich bisher nicht nachgedacht, wir haben doch heute erst erfahren, dass sich Leo Jäger zurückzieht.«

Horst schlug sich auf den Schenkel und lachte, als sei das der beste Witz aller Zeiten gewesen. Er benahm sich immer peinlicher. Der Leiter der Softwareentwicklung war als extrovertiert bekannt, allerdings charmant und gepflegt im Auftritt. Der Alkohol, den er genossen hatte, verwischte den Eindruck. Ana hatte ihn noch nie angeheitert erlebt.

Sie nippte an ihrem Mineralwasser. Das war das gefühlt zehnte Glas an diesem Abend. Sie lenkte ihre Aufmerksamkeit auf ihren Sitznachbarn. »Herr Wagner, ich bin neugierig. Haben Sie konkrete Pläne für Ihre Pension?«

Paul-Egon Wagner war einer der wenigen Kollegen, mit denen sie sich siezte, obwohl sie ihn seit Langem kannte. Das lag nicht an ihr. Er legte Wert auf berufliche Etikette, worunter er Distanz und eine altmodische Ausdrucksweise verstand.

»Ich werde Zeit in meine Interessen investieren, Frau Rubin. Speziell in die Literatur und in wissenschaftliche Themen werde ich mich vertiefen«, lautete seine Antwort. Herr Wagner senkte den Kopf und schloss die Unterhaltung ab.

Ana versuchte nochmals, ein Gespräch in Gang zu bringen: »Ich war überrascht, als Mark heute Ihre bevorstehende Pensionierung angekündigt hat. Haben Sie das seit Langem geplant?«

»Mark Hafer hat meinen Austritt angemessen bekannt gegeben. Wir hatten das selbstverständlich vorher abgestimmt.«

Ana unterdrückte ein Grinsen. Das waren typische Antworten des Kollegen, so gestelzt drückte nur er sich aus. Dabei sah er mit seinen widerspenstig abstehenden Haaren Albert Einstein ähnlich.

»Mark scheint Sie zu schätzen, er hat sich äußerst freundlich für Ihre langjährige Zusammenarbeit bedankt.«

»Das gehört nun mal zum guten Ton einer Verabschiedung. Beschwerden hätten mich überrascht. Ich war jederzeit bemüht, seine Entscheidungen bestmöglich umzusetzen.«

»Haben Sie früher persönlich mit ihm zusammengearbeitet?«

»Er war einige Zeit mein Vorgesetzter, bis er ins Ausland wechselte.« Herr Wagner lehnte sich zurück und betrachtete das knisternde Lagerfeuer. Eine eindeutige Geste, dass die Unterhaltung für ihn lang genug gedauert hatte.

Eine Weile schaute Ana ebenfalls dem Leuchten der Flammen zu. Die Holzscheite knisterten und manchmal flog ein Funke höher in die Luft. Bewusst schnupperte sie den Brandgeruch. Sie saß mit ihren Kollegen rund um den

Feuerplatz, der ihre einzige Lichtquelle war. Bis auf vereinzeltes Aufleuchten von Displays, wenn einer sein Handy checkte. Die Plaudereien verschmolzen in ein sympathisches Stimmengewirr. Rundherum war es dunkel, aber in einiger Entfernung schimmerte ein weiteres Lagerfeuer.

Der Abend war rasch verflogen. Sie hatte die Unterhaltung und die Neckereien genossen. Bald würde sie einen fixen Platz in dieser Managementgruppe einnehmen. Vorher musste sie ihre neue Aufgabe erfolgreich erledigen und dafür brauchte sie das Wohlwollen und die Unterstützung jedes Einzelnen. Sie unterdrückte ein Gähnen und streckte die Beine aus.

Die laute Stimme von Horst unterbrach die wohlige Atmosphäre. »Peter, auf dich trinke ich auch. Du hast es Mark heute ordentlich gegeben!«

Der Finanzchef antwortete bedächtig: »Wir waren aufgefordert, unsere Meinung zu äußern, das habe ich getan. Mehr nicht. Ich halte den Firmenkauf für begrüßenswert, wir bekommen neue Kunden und ein erweitertes Portfolio. Aber wir brauchen keinen zusätzlichen Managementoverhead, ich halte das Regionalmanagement für überflüssig.«

»Managementoverhead? Welch edle Ausdrucksweise. Du hast es im Workshop ›regionalen Wasserschädel‹ genannt!«

Alle lachten. Peter verzog sein Gesicht. »Das ist mir herausgerutscht. Er hat mich kleinkariert geheißen.«

Seine Reaktion konnte Ana nachempfinden. Für sie prägten zwei Merkmale den Finanzchef. Er war der beste Kopfrechner, den sie kannte, und er war die Besonnenheit in Person. Ihn brachte nichts so rasch aus der Fassung.

Doch Mark hatte gestichelt, bis Peter sich zu der emotionalen Äußerung hatte hinreißen lassen.

»Hast du erwartet, dass Mark seinen eigenen Superjob aus Kostengründen streicht, wenn du es verlangst?«, spöttelte Horst weiter.

Da beschwerte sich Lilo: »Hört endlich auf, über die Arbeit zu quatschen, ihr Streber! Das ist langweilig. Können wir bald zurückgehen? Mir ist schon richtig kalt.«

»Mädel, du hältst aber auch gar nichts aus. Es ist doch so eine milde Mainacht. Ich habe gehofft, wir schwimmen alle noch gemeinsam eine Runde.« Horst grinste breit herüber.

Lilo schüttelte sich empört, lächelte aber gleichzeitig kokett. »Dort drinnen?« Sie deutete in Richtung Donau, wo sich schwarzes Wasser und die Badeplattform vage abzeichneten. »Davon darfst du träumen, aber das spielt es nicht. Also, was ist, gehen wir zurück?«

Da ertönte Pats Stimme. »Ich denke, es ist wirklich an der Zeit, dass wir uns auf den Weg ins Hotel machen. Schließlich haben wir morgen einen anstrengenden Arbeitstag vor uns.« Die CEO der Firma war wie immer die Vernunft in Person.

»Jawohl, Chefin, aber eine Runde trinken wir noch als Wegzehrung. Da kann niemand was dagegen haben.« Horst stemmte sich mühsam in die Höhe und packte die Flasche, die in der Kühlbox stand. Er zerrte am Schraubverschluss und Ana fürchtete, dass er den Inhalt auf den Boden verschütten würde. Endlich fiel der Verschluss ab und landete auf der Erde. Unbekümmert schlurfte Horst von einem zum anderen und streckte jedem die Flasche hin.

»Na los, Tim, schlappmachen gilt nicht. Du möchtest doch eines Tages was werden. Nimm dir ein Beispiel an mir. Gib schon dein Glas her. Lilo, schieß ein Foto von Tim und mir.«

Die Angesprochene tippte sich an die Stirn und schüttelte den Kopf. »Ich stelle ausnahmslos Bilder ohne Alkohol ins Netz. Glaub mir, morgen bist du mir dankbar dafür.«

Tim verzog missbilligend sein Gesicht, aber er hielt Horst seinen Becher entgegen.

»Sehr brav, Herr Assistent. Und jetzt du.«

Ana schluckte schnell den Rest des Mineralwassers hinunter und streckte ihr Glas aus. »Sonst kriegst du noch Wasserflöhe«, ätzte Horst, zwinkerte ihr aber wohlwollend zu. Sie schnupperte an der klaren Flüssigkeit und Schärfe kroch die Nase empor.

Horst arbeitete sich von einem zum anderen rund um das Lagerfeuer vor. Sogar Pat reichte ihm ihr Glas und sagte: »Ich danke euch allen für diesen netten Abend, das war echt lustig. Auf unsere Zukunft und eine ausgezeichnete Zusammenarbeit! Ah, und natürlich auf unsere beiden Jungpensionisten! Ihr werdet uns fehlen.«

»Ich möchte auch einen Trinkspruch ausbringen: Auf unsere Querelen, darauf, dass daraus fruchtbare Diskussionen und tolle Ergebnisse entstehen! Auf unser Wohl!« Der Personalchef Gerald Kreis war aufgestanden und prostete jedem zu. Er war der Einzige, dessen Kleidung auch zu dieser vorgerückten Stunde noch korrekt und geschäftsmäßig aussah. Nur seine Krawatte hatte er ein klein wenig gelockert.

Ana sah, wie der Vertriebschef Leo Jäger gequält das Gesicht verzog, dann doch grinste. Der Finanzchef lachte auf und stieß mit an. Tatsächlich hatten sie sich heftige Wortgefechte am heutigen Tag geliefert. Es gab nicht nur Begeisterung über die neuen Entwicklungen in der Firma.

Da unterbrach Horst jeden ernsthaften Gedanken.

»Mir fällt auch ein Trinkspruch ein: Sport ist Mord, nur Sprit hält fit.« Verhaltenes Lachen. »Wisst ihr was? Jetzt machen wir uns einen Mordsspaß. Ich habe eine Superidee!« Er strahlte vor Eifer.

»Ach, du meine Güte«, dachte Ana. »Das wird heiter. Hoffentlich lande ich bald in meinem Zimmer.« Laut sagte sie: »Was hast du denn für einen Geistesblitz, Horst?«

»Wir besuchen Mark!«

»Jetzt?« Hatte sich Ana verhört? Horst wollte mitten in der Nacht ihren Regionalchef im Hotelzimmer überraschen?

KAPITEL 2

»Wir statten dem Herrn Mark eine Stippvisite ab. Nachdem er uns so schmählich sitzen gelassen hat, kommen wir zu ihm. Der Berg geht zum Propheten. Wir bringen ihm einen edlen Schluck und stoßen auf die Zukunft unserer Firma an. Das kann er nicht abschlagen!«

»Glücklich wird er um diese Zeit über unser Erscheinen nicht sein«, gab Ana zu bedenken.

»Hast du Angst, einen Minuspunkt einzufangen?«, feixte Horst.

»Ich weiß nicht. Es ist mitten in der Nacht. Das können wir doch nicht machen.« Die CEO klang zögerlich.

»Ach, kommt schon! Wir haben fast eine Stunde mit dem Essen auf ihn gewartet. Er hat sich keine Mühe gemacht, uns mitzuteilen, dass er gar nicht teilnimmt. Obwohl das Grillfest seine Idee war.« Horst kicherte. »Übrigens seine einzige brauchbare Idee heute.« Sein Kichern schwoll zum Grölen an.

»Vielleicht hatte ein Kunde ein Problem und hat ihn dringend gebraucht?«, verteidigte die CEO ihren Chef.

»Das muss ein lebensbedrohendes Problem sein, wenn er uns nicht einmal per SMS absagen kann. Wenn Mark was braucht, schreibt er sogar nachts«, amüsierte sich der Vertriebsleiter.

»Vielleicht macht er einen Englischkurs.« Horst erntete schallendes Gelächter. Das war ein Insiderwitz, den nur verstand, wer Mark schon bei einer internationalen Veranstaltung erlebt hatte. Der sonst wortgewaltige Manager stammelte, wenn er englisch sprechen sollte. Ihm dann auszuhelfen traute sich niemand, aus Sorge, es könnte sein übermächtiges Ego verletzen.

»Was ist, wenn er gar nicht da ist?«

Diese Äußerung fand Ana interessant. Tim sorgte sich ebenfalls wegen des unangekündigten Besuchs.

»Na, dann merkt er unsere Aufwartung ja nicht. Logisch, oder? Wolltest du fragen: Was ist, wenn er womöglich Gesellschaft hat?« Horst gluckste, als er sich auf die Schenkel schlug. »Du bist für die Kontrolle von Bad und Bett zuständig.«

Tim gab keine Antwort. Er war schlau genug, sich nicht von dem angeheiterten Kollegen herausfordern zu lassen. Er warf ihm einen geringschätzigen Blick zu und streifte seine blonden Haare zurück.

»Ich gebe Horst recht, ganz ungeschoren sollten wir Mark heute Abend nicht davonkommen lassen«, leistete Peter Unterstützung.

»Alle ausgetrunken? Dann lasst uns unseren Superboss heimsuchen und feiern!« Horst klang euphorisch.

Ana schmunzelte. So glücklich sah der Kollege richtig niedlich aus.

Mittlerweile hatten sich alle von den Campingstühlen erhoben. »Ihr braucht nichts zusammenräumen. Sobald wir weg sind, bringt die Cateringfirma den Grillplatz in Ordnung. Falls wir etwas zurücklassen, schafft sie es uns ins Hotel.« Tim nutzte die Gelegenheit, um zu zeigen, dass er die Organisation der Feier verantwortete.

»Da geht's lang!«, rief Horst und leuchtete mit seinem Handy auf einen Pfad. Er hielt eine Flasche an die Brust gedrückt. Der Weg führte in die Finsternis. Ana und ihre Begleiter schalteten die Strahler ihrer Handys an.

Nach einigen Schritten durch die Dunkelheit ging Ana ein Licht auf. Sie mühten sich parallel zu dem asphaltierten Gehweg, der von Straßenlampen beleuchtet war, ab. Sie unterdrückte eine Bemerkung, um Horst nicht zu reizen.

»Es ist ausgesprochen nett hier«, meinte eine männliche Stimme neben ihr. »Sie sind doch aus der Gegend, benutzen Sie die Grillplätze oft?«

Ana warf einen Blick auf ihren Begleiter. Sie erkannte Anton, dem Horst den Spitznamen Toni verpasst hatte. Sie hatten ihn heute beim Workshop kennengelernt. Er nahm als einziger Manager der gekauften Firma teil und war in den Diskussionen zurückhaltend.

»Ich wohne ein paar Kilometer außerhalb und habe einen Garten. Da ist Platz fürs Grillen, ich brauche nicht zum Entlastungsgerinne in die Stadt fahren. Aber ich bin Ihrer Meinung, es ist wirklich idyllisch.«

»Ein Haus mit Garten nahe Wien klingt ideal. Haben Sie Kinder?«

Die unumgängliche Frage. »Nein, keine Kinder.« Sie hatte vor längerer Zeit aufgehört, sich zu rechtfertigen. Blitzartig verdrängte sie ihren Expartner aus dem Sinn, der ihr Druck gemacht hatte, dass sie endlich Nachwuchs bekommen sollten.

»Wollen wir Du sagen? Ihr duzt euch fast alle.«

»Gerne. Ich bin die Ana.«

»Ich bin der Anton.«

»Ich fürchte, du heißt seit heute Toni. Den Spitznamen kriegst du nie mehr los.«

»Dann hat mich Horst vorhin getauft? Mir soll es recht sein, wenn es der Zusammenarbeit dient.« Anton schien ein friedfertiger Mensch zu sein. »Ich rufe ihn ab sofort Horschti.« Ana grinste in die Finsternis.

Unterhalb des Weges lichteten sich die Sträucher. Vor ihnen glitzerte das Wasser des Wiener Entlastungsgerinnes. Die Lichter der Reichsbrücke überspannten die Donau und führten zu den Türmen der Kirche am Mexikoplatz. Überall schimmerte das Lichtermeer.

»Feine Aussicht! Schau auf die andere Seite! Das ist doch der Donauturm?« Seine Aussprache hatte ihr schon verraten, dass Anton nicht aus Wien stammte.

Gegen den dunklen Himmel zeichnete sich der Turm ab, der regelmäßig rot aufblinkte.

»Ja, unser höchstes Wahrzeichen. Du solltest bei Gelegenheit hinauffahren und einen Kaffee genießen, die Aussicht ist grandios.« Ana nahm sich vor, selbst auch bald die Aussichtsplattform zu besuchen. An Ideen mangelte es ihr nie, aber ständig fehlte die Zeit, sie umzusetzen.

»Ich bin ja in Zukunft häufig in Wien, da plane ich den Besuch ein. Danke für den Tipp.«

»Wo kommst du denn her?«

»Ich lebe in einem Dorf, eine halbe Fahrstunde von Klagenfurt entfernt.«

Ana löste ihren Blick vom Turm und marschierte weiter. Diese Grillzone war sympathisch. Dabei war Ana zunächst genervt gewesen, dass sich am Tagesende alle beim Grillplatz hatten einfinden müssen. »Ein angenehmer Platz, um einen gemütlichen Abend zu verbringen.«

»Viel Wahl hat uns Mark Hafer nicht gelassen. Ich stimme dem Kollegen Horschti zu. Es zeugt von schlechten Manieren, als Gastgeber die eigene Party zu versäumen.«

»Wie geht es dir mit uns? Magst du deine neuen Arbeitskollegen?« Ana hatte keine Lust, über Mark zu reden, und wechselte das Thema.

»Alle sind bemüht und nett zu mir. Aber die Stimmung bei der Veranstaltung war ungewohnt angespannt. Fast aggressiv. Bei uns war das immer lockerer. Das hängt vermutlich mit Mark zusammen. Der Grillabend ohne ihn war richtig unterhaltsam.«

»Willst du ernsthaft Vertriebschef werden?«, rutschte ihr heraus.

»Und direkt an Mark berichten, meinst du? Klingt abschreckend, andererseits …«

»Hey, was ist mit euch Nachzüglern? Nicht hinter dem Gebüsch verloren gehen, sonst versäumt ihr den besten Spaß.« Horst schrie in übertriebener Lautstärke.

Ana bemerkte, dass alle sie überholt hatten und bereits am beleuchteten Weg standen. Sie seufzte. »Lass uns weitergehen. Ich möchte mir ersparen, dass Horst blöde Witze über uns reißt.« Sie beeilte sich, zur Gruppe aufzuschließen.

Vor ihnen ragte der DC Tower in den Nachthimmel. Die 60 Stockwerke nahmen erst in schwindelerregender Höhe ein Ende.

»Hi. Ich habe keinen Bock, Mark zu treffen. Gehen wir doch in die Bar etwas trinken.« Ihr Mitarbeiter Bert Ulram gesellte sich zu ihnen. Ana ging durch den Sinn, dass er seit dem Nachmittag untypisch schweigsam war und sich wenig an der Unterhaltung beteiligte. Für gewöhnlich amüsierte Bert alle mit übermütigen Späßen. Was hatte ihm den heutigen Abend verdorben?

Sie sah ihn besorgt an. »Lass uns bitte mitspielen. Ich will nicht, dass sie uns als Außenseiter abstempeln. Diese Feier wird rasch enden und nachher begeben wir uns auf ein Abschlussgetränk«, gab sie leise retour.

»Mit der Herde mitlaufen. Und statt einer Beförderung ein dämliches Projekt«, knurrte Bert.

»Jetzt spiel nicht die beleidigte Leberwurst, das Granteln schadet deiner Schönheit«, versuchte Ana ihn aufzuheitern. Er zuckte die Schultern und beschleunigte den Schritt so stark, dass sie hinter ihm zurückfiel.

Sie verdrängte den Gedanken an ihren verstimmten Kollegen. Er würde sich hoffentlich bald beruhigen. Schon erreichten sie den DC Tower und betraten das Hotel Meliá, in dem sie an diesem Morgen eingecheckt hatten. In der Runde ging es laut her. Die Männer hatten begonnen, Witze zu erzählen, und jeder Unsinn wurde mit schallendem Gelächter belohnt.

Ohne sich umzuschauen, marschierte die Gruppe zu den Liften. Ana hingegen genoss das futuristische Ambiente des Eingangsbereichs. Die runde Treppe, die mitten im Raum zu schweben schien, hatte es ihr besonders angetan. In einem Luxushotel übernachtete sie selten.

Als sie zu den Kollegen in den Fahrstuhl trat, dachte sie an den atemberaubenden Ausblick von der Bar im 57. Stock.

Es wäre nett, dort mit Bert zu plaudern. Kurz darauf drängte sie sich aus der Kabine und atmete auf. Diese schnellen Aufzüge beklemmten sie und der Lärm steigerte ihre Unbehaglichkeit. Horst stimmte ein Lied an und mehrere grölten lauthals mit. Sogar der stets korrekte Gerald hatte eingestimmt. Sie erkannte »Reif für die Insel«. Mitten in der Nacht in einem noblen Hotel.

Herr Wagner schlich mit eingezogenen Schultern und gesenktem Kopf vor ihr. Seine Haare standen noch mehr in die Luft als üblicherweise. Ihr Blick traf den von Pat und beide verdrehten die Augen und lachten.

Bei Marks Zimmer angekommen, klopfte Horst mit der Flasche an die Türe. Da sie nicht sofort geöffnet wurde, rief er laut nach Mark und pochte eifrig weiter. Noch immer keine Antwort. Mittlerweile schlug er mit der Handfläche auf das Türblatt und schrie: »Stell dich nicht tot! Wir wissen, dass du da bist.«

»Schluss mit dem Krach, hier wohnen auch andere Gäste«, bremste ihn Pat. »Ich rufe Mark am Handy an, dann bleibt ihm keine andere Wahl, als uns hineinzulassen.«

Das Klingeln war deutlich aus dem Zimmer zu hören. Ein zweites Mal, ein drittes Mal. Eine monotone Melodie.

»Was soll der Scheiß, ignoriert der uns allen Ernstes?« Horst klang aggressiv.

Peter legte ihm die Hand auf den Arm. »Warte, das ist doch sonderbar.« Inzwischen vernahmen sie die Stimme des Anrufbeantworters aus Pats Lautsprecher. »Bitte ruf nochmals an.« Anspannung schwang in seinem Tonfall mit.

KAPITEL 3

Auf dem Hotelgang verstummten die Stimmen, auf einmal war es still. Die Kollegen sahen sich fragend an. Umso lauter ertönte das Klingeln aus Marks Zimmer.

»Mark will nicht mit uns feiern, ich gehe schlafen«, verkündete Lilo.

»Bleib doch da!«, verlangte Horst. Sie zuckte die Schultern und drehte sich kurzerhand um.

»Da schließe ich mich an, mir reicht es für heute. Gute Nacht.« Anton marschierte hinter Lilo in Richtung Aufzug.

»Ich wünsche ebenfalls noch einen netten Abend«, grüßte Wagner und verschwand um die Ecke. Der Rest der Gesellschaft blieb unschlüssig stehen.

»Dann gehen wir eben in die Bar. Ich schmeiße eine Runde.« Horst wollte unbedingt weiterfeiern. Dabei war die ausgelassene Stimmung wie weggeblasen.

»Vorher möchte ich mich überzeugen, dass bei Mark alles in Ordnung ist«, gab Pat retour.

»Er schließt sich bloß ein, weil er einen Hasen bei sich hat.«

»Hör mit dem Gerede auf. Das ist geschmacklos«, fuhr ihn Ana an und drehte sich zu Pat. »Dieses Geklingel kann Mark nicht überhören und wenn er weggegangen wäre, hätte er sein Telefon eingesteckt. Was ist denn da los?«

Von Neuem klingelte es im Hotelzimmer, dieses Mal hatte Tim gewählt. »Das ist echt abnormal! Für mich ist

Mark rund um die Uhr erreichbar, es könnte ja etwas Wichtiges in der Firma passieren.« Tim drückte den Kopf lauschend an die Tür und legte konzentriert die Stirn in Falten.

»Hörst du etwas?«

Tim richtete sich auf und zog ratlos die Schultern hoch.

»Beabsichtigt ihr, bei Mark einzubrechen? Sollen wir die Tür eintreten?« Diesmal lachte keiner über den Scherz von Horst.

»Ich fahre zum Empfang und frag die um Rat.« Tim machte sich auf den Weg.

Ana schmerzten mittlerweile die Beine. Sie lehnte sich an die Wand direkt neben der Tür. Sehnsüchtig dachte sie an ihr Bett. Wie verlockend war der Gedanke, hineinzukriechen und sich in den Kopfpolster zu kuscheln. Aber sie wollte zu ihren Kollegen fair sein und harrte aus.

Der Personalchef presste sein Ohr an die Tür, schüttelte gleich darauf den Kopf. Ihre Blicke trafen sich und Ana fühlte, dass Gerald von Sorge erfüllt war. Sie hatte ihn am Anfang als unterkühlt eingeschätzt, aber ihre Meinung durch intensive Zusammenarbeit längst geändert. Hinter seinem förmlichen Auftreten, das zeitweise verkrampft wirkte, steckte ein liebenswerter Familienmensch, auf den sie sich als Kollegin hundertprozentig verlassen konnte. Er stellte sich zum Finanzchef und die beiden redeten leise miteinander.

Was hatte sich bei Mark ereignet? Hatte er Schlafmittel genommen? Stand er unter der Dusche? So lange? Vielleicht hörte er mit Kopfhörern laute Musik.

In Anas Magen begann sich ein Knoten zu bilden. Genau über dem Nabel, und er wuchs. Ihren Kollegen erging es ähnlich. Sie schauten bedrückt drein und verhielten sich leise.

Nach einer gefühlten Ewigkeit tauchte Tim in Begleitung eines Herrn in eleganter Hoteluniform auf. Der Nachtportier grüßte und sagte: »Nachschauen ist uns eigentlich verboten, die Privatsphäre unserer Gäste ist uns heilig. Aber der junge Mann hat glaubwürdig vorgebracht, dass es sich um einen Notfall handelt. Bestätigen Sie das?« Forschend blickte er in die Runde und alle nickten.

Es klickte, als der Concierge die Karte an den Abnehmer hielt, dann drückte er die Tür auf. »Guten Abend, Herr Hafer, entschuldigen Sie die Störung.«

Ana, die nach wie vor neben der Tür stand, machte unbewusst einen Schritt vorwärts. Das Hotelzimmer war hell erleuchtet.

Da schrie der Concierge auf einmal und sprang mit einem Satz auf die Seite. Dadurch erhielt Ana freie Sicht in den Raum. Sie zuckte zusammen und schlug sich mit der Hand gegen den Mund. Ein leises Röcheln entwischte ihr. Es dauerte Sekunden, bis die Bilder ihr Gehirn erreichten.

Mark Hafer lag auf dem Schreibtisch. Dahinter das Panorama von Wien. Sein Gesicht war starr nach oben gerichtet und seine Arme ruhten überkreuzt auf der Brust. Der Schreibtisch endete an den Knien, wodurch die Füße nach unten hingen.

Wie in Trance tappte Ana zwei Schritte näher. Fahle Blässe lag auf seiner Haut, Augenlider und Mund waren geschlossen. Die rechte Hand ruhte, zu einer Faust geballt, auf der linken Hand. Ein schwarzer Gegenstand schaute ein wenig daraus hervor. Zögerlich beugte sich Ana hinunter, aber sie konnte das Ding nicht erkennen.

Sie richtete sich auf und zuckte zusammen. In Marks braunen Haaren glitzerten Strassperlen. Mit Schaudern drang in ihr Bewusstsein ein, dass er einen silbrig glänzenden Steckkamm trug.

Ana hörte das Zischen, als sie tief einatmete. Die ganze Zeit hatte sie die Luft angehalten und schnappte jetzt danach. Sie versuchte, dem Portier eine Frage zu stellen, aber ihre Lippen bewegten sich ohne Ton.

Ruckartig ruderte der Portier mit den Armen. Im Schneckentempo schlich er auf Mark zu und griff an seinen Hals.

»Lebt er?« Ana erschrak über ihre eigene Stimme. Sie klang hoch und metallisch.

Der Portier schüttelte den Kopf. »Ich glaube nicht.«

Nebeneinander verharrten die beiden bewegungslos, bis eine Männerstimme ertönte: »Was ist denn los?« Ohne zu antworten, drehte sich Ana ruckartig um.

Knapp vor ihr stand Leo und starrte sie fragend an. Sie verdeckte ihm die Sicht auf Mark. Sie öffnete den Mund und schloss ihn wieder.

Neben Leo schwankte Pat bedrohlich. Sie riss Mund und Augen weit auf und kreischte plötzlich los: »Um Gottes willen, was ist passiert? Was hat er? Ist er tot?«

Leo griff nach Anas Armen und zog sie aus dem Zimmer. Der Gang begann sich zu drehen und der Druck um ihre Arme verstärkte sich. »Ganz ruhig. Alles ist gut.« Ein holziger Geruch stieg in Anas Nase. Das herbe Männerparfüm drang in ihr Bewusstsein und beruhigte sie.

Als sie sich von Leo gelöst hatte, sah sie, wie Peter die zitternde Pat auf die Seite führte und sanft auf sie einredete. Wie ein Häufchen Elend verharrte sie neben ihm.

»Bitte alle zurücktreten! Wir verriegeln das Zimmer und ich rufe die Polizei.« Die laute Stimme gehörte dem Portier, der die Fassung wiedergewonnen hatte. Der anschließende Knall verkündete, dass die Zimmertür zugefallen war.

»Was ist los?« Horst hatte keinen Blick in Marks Hotelzimmer geschafft, ihm war die Sicht verstellt gewesen. »Sagt endlich, was passiert ist!«

Anas Augen betrachteten die Szene. Sie fühlte absolut nichts. Sie sah Berts fragende Miene und ihr Blick glitt über Peter, der Pat am Arm hielt, zu Tim und Gerald. Alle schienen den Atem anzuhalten und auf ihre Antwort zu warten. Das war kein Film, sie musste sich zusammennehmen. Abgehakt stieß sie hervor: »Da drinnen liegt Mark. Auf dem Tisch. Er ist tot. Er liegt ausgestreckt. Wie aufgebahrt. Er glitzert.« Sie ahmte die Haltung der Arme und Fäuste nach und ließ sie dann kraftlos sinken.

Große Augen starrten sie an. Die Lippen bewegten sich. Langsam drangen Geräusche in ihr Bewusstsein. Dumpfe Stimmen schwirrten durch den Gang. Der Portier war zur Seite getreten und sprach eindringlich in sein Telefon.

Er klappte das Handy zu und sagte: »Sie müssen alle hierbleiben. Ich warte in der Rezeption, bis die Polizei eintrifft.«

Während sie auf dem Flur herumstanden, versuchte Ana, ihre Gedanken abzulenken. Sie betrachtete die Wartenden.

Pat hatte sich beruhigt. Die CEO der Firma stand in aufrechter Körperhaltung neben dem Finanzchef. Leise unterhielten sich die beiden.

Der Personalchef und der Vertriebsleiter lehnten ein paar Meter entfernt an der Wand und hingen ihren Gedanken nach. Tim lümmelte am weitesten abseits. Verloren beugte er sich über sein Handy und die Schultern zuckten verräterisch. Horst hockte auf dem Boden und massierte sich den Nacken. »Heulst du?« Alle sahen auf. Tim schüttelte den gesenkten Kopf. »Gut so, ich habe etwas gegen Scheinheiligkeit.« Der Klang der Worte verhallte.

»Geht's wieder?«, fragte Bert leise und sah Ana besorgt an. Den Anblick ihres vertrauten Kollegen empfand sie als tröstlich. Er stützte sich neben ihr an der Wand ab und schien bereit, sie jederzeit aufzufangen.

»Ja, danke, halbwegs okay. Ich bin so furchtbar erschrocken. Ich sehe ihn immer noch vor mir.«

»War alles blutverschmiert?«

»Nein, gar nicht. Ich habe keine Verletzung gesehen.«

»Woran ist er dann gestorben?«

Zentimeterweise schob sie sich an der Wand von der Tür weg. Hinter der Mauer lag Mark in dieser bizarren Haltung. Als wäre er in einer Auslage ausgestellt. Bei dieser Vorstellung fröstelte sie. Sie stützte sich mit der Schulter gegen die Mauer und versuchte, nichts mehr zu denken. Stattdessen beobachtete sie den Sekundenzeiger ihrer Armbanduhr. Unermüdlich sprang er rhythmisch im Kreis. Tack, tack, tack …

KAPITEL 4

Im Flur entstand Unruhe. Der Portier schritt auf sie zu, ihm folgten uniformierte Polizisten. Einer wies sie mit unbewegter Miene an, von der Tür wegzurücken. Zwei Beamte verschwanden in Marks Zimmer.

Ein Polizist zückte einen Schreibblock und sagte: »Die Mordkommission trifft in wenigen Minuten ein und teilt Ihnen mit, wie es weitergeht. Ich nehme in der Zwischenzeit die Personalien auf.«

Die Anwesenheit der Polizisten machte das Drama real. Mark war Opfer eines Mordanschlages. Ana gab gerade ihre Daten bekannt, als weitere Personen den Gang heruntereilten. Sie schleppten Metallkoffer und verzogen sich mit einem knappen Gruß ins Zimmer.

Den Mann am Schluss der Gruppe erkannte Ana sofort und er sie auch.

»Frau Rubin, was machen Sie denn hier? Haben Sie womöglich das Opfer gefunden?«

»Guten Abend, Herr Müller. Wir haben ihn alle gemeinsam gefunden«, antwortete Ana.

»Sie kennen den Toten?«

»Er heißt Mark Hafer und ist unser Regionalboss. Ich meine …« Ana hielt inne. »Er wäre bald der Chef der Regionalorganisation gewesen.«

Mit einem strengen »Sie alle warten hier« verschwand

Kommissar Müller in Marks Zimmer, dicht gefolgt von einer athletischen Frau. Sie überragte ihn um einen halben Kopf. Die Tür schlug hart ins Schloss.

Was war das für ein Zufall? Der einzige Kriminalinspektor, den sie in der Millionenstadt kannte, war zu diesem Tatort gerufen worden. Der Gedanke behagte Ana. Müller war kompetent. Als sie ihn vor einigen Monaten kennengelernt hatte, hatte ihr seine ruhige, trockene Art gefallen. Er würde die Tat aufklären.

Sie spürte die Blicke der Kollegen. Einige plagte die Neugierde, wieso sie mit dem Kriminalbeamten bekannt war. Sie betrachtete wieder ihre Uhr, um Fragen zu vermeiden.

Die Tür sprang auf und der Kommissar und seine Kollegin traten auf den Gang.

»Guten Tag. Ich bin Chefinspektor Heinz Müller und das ist Gruppeninspektorin Lore Meinhart. Wir beginnen jetzt mit der Aufnahme Ihrer Aussagen. Angesichts der späten Stunde halten wir die Gespräche kurz. Morgen um acht treffen wir uns wieder.« Er wandte sich an den Nachtportier. »Wir brauchen schnellstens Räumlichkeiten. Mindestens zwei verschließbare Zimmer.«

Der Portier war auf diese Anfrage vorbereitet. »Der kleine Speisesaal ist unbenutzt und zwei Konferenzräume sind nicht gebucht. Wenn das für Sie in Ordnung ist, können Sie sich dorthin zurückziehen. Die Schlüssel bringe ich Ihnen umgehend.«

»Passt. Frau Rubin, Sie kommen mit mir. Die anderen schließen sich Frau Meinhart an.« Der Kommissar setzte sich in Bewegung, stoppte aber sofort wieder.

»Ah! Guten Abend, Sie sind auch da!« Er hatte Pat entdeckt. Diese lächelte säuerlich und antwortete: »Grüß Sie, Herr Müller.« Dass er sie nicht auf Anhieb bemerkt und begrüßt hatte, brachte ihm keine Pluspunkte ein. Falls ihn das störte, ließ er es sich nicht anmerken.

Während sie neben dem Kommissar zum Lift schritt, spürte Ana, wie sich Blicke in ihren Rücken bohrten. Als sie zaghaft nach hinten sah, waren ihr alle Augen zugewandt. Besonders Gruppeninspektorin Meinhart glotzte sie an. In den Zügen der Polizistin lag erkennbarer Unmut darüber, dass sie eine Sonderbehandlung bekam. Leise fragte Ana: »Wäre es möglich zu schauen, ob es noch etwas zu trinken gibt?«

Kommissar Müller musterte sie dermaßen verdutzt, dass sie augenblicklich weitersprach: »Natürlich nur, wenn es Ihnen recht ist. Oben in der Hotelbar. Bitte nicht falsch verstehen, ich bin noch von dem Anblick mitgenommen und könnte einen Schluck gebrauchen.«

Kurz zögerte der Kommissar, dann meinte er: »Wenn wir dort einen Platz finden, wo wir ungestört sprechen können, soll es mir recht sein.«

Als die Liftkabine nach oben schnellte, bereute Ana ihren Wunsch. Doch schon wenige Augenblicke später sank sie in einen Fauteuil beim Fenster. Wien strahlte unter ihnen, so weit sie blicken konnten. Ana seufzte erleichtert und streckte ihre angestrengten Beine aus. Die leise Barmusik stand im Widerspruch zu den Gedanken, die in ihrem Kopf herumjagten. Doch das gedämpfte Licht und die weichen Polster zeigten erste Wirkung und ihre Anspannung löste sich. Der Kommissar hatte ein Mineralwasser und eine Melange vor sich. Ana hielt sich an einem Glas schottischem Whisky fest.

»So sehen wir uns wieder. Leider unter schlechten Umständen«, leitete der Kriminalinspektor ein.

Ana nickte wortlos.

»Fangen wir am besten gleich an. Bitte geben Sie mir Einblick, was Ihre Firma hier macht.«

»Ich bemühe mich.« Sie wusste aus Erfahrung, dass die Tätigkeiten eines IT-Konzerns für Außenstehende schwer nachvollziehbar waren. »Letzte Woche wurden wir überraschend von unserer CEO informiert, dass die Firma den Konkurrenten GENIAL gekauft hat. Das ist eine Softwareentwicklungsfirma mit Hauptsitz in Wien. Pat und Mark haben uns ab heute für zwei Tage in dieses Hotel eingeladen.«

»Wofür?«

»Die Investition muss sich rasch rentieren. Wir haben Informationen erhalten und erarbeiten als Team nächste Schritte.«

»Wie viele Teilnehmer sind hier?«

Ana ging in Gedanken die Leute durch. »Ich glaube, inklusive Mark Hafer und mir sind es zwölf Personen.«

»Wurden Sie befördert, weil Sie jetzt zum engsten Managementkreis gehören?« Herr Müller hatte den Kopf schief gelegt. Wollte er sie necken?

Sie rang sich ein Lächeln ab. »Ich habe mich auch gewundert. Bert Ulram wurde ebenfalls eingeladen, obwohl er kein Manager ist. Das Rätsel hat sich rasch gelöst. Ich wurde zur Integrationsmanagerin auserkoren und Bert zu meinem Stellvertreter. Viel Ehre und Arbeit, aber keine Beförderung.«

»Da waren Sie enttäuscht«, stellte der Kommissar fest.

»Nicht so stark, dass ich Mark umbringen wollte.« Ana fühlte ihren Humor zurückkehren und grinste ihn an. »Mark hat versprochen, dass diese Aufgabe ein Zwischenschritt zu meinem Aufstieg ist, wenn ich das Projekt zum Erfolg führe.« Trotzig fügte sie hinzu: »Diese Karotten als Mittel zur Motivation kenne ich. Aber wahrscheinlich meinen sie es diesmal ernst. Zugesagt ist mir eine Beförderung nicht erst seit gestern.«

»Und Bert Ulram, war der ebenfalls verärgert?«

»Klar, er ist es noch immer. Männer sind ungeduldiger. Aber nicht auf falsche Gedanken kommen. Wegen des Projektes tut Bert niemandem etwas zuleide.«

»Sie haben gesagt, Mark Hafer sei der Regionalchef gewesen. Was bedeutet das?«

»Für die Firmenerweiterung wird eine zusätzliche Managementschicht eingezogen und Mark ist … wäre damit der Boss von Pat geworden.«

»Hat er es verdient?«

Das war eine merkwürdige Frage. »Wahrscheinlich. Er war in den Verhandlungen. Bei der Vorstellung hat er betont, dass dieser Firmenkauf sein Meisterstück war.«

»Hatte Herr Hafer Wertgegenstände oder geheime Dokumente bei sich?«

Ana überlegte. Was könnte es bei Mark zu holen gegeben haben? »Keine Ahnung.«

»Hat seine Ernennung Freude oder Ärger im Management ausgelöst?«

»Bei der CEO richtiggehende Lobeshymnen. Pat schwärmte so euphorisch, als hätte sie sich den Kauf und Mark als Oberboss selbst ausgedacht.«

»Ihre Chefin hatte selbst keine Ambitionen, diese Position zu übernehmen?«

Ana zuckte mit den Achseln.

»Missfiel anderen die Entscheidung? Wie haben sie auf die Bekanntgabe reagiert?«

»War nicht dramatisch. Unser Finanzchef Peter Flor hat Bedenken, dass durch die neue Managerebene die Berichtswege träge werden und unnötige Kosten entstehen. ›Wasserschädel‹ hat er das genannt.«

»Das kam wohl weniger gut.« Herr Müller unterdrückte ein Lachen. »Und die anderen?«

»Der Vertriebsleiter Leo Jäger befürchtet, dass die Software schwierig zu verkaufen ist. Er ist seit seinem Studium in der Firma und kennt sich am Markt aus.«

»Hatte noch wer Einwände?«

»Mhm. Unser Entwicklungschef Horst Waberer. Er kritisierte die mindere Qualität der Programme. Damit ist er dem neuen Kollegen Anton Huber auf den Schlips getreten.«

»Wie hat Mark Hafer auf all diese Bedenken reagiert?«

»Aus meiner Sicht grottenschlecht. Er hat sich mehrmals fürchterlich aufgeregt und zynische Kommentare gebrüllt. Zu Horst war er sogar beleidigend.«

»Ist dieses Verhalten normal in Ihrer Firma? Schreien und schimpfen die Führungskräfte?«

Hatte sie soeben ihren Arbeitgeber angeschwärzt? Entschlossener, als sie sich fühlte, antwortete Ana: »Nein, das Herumschreien ist untypisch. Wir sind normalerweise höflich im Umgang miteinander.«

»Aber?«

Er ließ nicht locker, das war quälend. »Bei Mark war dieses Benehmen angeblich an der Tagesordnung. Ich kenne ihn kaum und sollte daher nicht über ihn sprechen.«

»Warum haben sich die Manager sein Verhalten im Workshop gefallen lassen?«

KAPITEL 5

Die Frage des Kommissars verschlug Ana die Sprache. Sie traf ins Schwarze. Im Workshop waren erfahrene Führungskräfte versammelt gewesen, die seit Jahren eng zusammenarbeiteten und dennoch geschwiegen hatten. Warum hatte keiner Mark in die Schranken verwiesen?

»Das ist eine berechtigte Frage, auf die ich keine Antwort habe. Gegen manche Menschen kommt man nicht an.«

»Warum haben Sie sich nicht gewehrt? Sie sind doch sonst nicht auf den Mund gefallen.«

Er wurde persönlich. »Vermutlich wegen seiner Position und seiner Macht.«

»Nutzte Mark Hafer seine Macht aus?«

»Reden Sie mit den anderen, ich kenne die Geschichten bloß vom Hörensagen.«

»Was sind das für Geschichten?«

Seufzend gab Ana den Widerstand auf. »Wen er bloßgestellt hat, wen er für seine Karriere aus dem Weg geräumt hat und solches Zeug. Angeblich liefen wiederholt Manager heulend aus dem Zimmer, weil er sie vorgeführt hat. Ob das alles wahr ist oder von Neidhammeln erfunden wurde, bin ich überfragt.«

Nachdenklich fügte sie hinzu: »Aber ich kenne niemanden in der Firma, über den so viele negative Gerüchte kursieren.«

»Wen hat Mark heute sonst noch unangebracht behandelt?«

»Kurz ist er auf Bert losgegangen, weil der keine Freude über den Zusatzjob gezeigt hat. Bert sei grün hinter den Ohren und müsse dankbar sein, in einem wichtigen Projekt mitarbeiten zu dürfen. Und am Tagesende hat er seinen Assistenten Tim Anger hart angefasst, weil der angeblich Seiten aus der Präsentation verloren hat.«

»Sie hatten keinen Ärger mit Herrn Hafer?«

»Nein.«

»Warum nicht?«

»Ich war ihm zu unwichtig und ich habe den Mund gehalten.« Müller hielt sie sicher für feig. Er hatte eine treffsichere Art, ihr den Spiegel vorzuhalten.

»Was ist Ihnen heute sonst aufgefallen?«

»Zwei Kollegen gehen in Pension. Ungewöhnlich daran ist, dass beide noch Jahre arbeiten wollten und es sich unerwartet anders überlegt haben.«

Der Kommissar notierte sich die Namen und bohrte weiter.

»Dass Mark nicht zu dem Grillfest erschienen ist, hat uns gewundert. Dieser Abendevent war seine Idee und er hatte extra ein Unternehmen angeheuert, das das Drumherum organisiert hat. Wir wurden alle zwangsverpflichtet teilzunehmen, er hat keine Entschuldigung akzeptiert. Und dann fehlte er als Einziger.«

»Trotzdem hat keiner nach ihm gesehen?«

»Pat und Tim haben ihn mehrmals angerufen und Nachrichten hinterlassen. Doch als die Ersten wegen des Grillens gedrängt haben, hat Pat das Abendessen eröffnet.«

»Wie verlief die Party?«

»Wie erwartet.« Ana zog eine Grimasse und lachte. »Zu viel Alkohol, dumme Witze, unterhaltsame Plaudereien mit lieben Kollegen. Zusammengefasst: harmlos und ziemlich nett.«

»Keine Streitereien?«

»Gegenseitiges Necken im Scherz, alles gutartig.«

»Waren durchgehend alle Teilnehmer anwesend oder ist jemand zwischendurch vom Grillplatz weg gewesen?«

»Mir ist nichts aufgefallen. Ich habe mich prächtig unterhalten und nicht darauf geachtet, wer was treibt. Es gab auch andere Grillfeuer am Gelände, ein paarmal kamen fremde Leute zu uns herüber und quatschten mit uns.«

Ana rief sich die Feier ins Gedächtnis. Sie sah das Lagerfeuer vor sich lodern, Menschen herumstehen, lachende Gesichter und mit einem Mal fiel ihr Lilo ein. »Ich vermute, Lilo, das ist unsere Marketingleiterin, kann Ihnen helfen. Sie hat den ganzen Abend fotografiert und garantiert vieles online gepostet.«

»Online?«

»Wir haben ein Onlineportal, das die Mitarbeiter, ehemalige Angestellte und Businesspartner informiert, was bei uns los ist. Keine vertraulichen Daten, sondern Events und Ankündigungen.«

Ana zückte ihr Handy und tippte ein paarmal aufs Display. »Da sind haufenweise Fotos. Lilo hat der Story den Titel ›Das Management wärmt sich für die Zukunft auf‹ gegeben. Hier wurde auch publik gemacht, dass wir GENIAL gekauft haben. Sogar die Teilnehmer am Managementworkshop werden aufgelistet.«

»Gut zu wissen. Sorgen Sie bitte dafür, dass wir Zugriff bekommen.« Herr Müller blickte sie nachdenklich an. »Was wollten Sie alle so spät von Mark Hafer?«

»Der Besuch hätte ein Spaß werden sollen. Die Idee ist aus der ausgelassenen Stimmung entstanden.«

»Wessen Idee war das?«

Ana zögerte. Sie fühlte sich unwohl, einen Namen zu nennen. Das war, als würde sie jemanden beschuldigen.

»Raus damit, ich sehe doch, dass Sie sich erinnern.«

Nach einem Seufzer nannte sie Horst Waberer und betonte, dass es ein harmloser Streich gewesen sei.

»Hätte sich Mark Hafer über den Besuch gefreut?«

»Nein.«

»War die nächtliche Störung eine Art Rache für den Workshop?«

Ana schwieg.

»Eine letzte Frage für heute: Wer profitiert von Mark Hafners Tod?«

»Seine Frau?«, rutschte es Ana heraus.

Herrn Müllers Stirn zog sich in Falten. Das Kinn schob er vor. Er wartete auf eine Erklärung.

»Mark war doch nie zu Hause. Angeblich leben seine Frau und er getrennt. Bei seiner Gage muss ein Batzen zu erben sein.«

Der Kommissar beobachtete sie schweigend. Ihre Antwort irritierte ihn. Irgendwann sah sie eine Erkenntnis über sein Gesicht laufen. Er beendete die Befragung.

Als Ana Minuten später gedankenverloren um die Ecke zu ihrem Hotelzimmer bog, stand dort der Finanzchef Peter Flor.

»Hallo, Ana. Noch munter? Ich gehe eine rauchen, begleitest du mich?«

Ana grüßte ihn freundlich. »Hast du auf mich gewartet?«

»Nein, ich bin auf dem Weg nach unten und kam bei dir vorbei.«

In Wahrheit wäre Ana lieber für sich geblieben, sie fühlte eine bleierne Müdigkeit in sich. Jedoch wollte sie Peter nicht vor den Kopf stoßen und so schloss sie sich ihm an.

Sie drückten sich in eine windgeschützte Ecke neben dem Hoteleingang. Der Abend war lau gewesen, doch in der Zwischenzeit blies ein kalter Hauch. Gedankenverloren betrachtete Ana den einsamen Vorplatz, der durch Lichterbögen auf schlanken Säulen nur schummrig ausgeleuchtet war.

»Wie war es bei dir, was wollte der Kommissar wissen?«, fragte Peter.

»Er hat mich über den heutigen Tag erzählen lassen und Fragen zu Mark und der Firma gestellt.«

»Du hast hoffentlich keine internen Geheimnisse ausgeplaudert.« Anders als es der Ernst der Aussage vermuten ließ, lachte Peter, als wäre das eine abstruse Annahme.

»Und bei dir?«

»Taffe Dame, die Kommissarin. Fast ein wenig übereifrig. Sie wollte jeden Schritt von mir mit Uhrzeit erfahren. Anschließend hat sie mich ausgequetscht, was ich von Mark gehalten habe.«

Ana seufzte. »Unangenehm. Was hast du geantwortet?«

»Man soll über Tote nichts Schlechtes reden. Eine unlösbare Aufgabe, wenn es sich um Mark handelt. Ich habe ihn als intelligenten, cholerischen Typen beschrieben.«

»War Mark tatsächlich so schlimm, wie alle behaupten?«

»Ja, und noch ärger. Was hast du in seinem Zimmer konkret gesehen? Du warst weiß wie eine Wand, als dich Leo herausgezogen hat.«

»Mark lag ausgestreckt auf einem Tisch. Auf dem Rücken. Seine Arme waren eigentümlich über die Brust gedreht und …«

»Und?«

»Er hatte einen Steckkamm im Haar. Der Anblick hat mich umgehauen.« Ana hörte ihre Stimme zittern.

»Einen Steckkamm?«

»Einen mit Glitzersteinen.«

»Und sonst? Hast du mitbekommen, woran er gestorben ist?«

»Bitte beenden wir dieses Thema, ich will nicht mehr daran denken.« Ana schüttelte sich und blickte betont in die Ferne.

Peter berührte ihren Unterarm. »Ja, natürlich, entschuldige. Das war gedankenlos von mir. Ich habe mir vorgenommen, dich abzulenken, nicht, dich aufzuwühlen.«

»Kein Problem, reden wir von was anderem. Ich will mich bei dir bedanken.«

Er runzelte die Stirne. »Bedanken, wofür?«

»Als mir Mark heute aus heiterem Himmel die Projektleitung umgehängt hat, habe ich deinen warnenden Blick gespürt. Es wäre … sagen wir, unvorteilhaft gewesen, wenn ich meinen ersten Gedanken hinausposaunt hätte.«

»Schön, dass du meine stumme Nachricht verstanden hast. Ich wollte dich schützen, immerhin bin ich dein

Mentor. Leider habe ich mich später selbst zu einer blöden Meldung hinreißen lassen.«

»Das war keine blöde Meldung«, widersprach Ana. »Ich teile deine Sicht auf die unnötigen Mehrkosten. Als Finanzchef darfst du dir Gedanken zu den Auswirkungen machen. Deine Bezeichnung ›Wasserschädel‹ war ein wenig gewöhnungsbedürftig.« Sie kicherte.

Der Scherz kam schlecht an. Er sah todernst drein. »Mark war gefährlich. Sobald er sich über jemanden geärgert hat, war er unberechenbar. Seine Spielchen haben sich jetzt ein für alle Mal erledigt. Darüber bin ich froh.«

»Mhm.«

»Hörst du mir überhaupt zu, Ana? Was ist dort? Du schaust ständig nach hinten.«

Ana zögerte. »Moment.« Vor Anstrengung kniff sie ihre Augen zusammen und starrte auf die beleuchteten Säulen. Sie mochten ein Blickfang sein, aber den Platz leuchteten sie nur unzureichend aus.

»Ich bin nicht hundertprozentig sicher. Versteckt sich da hinten einer und beobachtet uns?«

Peter, der bisher mit dem Gesicht zum Hoteleingang gelehnt war, drehte sich um. »Wo steht jemand? Ich sehe niemanden.«

»Dort drüben bei der Säule rechts. Lehnt dort ein Mann und starrt her?«

Peter ging drei Schritte in die Richtung und verharrte. Ana bemerkte, wie sich ein Schatten von der Säule löste. Für einen Moment hatte sie das Empfinden, dass er sie anschaute, dann verschwand er in die Finsternis.

Peter kehrte zurück. »Da ist niemand. Das bildest du dir ein. Wer sollte sich schon für uns zwei interessieren?«

»Dort ist soeben einer weggeschlichen.« Sie zeigte zu der Säule.

»Du siehst Gespenster. Es war ein aufreibender Tag und der Anblick von Marks Leiche hat dich aus der Fassung gebracht. Komm, ich begleite dich bis zur Zimmertür, dann brauchst du keine Angst mehr zu haben.«

»Doch! Da ist eine Gestalt davongeschlichen«, beharrte Ana.

Unschlüssig starrte sie in die Dunkelheit. Widerwillig ließ sie sich von Peter zum Eingang führen. Er hatte recht. Sie sollte den heutigen Tag lieber rasch beenden.

In ihrem Zimmer setzte sie sich trotz Erschöpfung in den Ohrensessel und betrachtete die Lichter. Sie schienen gedämpfter, Wien hatte sich zur Nachtruhe begeben.

Wie würde das morgen weitergehen? Statt an der Zukunft zu arbeiten, hatten sie einen Mord am Hals. Würden die Journalisten über sie herfallen? War womöglich der Erfolg des Firmenkaufs gefährdet?

Irgendwann schlüpfte sie ins Bett und verbrachte den Rest der Nacht mit Albträumen. Bilder von Pat mit Glitzersteckkamm in den Haaren wechselten sich mit jenen vom toten Mark ab.

KAPITEL 6

Die Aufzugtür öffnete sich. Vor ihr stand ein Mann in Pagenuniform und tippte zum Gruß an seine Kappe. Ana drückte sich an dem Gepäckwagen vorbei.

Nanu, wo war sie denn hier? Hinter ihr klickten die Aufzugtüren und ein Surren verriet, dass der Lift losgefahren war. Ein Wegweiser zeigte zur Garage. Sie hatte wohl vergessen, den Knopf zu drücken, und war in den Keller geholt worden. Anscheinend war sie noch nicht ganz wach.

Nach der unruhigen Nacht war sie mühsam aus dem Bett gekrochen und hatte eine ausgiebige Dusche benötigt, um sich einigermaßen fit zu fühlen.

Ana wollte nicht warten, bis der Lift wiederkam, und entschied sich widerwillig für das Treppenhaus. Von oben hörte sie Gemurmel, als sie sich an den Aufstieg machte.

Sie war einen halben Treppenabsatz vom Hoteleingang entfernt, als sie Herrn Wagner und Leo Jäger erkannte, die dicht nebeneinanderstanden und die Köpfe zusammensteckten. Seltsamer Ort für eine Unterhaltung. Wagner machte einen geknickten Eindruck. Er lehnte an der Mauer und ließ die Schultern hängen. Leo redete auf ihn ein und unterstrich jedes Wort mit einer Handbewegung, dabei zappelte sein Bein mit.

Ana war knapp vor ihnen, aber die beiden waren zu vertieft, um sie wahrzunehmen. Also grüßte sie laut. Die

Köpfe drehten sich zu ihr und für eine Sekunde starrten sich alle an.

Leo fing sich als Erster. »Ja, wo kommst denn du auf einmal her, Ana? Hast du in der Garage geschlafen?« Seine Haltung entspannte sich und er zwinkerte ihr zu. »Wir wollten soeben in den Speisesaal gehen, uns hat noch die charmante Begleitung gefehlt.« Er zog die Tür zu den Hotelräumen auf und hielt sie mit einer einladenden Geste offen.

Im Speisesaal herrschte reges Treiben. Viele Essplätze waren besetzt und beim Buffet bildete sich eine Traube von Wartenden. Von Anrichten lachten Leckereien herüber und Ana lief das Wasser im Mund zusammen.

Sie steuerte auf den Tisch zu, an dem Bert und Lilo frühstückten und gedeckte Plätze frei waren. Ana roch das herbe Aroma des heißen Kaffees. Genau den brauchte sie jetzt, der würde sie endgültig munter machen. Bert rührte in seinem Häferl und schaute nur kurz auf. Lilo nickte ihr zu. Ana schnappte sich einen Teller und wollte eben das Buffet ansteuern, als sie Pats Stimme hörte.

»Guten Morgen, Ana. Gut, dass du endlich da bist.«

Ana legte den Teller ab und wandte sich um. Die CEO war auch an diesem Morgen perfekt gestylt. Businesskostüm, dezent geschminkt und hochhackige Schuhe. Bereit für wichtige Termine. Keine Spur der Tragödie des Vorabends trübte den Eindruck.

»Guten Morgen, Pat.« Ihr blumiges Parfum hüllte sie ein. Zu viel und zu intensiv »Flora by Gucci« für Anas Geschmack.

»Folgendes. Wir brechen die Veranstaltung ab. Sobald du das Gespräch mit der Polizei gehabt hast, fährst du in die Firma. Statt des Workshops halten wir täglich eine Managementbesprechung ab, an der du teilnimmst. Die Sekretärin schickt die Termine. Unsere Pläne und der Zeitlauf bleiben von Marks Tod unberührt, auch die Welcome-Feier findet am Samstag statt.« Pat hielt eine dicke, rote Mappe in der Hand, die sie Ana jetzt hinstreckte. »Mark hatte die Richtlinien der Organisation für dich vorbereitet und ich habe Informationen von GENIAL dazugelegt.«

Ana nahm ihr die Mappe mit einem Nicken ab und drehte sich zum Frühstückstisch, aber Pat redete weiter.

»Ursprünglich war der Plan, diese Unterlagen im Team durchzuarbeiten. Wenn bei dir Unklarheiten auftauchen, nutze die Managementmeetings. Bitte starte das Projekt, Gerald wird dich beraten.«

»Alles klar, danke für die Infos.« Ana zog sich einen Stuhl zurecht, legte die Mappe ab und griff nach der Kaffeekanne.

»Und kein Wort über die Vorfälle außerhalb dieses Kreises. Habe ich mich klar ausgedrückt?«

Ana schaute sie sprachlos an. Wie sollte das gehen? »Aber wir …«

»Pat, das funktioniert nicht. Ein Mord ist kein Betriebsgeheimnis, der landet in den Schlagzeilen.« Peter war hinter Pat getreten.

»Ich wiederhole: kein Wort. Lilo und ich sind das Sprachrohr. Ihr seid zum Schweigen verpflichtet.« Pat drehte sich auf ihren Absätzen um und rauschte davon.

Ana hielt noch immer die Kaffeekanne in der Hand. Sie wandte sich zu Bert und Lilo. »Guten Morgen, habt ihr …«

»Entschuldigung«, wurde sie von Tim unterbrochen. »Ich soll dir von den Kommissaren ausrichten, dass sie jetzt mit dir sprechen möchten, ich führe dich hin.«

Ana ließ die Kanne auf den Tisch sinken. »Schade um das Buffet, dabei sieht es so lecker aus. Nicht einmal ein Kaffee ist mir vergönnt«, murrte sie, als sie mit gesenktem Kopf hinter ihm her trabte.

Im Nebenraum saßen Kommissar Müller und seine Kollegin an einem Konferenztisch. Vor ihnen lagen Laptops und Schreibblöcke, ein Handy war in der Mitte platziert. Der Besprechungsraum strahlte moderne Eleganz aus. An den Wänden standen Töpfe mit Grünpflanzen und ein Bildschirm bedeckte die Breitseite.

»Guten Morgen. Danke für Ihr rasches Erscheinen, Frau Rubin. Setzen Sie sich«, begrüßte sie die Polizistin.

Ana nahm auf dem Stuhl gegenüber Platz.

»Bitte, was ist ein Exec-Assi?«, begann Müller ohne Einleitung.

»Was? Ah so. Sie meinen Tim.« Ana schmunzelte.

»Korrekt. Ich rede von Tim Anger. Gestern hat Frau Meinhart verstanden, dass er eine Art Sekretär ist, und Sie haben auch von einem Assistenten gesprochen. Soeben vermittelte er den Eindruck, er sei der Chef bei Ihnen. Klären Sie uns bitte über seine Position auf.«

Ana verkniff sich das Lachen. »Ein Exec-Assi ist ein Mädchen für alles im Dienst einer Topführungskraft. Die Rolle ist eine Abkürzung für Mitarbeiter mit dem Potenzial, rascher als üblich in eine Managementposition zu gelangen.«

»Wie kann ich mir das vorstellen?« Die Tonlage von Frau Meinhart verriet Verständnislosigkeit.

»Der Exec-Assi wird dem Manager zwei Jahre zugeordnet, nimmt ihm Arbeit ab und lernt von ihm. Nach dem Einsatz soll er in der Lage sein, selbst eine Führungsposition zu übernehmen. Tim ist seit letztem Jahr bei Mark Hafer.«

Gruppeninspektorin Meinhart blies hörbar die Luft aus, dann sprang sie auf und lehnte sich über den Tisch. Ana lauschte ihrer Erklärung, dass sie als Zeugin vernommen wurde und dass die Aufnahme startete. Ungeduldig scharrte sie mit dem Fuß. Die sollten lieber weitermachen, damit sie schnell zum Frühstück kam.

»Waren Sie auch ein Exec-Assi?«

Herr Müller interessierte sich dafür, wie sie zu ihrem Job gekommen war? Ana grinste ihn an. »Ich? Nur über meine Leiche!« Sie zuckte zusammen. »Entschuldigung, der Spruch ist fehl am Platz.«

Müller machte eine wegwischende Handbewegung. »Schon gut. Aber warum haben Sie das gesagt?«

»Für mich kam die Rolle nie infrage. Da ist man dem Manager ausgeliefert. Die Exec-Assis werden ausgenutzt und bisweilen sogar schikaniert. Keine Freizeit, jederzeit auf Abruf und den Launen des Vorgesetzten ausgesetzt. Nein danke, auf das verzichte ich. Ich mache meine Karriere lieber langsamer.«

»Interessant. Wurde Tim Anger schikaniert?«, fragte die Kommissarin.

Ana schluckte. Das war keine Plauderstunde. Jedes Wort wurde auf die Goldwaage gelegt und protokolliert. »Das fragen Sie ihn besser selbst, ich bin Tim gestern das erste Mal begegnet. Gegen Abend hat ihn Mark vor den Teilnehmern bloßgestellt, weil die Präsentation unvollständig war. Der arme Kerl hätte um ein Haar zu heulen begonnen. Das gibt er jedoch nie zu.«

»Verstehe, dann ist seine Überheblichkeit genauso eine Vorbereitung auf die zukünftige Karriere.« Die Polizistin verzog angewidert ihr Gesicht. »Heinz, den schreib ich als Letzten auf die Liste.«

»Ich dachte, Sie haben ihn soeben befragt?«, wunderte sich Ana.

»Nein. Er versuchte, sich vorzudrängen – weil er in der Firma dringend benötigt werde.«

Kommissar Müller legte zwei Fotos vor sie. »Was sagen Ihnen diese Bilder?«

Auf einem erkannte sie den Steckkamm und sie spürte einen Knödel im Hals. Der Anblick von Mark mit dem Glitzern im Haar hatte sich ihr eingebrannt. Sie atmete tief durch.

Dann riss sie überrascht die Augen auf. Das andere Foto zeigte eine schwarze Schachfigur, einen König oder eine Dame. Sie konnte diese Figuren schlecht auseinanderhalten.

»Das ist der Steckkamm, den Mark im Haar hatte. Ist das andere in seiner …« Ana hielt inne und konzentrierte sich. Sie sah Mark mit gekreuzten Armen liegen. »War das in seiner rechten Faust? Ich habe etwas Schwarzes gesehen, es aber nicht erkennen können.«

Herr Müller nickte. »Sagt Ihnen dieser Gegenstand etwas?«

»Ja, natürlich. Das ist die Schachfigur, die mir der Firmenportier gestern gezeigt hat.«

»Was sagen Sie?« Die Kommissare starrten sie an.

»Ich musste vor der Veranstaltung in die Firma, um ein Angebot zu unterschreiben. Da ist mir einer der Portiere über den Weg gelaufen und hat sich erkundigt, ob ich die kenne.« Ana deutete auf das Bild mit der Schachfigur. »Aber wie um Himmels willen gelangt die in Marks Hand?«

Die beiden Beamten sahen sich an.

»Was hat der Portier genau gefragt?«

»Wem die Spielfigur gehören könnte. Die hatte wer bei seiner Loge stehen lassen. Dort wird öfter etwas vergessen. Ich hatte es eilig und habe mich nicht weiter mit ihm unterhalten.«

Frau Meinhart griff nach ihrem Telefon und sprang auf.

»Wissen Sie den Namen des Portiers?«

Ana überlegte. »Nein, leider. Ich habe ein schlechtes Namensgedächtnis. Es ist der Ältere von den beiden Tagesportieren.«

Erneut warfen sich die beiden Blicke zu und die Kommissarin verließ den Raum ohne weiteren Kommentar.

»Okay. Bitte reden Sie nicht mit dem Portier über diese Schachfigur.« Herr Müller wartete auf Anas zustimmendes Nicken. »Und der Haarschmuck, kennen Sie den auch?«

»Mhm. Der erinnert mich an früher, da haben wir Mädchen Steckkämme getragen. Ich hatte bunte für jeden Tag und welche mit Blüten für Feiern.«

»Ich meine diesen speziellen Kamm. Kennen Sie ihn?«

Ana betrachtete das Foto eingehend. »Ich glaube nicht.«

»Ist Ihnen kürzlich ein Steckkamm untergekommen? Haben Sie einen gesehen oder hat jemand darüber gesprochen?«

Während Ana nachdachte, kehrte die Gruppeninspektorin zu ihrem Platz zurück. Die Polizisten blickten sie erwartungsvoll an.

Das Telefon von Kommissar Müller läutete und mit einer bedauernden Geste entschuldigte er sich für die Unterbrechung. Ana sah, wie sich seine Miene anspannte. Die Backenknochen traten hervor und winzige Fältchen bildeten sich bei den Nasenflügeln. Nachdem er das Gespräch beendet hatte, blickte er minutenlang auf die Wand. Seine Kollegin zog eine Augenbraue in die Höhe und klopfte mit den Fingern auf die Tischplatte. Herr Müller räusperte sich. »Wir brauchen eine Pause. Lore, komm bitte mit.«

Sekunden später saß Ana allein im Konferenzraum. Die Klimaanlage war zu kalt eingestellt, sie fröstelte.

KAPITEL 7

Zuerst las Ana am Handy die Nachrichten, dann nahm sie sich ihre Mails vor. Unruhig rutschte sie auf dem Stuhl hin und her. Hatte sie Zeit, sich einen Espresso hereinzuholen? Schnell huschte sie in den Speiseraum, lief zu einem freien Tisch, schenkte sich eine Tasse Kaffee ein und eilte in den Besprechungsraum zurück. Genüsslich schlürfte sie das heiße Getränk und wunderte sich, weshalb sie sich beeilt hatte. Die Beamten ließen sie warten.

Endlich trafen sie ein, Frau Meinhart baute sich vor ihr auf.

»Waren Sie schon einmal in Mittel- oder Südamerika?«

Was wollte die jetzt von ihr? Über Urlaub plaudern? »Äh, nein, aber ich war in Nordamerika, wenn Ihnen das weiterhilft.«

Die Kommissarin ignorierte ihre Anmerkung. »Welche Ausbildung haben Sie absolviert?«

»Ein IT-College und haufenweise Seminare. Darf ich erfahren, was das soll?« Sie empfand es als unangenehm, dass die Polizistin auf sie herabredete.

»Wir machen uns ein Bild. Aus welchem Grund vergaßen Sie zu erwähnen, dass Mark Hafer ein Frauenheld war?« Die Beamtin sah sie eindringlich an.

»War er das?«, fragte Ana ungläubig und stand auf. Frau Meinhart überragte sie noch immer.

»Seltsam, das ist anscheinend nur Ihnen entgangen.«

Die Ironie der Polizistin nervte sie. »Was wollen Sie damit andeuten?« Ana bereute sofort, dass ihr die Frage scharf herausgerutscht war.

Täuschte sie sich oder hatte das Lächeln der Kommissarin einen triumphierenden Zug? Herr Müller räusperte sich. »Setzt euch doch nieder. Wir waren vorhin beim Steckkamm.«

Langsam ließ sich Ana auf den Sessel sinken. »Das ist schon lange her.« Sarkastisch konnte sie gleichfalls sein. »Leider, zu dem Kamm fällt mir nichts ein.«

Die Polizistin hüstelte. »Weiter. Wo haben Sie sich zwischen Abschluss der Konferenz und Beginn des Grillfestes aufgehalten?«

»Ich war in meinem Zimmer. Zu dem Grillplatz bin ich mit Bert Ulram gegangen, auf dem Weg haben wir den Personalchef Gerald Kreis eingeholt. Wir haben über den Kauf der Softwarebude gewitzelt.«

Frau Meinhart beugte sich vor. »Sie waren zwei Stunden lang allein auf dem Zimmer? Am helllichten Tag bei strahlendem Wetter? Die ganze Zeit?«

»Ja. Ich war keine Sekunde draußen.«

»Können Sie das beweisen?« Der Klang ihrer Stimme reizte.

»Wie denn? Zuerst habe ich Mails gelesen und danach in der Tageszeitung geblättert, die auf dem Schreibtisch lag.« Wieso spürte sie Unsicherheit ihren Rücken heraufkriechen?

»Sie haben mit niemandem Kontakt gehabt?«

Erleichterung breitete sich in Ana aus. »Doch. Ich habe mit einer Mitarbeiterin telefoniert, Manuela Prince. Das Gespräch dauerte mindestens eine Viertelstunde.«

»Wann genau und worum ist es in dem Telefonat gegangen?«

»Auf die Uhr habe ich nicht geschaut. Moment, das sehe ich auf dem Handy.« Ana blätterte in ihrer Anrufliste. »Um 17:18 Uhr und es hat 21 Minuten gedauert. Ich habe ihr vom Workshop erzählt. Vor allem davon, dass ich die Integration leiten werde und sie mir deshalb Arbeit abnehmen muss. Sie ist meine Vertreterin. Ah!«

»Was ›ah‹?« Die Gruppeninspektorin sah sie mit schief gelegtem Kopf an.

Diese Person fing an, sie so richtig zu nerven. Peter hatte sie als übereifrig bezeichnet, Ana fand sie angriffslustig. »Ich habe in der Anrufliste entdeckt, dass ich danach eine Viertelstunde mit meiner Freundin Marion Karnik geredet habe. Das war mir entfallen.«

»Worum ging es?«

»Nur um privates Zeug.«

»Wir befragen Sie zu einem Mord, da gibt es keine Privatangelegenheiten.«

»Marion hat mich angerufen, damit wir endlich einen Termin vereinbaren, der hält. Die letzten habe ich abgesagt, weil ich Überstunden machen musste. Sind Sie jetzt zufrieden?« Zwischen den Frauen baute sich eine unsichtbare, eisige Wand auf.

»Wir werden sehen, was Frau Karnik aussagt.«

Ana hörte, dass sich Herr Müller räusperte. »Fällt Ihnen noch etwas ein, was für unsere Ermittlungen interessant ist?«

Kurz spielte Ana mit dem Gedanken, ihnen von dem Beobachter am Vorabend zu erzählen. Aber den hatte es womöglich nie gegeben und die Kommissarin verhielt sich ohnehin feindselig. Deshalb schüttelte Ana den Kopf.

»Dann war es das für jetzt. Wir melden uns, wenn wir weitere Fragen haben. Und …« Er machte eine Pause, die sie zwang, ihm ins Gesicht zu sehen. »Keine Alleingänge, Sie spielen nicht die Heldin. Verstanden?«

Ana schüttelte den Kopf. »Mache ich nicht. Ich hatte kein Naheverhältnis zu Mark. Ich halte mich heraus. Ich wünsche Ihnen raschen Erfolg bei der Aufklärung.«

Abschließend erhielt sie die Aufgabe, Bert hereinzuschicken, und trottete verdrossen in den Speisesaal. Immerhin hatte sie dort Glück. Das Frühstücksbuffet war noch in Betrieb und diesmal nahm sie bei Peter und Gerald Platz. Beide Herren erkundigten sich, wie es ihr ging. Der Finanzchef fragte zusätzlich, ob sich ihre Nerven beruhigt hatten. Vermutlich war das lieb gemeint, aber Ana fand es übertrieben und verkniff sich eine pampige Reaktion. Davon, eine Antwort geben zu müssen, befreite sie Horst, der sich bei ihnen niederließ. Er war blass und stützte sich auf beide Ellenbogen. Mühsam unterdrückte er ein Gähnen. Als er bemerkte, dass Ana ihn beobachtete, warf er ihr einen matten Blick zu und hob einen Mundwinkel an. Alle kauten schweigend, ein Gespräch kam nicht in Gang. Die gedämpfte Stimmung zerstörte Ana die Freude an einem ausgiebigen Frühstück. Nach zwei Tassen schwarzem Kaffee und einem Butterkipferl verabschiedete sie sich.

Während sie ihren Koffer durch die Hotelgarage zog, fragte sie sich, ob sie der Polizei doch von dem Zuschauer am Vorabend hätte erzählen sollen. Ständig kam er ihr in den Sinn.

Die einsame Garage ließ sie schaudern und sie zuckte zusammen, als ein Kofferraumdeckel zufiel. Parkhäuser flößten ihr Unbehagen ein und Mark fuhr ihr in den Sinn. Sein Mörder lief irgendwo herum. Erleichtert entdeckte sie ein Paar, weit entfernt, das auf den Ausgang zustrebte.

Sie setzte zum Weitergehen an und stoppte erneut. Schräg vor ihr parkte ein silbergrauer Mercedes und jemand saß vorgebeugt über dem Lenkrad im unbeleuchteten Fahrzeug. Während sie ihren Koffer vorbeizog, beobachtete sie die Gestalt. Diese machte keine Anstalten auszusteigen.

War das Paul-Egon Wagner? Sie stellte ihr Gepäck auf die Fahrbahn und ging zögernd näher. Das waren seine unverwechselbaren Haare. War ihm schlecht? Hatte er womöglich einen Herzinfarkt, so zusammengesunken, wie er im Auto kauerte?

Zaghaft klopfte Ana an die Autoscheibe. Sein Kopf fuhr in die Höhe und verschwollene Augen starrten sie an. Er hatte geweint!

»Kann ich Ihnen helfen?«, stieß Ana hervor.

Die Fensterscheibe glitt hinunter. »Frau Rubin, was tun Sie da?«

»Entschuldigung, ich wollte Sie nicht erschrecken. Haben Sie ein Problem? Soll ich Hilfe holen?«

Er hob abwehrend die Hand. »Nein, alles bestens.«

Mehr sagte er nicht. Ana überlegte, ob sie grüßen und weggehen oder etwas unternehmen sollte.

»Ich wollte nur das Beste, ehrlich. Für alle.«

Was meinte er damit? Bevor sie sich erkundigen konnte, sprach er weiter. »Sie brauchen keine Sorge um mich haben. Ich hatte eine schlaflose Nacht und bin übermüdet. Ich nehme mir den heutigen Tag frei, Termine habe ich ohnehin keine. Danke für Ihre Fürsorge. Auf Wiedersehen.«

Das war für ihn eine ungewöhnlich lange Rede. Die Fensterscheibe fuhr hinauf. Er nickte ihr zu und startete den Wagen. Perplex verharrte Ana, bis er aus der Parklücke hinausgerollt war und das Auto im Gang verschwand.

Was war das gewesen? Sie konnte sich keinen Reim auf Wagners Verhalten machen und im Grunde hatte es sie nicht zu interessieren. Das war seine Art, mit Marks Tod umzugehen. Immerhin hatte Wagner ihn näher gekannt und die beiden hatten sich gut verstanden. Wenigstens einer aus dem Führungsteam, der um Mark trauerte. War Herr Wagner überhaupt fahrtüchtig in seinem Zustand? Hätte sie ihn zurückhalten müssen? Dafür war es jetzt zu spät.

Sie wünschte sich, Marks Todesfall schnellstens zu vergessen. Auf in die Firma und weiterarbeiten, als sei nichts geschehen. Sie würde sich auf das Projekt konzentrieren und damit punkten. Es bahnte sich der nächste Karriereschritt an. Vorfreude erfüllte sie.

Während sie ihr Auto über die Reichsbrücke lenkte, wählte Ana die Nummer ihrer Schwester.

»Hallo, Regina, Ana spricht. Gibt es schon was Neues?«

»Schwesterherz! Kannst du Gedanken lesen? Ich war gerade dabei, dich anzurufen.«

»Sag endlich, kommst du?« Ana hielt gespannt den Atem an. Regina lebte in Kanada und sie trafen sich selten persönlich.

»Ja! Meine Bilder sind angenommen!«, jubelte ihre Schwester.

»Gratulation! Das ist ein toller Erfolg. Deine erste Ausstellung in Europa, und das in Wien. Ich freue mich so für dich! Wann kommst du?«

»Früher, als du glaubst. Der Veranstalter möchte mich in das Design des Raumes einbeziehen. Daher reise ich bereits zur Vorbereitung an. Ich suche mir heute noch einen günstigen Flug. Kann ich bei dir wohnen?«

»Was für eine Frage! Selbstverständlich wohnst du bei mir. Ich wäre beleidigt, wenn du dir lieber ein Hotelzimmer nehmen würdest. Bitte vergiss deinen Hausschlüssel nicht, andernfalls wartest du womöglich auf mich.«

»Den stecke ich gleich in die Tasche.«

»An den Code der Alarmanlage erinnerst du dich? Oder soll ich dich vom Flughafen abholen? Das mache ich gerne.« Ana holte kaum Luft, so freute sie sich auf ihre Schwester.

»Nein danke, dass du mich abholen kommst, ist überflüssig, weil ich mir ein Mietauto nehme. In den nächsten Tagen muss ich mobil sein. Du wirst keine Zeit und Lust haben, meine Chauffeurin zu spielen. Nach dem Zwölf-Stunden-Flug bin ich müde und lege mich nieder.«

»Ich platze vor Vorfreude auf dich.«

»Ich kann es kaum erwarten, mit dir Zeit zu verbringen und endlos zu quatschen.«

Vergnügt beendete Ana das Telefonat. Es war ein Lichtblick, ihre Schwester bei sich zu haben. Sie standen sich seit der Kindheit nahe. Selbst nachdem sich Regina auf ihrer Reise nach Studienabschluss in Kanada verliebt hatte, hatten sie engen Kontakt gehalten. Nun lebte sie auf einer Ranch in Quebec und jetzt sprang ihre Künstlerkarriere an. Womöglich hatten sie demnächst einen Star in der Familie.

Beschwingt verließ Ana in der Firmengarage ihr Auto und schloss Minuten später ihr Büro auf.

KAPITEL 8

Ana hielt noch die Türschnalle zu ihrem Arbeitszimmer in der Hand, als durch den Gang schallte: »Warte, ich möchte mit dir sprechen!«

Ihre Vertreterin Manuela Prince kam auf sie zu. »Bert hat mich angerufen, das ist eine schreckliche Geschichte. Wie fühlst du dich? Bist du überhaupt fit, um zu arbeiten?«

Leise antwortete Ana: »Mittelmäßig. Wissen es die anderen schon?«

»Die Gerüchte laufen heiß.«

»Kein Wunder. Ich habe in der Hektik vergessen zu fragen, ob Pat die Mitarbeiter zentral informiert. Weil uns hat sie das Reden verboten. Ich erkundige mich.«

»Hast du Lust auf ein Mittagessen zu zweit? Du musst mir haargenau erzählen, was passiert ist, und mir sagen, wie ich dich unterstützen kann.«

»Bitte nicht, ich brauche eine Atempause, um mich zu sammeln. Das erscheint mir alles unwirklich. Reden wir beim Abschlusskaffee, da nehmen wir uns Zeit.«

Manuela und Ana hatten vor Monaten das Ritual eingeführt, den Arbeitstag mit einem gemeinsamen Kaffee ausklingen zu lassen.

»Passt. Das ist verständlich, dass du durcheinander bist. Schone dich ein wenig, das war bestimmt der absolute Schock.«

Endlich war sie ungestört in ihrem Zimmer. Ana stürzte sich in ihre neue Rolle. Es handelte sich zwar um ein firmeninternes Projekt und sie bevorzugte Kundenprojekte, aber eine gelungene Zusammenführung der beiden Firmen war für die Zukunft entscheidend. Das war eine spannende Aufgabe. Ihr schoss ein Einfall ein und sie griff zum Telefon.

»Hallo, Gerald, Ana da. Spricht etwas dagegen, dass ich den heutigen Nachmittag nutze und zum Projekt-Kick-off einlade?«, fragte sie den Personalchef.

»Na, du gibst Gas«, lachte Gerald. »Gute Idee. Durch den Abbruch des Workshops sollten die wichtigen Teilnehmer Zeit haben. Sag mir, wenn ich dir helfen kann.«

Schnell tätigte sie einen Rundruf. Das Projekt hatte eindeutig einen hohen Stellenwert. Obwohl ihre Anfrage so kurzfristig kam, sagten alle zu. In zwei Stunden ging es los.

Eilig holte sie Bert in ihr Büro. Er ließ sich keine Überraschung über ihr Tempo anmerken. Konzentriert bereiteten sie die Unterlagen vor. Seit Jahren mit IT-Projekten erfahren, fanden sie sich mühelos im Thema zurecht. Die Aufgabe machte Ana sofort Spaß und sie hoffte, dasselbe galt für ihren Mitarbeiter – nach seinem Ärger vom Vortag. Er arbeitete aufmerksam und wie üblich schnell und einfallsreich. Aber so ernst und distanziert hatte sie ihn bisher nie erlebt. Vorsichtig fragte sie ihn, ob alles in Ordnung sei. Sie erntete eine unwirsche Handbewegung.

Als die ersten Teilnehmer das Sitzungszimmer betraten, duftete ihnen Kaffee entgegen. Ein Willkommensgruß schmückte das Flipchart und der Beamer strahlte die Agenda an die Wand.

90 Minuten später klappte Ana zufrieden ihren Laptop zu. Das Meeting war blendend gelaufen. Alle hatten engagiert mitgearbeitet und Aufgaben übernommen. Sogar Lilo, die für langwierige Diskussionen berüchtigt war, hatte sich zahm verhalten und angeboten, ein Werbekonzept zu erstellen. Die Sterne standen günstig.

Die einzige Überraschung hatte Tim geliefert, der verspätet ins Meeting geplatzt war. Ihn hatte die CEO mit dem Auftrag geschickt, Ana zu entlasten. Er war ihr zugeteilt, bis Pat ein neues Aufgabenfeld für ihn fand. Tim hatte eine vollgestopfte Plastikkiste geschleppt und vor Ana auf den Tisch geknallt. Sie hatte abwehrend die Arme gehoben: »Was soll ich mit dem Kram?«

»Schöne Grüße von Pat. Sie ersucht dich, Marks Papiere durchzusehen. Die hatte ich im Gepäck. Pat vermutet, dass du für das Projekt etwas verwenden kannst, den Rest lassen wir archivieren. Falls du auf Privates stößt, schicken wir es der Witwe.«

Auf die Frage, ob die Unterlagen nicht vorher zur Polizei gehen sollten, hatte sie erfahren, dass die Kommissarin sie bereits freigegeben hatte.

Ansonsten hatten im Kick-off alle Teilnehmer das Thema Mark vermieden. Am Ende hatte Horst Ana gelobt und angeboten, die unhandliche Kiste in ihr Zimmer zu tragen. Der Kollege hatte sich vom Vorabend erholt und seinen gewohnten Charme versprüht.

Nun klopfte ihr Peter anerkennend auf die Schulter, weil sie in den eineinhalb Stunden mehr weitergebracht hatten als den ganzen Montag mit Mark. Einzig seine Frage, ob ihre Nerven sich wieder eingerenkt hatten, ärgerte Ana. Kommentarlos überging sie seine Bemerkung.

»Ausgezeichnet gemacht.« Der Personalchef stand lächelnd vor ihr. »Alle wissen, was zu tun ist, es geht los. Wir zwei setzen uns morgen zusammen und ich führe dich in die Organisation der GENIAL ein.«

»Darf ich mir die Personalunterlagen durchsehen?«

»Auf jeden Fall, den Einblick benötigst du, um deine Verantwortung wahrzunehmen. Die Einschulung erledigen wir blitzartig. Vertraulichkeit ist selbstverständlich, das betone ich nicht extra für dich.«

Ana nickte zustimmend. Sie schätzte die Verschwiegenheit des Personalchefs. Mit ihm hatte sie bereits heikle Personalthemen beratschlagt und war sich seiner Diskretion sicher.

Der Start mit dem Managementteam war positiv gelaufen. Sie musste das weiterhin gut hinkriegen, dann bekam sie Unterstützung zur Beförderung in diesen Kreis. Pat holte sich bestimmt Meinungen ein.

Vor der Tür wartete Tim auf sie. »Womit soll ich beginnen? Außer mir hatte drinnen jeder seinen Verantwortungsbereich.« Vorwurf mischte sich in seine Feststellung.

»Ich hatte keine Vorabinformation, dass du ins Projektteam kommst. Keine Sorge, ich setze dich sinnvoll ein. Fürs Erste nimm mir bitte die Gesprächsnotiz ab.«

Der junge Mann nickte ohne Begeisterung. »Und dann?«

»Morgen erstellen wir meinen Vortrag für den Welcome. Mit Präsentationen hast du bestimmt Erfahrung, das wäre eine großartige Entlastung für mich.«

Mit einem Mal schaute Tim zuversichtlich drein. »Da bin ich Weltmeister. Deine Rede wird alle anderen übertreffen. So kann ich wenigstens etwas Sinnvolles einbringen.«

Seine Überheblichkeit war verschwunden. Er sah ernst aus, fast nachdenklich. »Weißt du, ich mache mir Gedanken, wie es mit mir weitergeht. Das Jahr bei Mark war kein Honiglecken, das darf auf keinen Fall vergeudet sein.«

»Du hast doch sicher Pat gefragt, was mit dir passiert. Was hat sie gesagt?«

»Sie hat die Priorität des Projektes betont. Nur die erfolgreiche Umsetzung kann die bedeutende Investition absichern. Und dass ich dich dabei unterstützen und sie nicht nerven soll. Es wird sich etwas für mich ergeben.«

»Das denke ich auch. Irgendjemand wird Nachfolger von Mark. Wenn derjenige noch keinen Exec-Assi hat, wäre das die erste Möglichkeit.«

»Oder sie übertragen mir sofort einen Managementjob. Wissen habe ich ausreichend. Ein zweites Jahr ist überflüssig.« Es war zurück, sein übermäßiges Ego.

»Kommt auf den Job an«, gab Ana zu bedenken.

»Ich bin in der Lage, jede Position zu übernehmen. Ich habe in den letzten Monaten viel Unfähigkeit miterlebt, das kann ich besser.«

»Tim, wir kennen uns kaum und daher hüte ich mich, deine Qualifikation zu werten. Aber glaube mir, auch wenn du die Fehler der anderen siehst, kannst du es nicht automatisch besser.«

Diese Aussage brachte Ana ein tiefes Stirnrunzeln ein. Wenn sie seinen Gesichtsausdruck richtig interpretierte, hielt er sie für dumm. Das war ihr egal, ihr trat der junge Mann allzu selbstverliebt auf.

»Wie bist du eigentlich mit Mark ausgekommen?«

Er warf ihr einen verblüfften Blick zu und fuhr sich wieder einmal durch seinen Haarschopf. Die Gelegenheit, über sich selbst zu sprechen, nahm er ohne Zögern wahr.

»Der Arbeitstag mit ihm war verdammt lang. Oft hat er mich um sieben Uhr angerufen und ich bin regelmäßig bis Mitternacht gesessen, um seine Aufträge zu erledigen. Ich habe es immer geschafft. An guten Tagen war es interessant, mit ihm zu arbeiten. Mark war ein genialer Verhandler und Stratege.«

»Und an schlechten?«

Tim lächelte gequält. »Er beherrschte es, peinigend zu sein. Laut und ungerecht.«

»Das tut mir leid.« Diese Floskel war ihr unabsichtlich herausgerutscht. Die Abkürzung auf der Karriereleiter zu nehmen hatte eben seinen Preis.

»Kein Problem, ich habe es mir ausgesucht. Manchmal hätte ich am liebsten alles hingeworfen oder Mark eine übergezogen.« Er hielt inne. »Ich war es nicht, falls sich das jetzt so angehört hat. Da kenne ich Leute, die stärkere Motive haben.«

»Was meinst du damit?«

»Wenn du Mark aufmerksam zugehört hast, hast du es aus seinen Äußerungen heraushören können. Er plante in Österreich gravierende Änderungen im Management. Einige hätten zu ihrem gewohnten Dasein Lebewohl sagen müssen.«

»Wirklich? Wer?«

Ana war perplex. Ihr war nie die Idee gekommen, dass Mark das eingespielte Managementteam sprengen würde.

Tim rückte sein Sakko zurecht und streifte eine Haarsträhne zurück. Der arrogante Exec-Assi war zurückgekehrt. Er zwinkerte ihr zu und verabschiedete sich mit einem Kopfneigen. Das war völlig überzogenes Gehabe. Diese Geste hatte er sich bei irgendwem Wichtigen abgeschaut.

KAPITEL 9

Tief in Gedanken versunken ging Ana über den Gang. Welche dramatischen Änderungen hatte Mark in Österreich geplant? Waren diese mit seinem Tod vom Tisch oder würde der Nachfolger sie umsetzen? Hatte Tim die Antworten, oder machte er sich nur wichtig?

Sie schüttelte widerwillig den Kopf. Sie hatte sich vorgenommen, Mark aus ihren Gedanken zu streichen, und dabei blieb es. Den Exec-Assi behielt sie besser im Auge, ihr Vertrauen zu ihm hielt sich in Grenzen.

Um die Ecke bog Bert.

»Hi, Bert! Hast du Zeit? Ich möchte mit dir sprechen.«

»Eher nein. Ich habe mit der Hausverwaltung einen Termin wegen der Übersiedlung.« Er drehte sich weg und marschierte los.

»Okay, aber später reden wir. Wir nehmen uns beide heute noch Zeit dafür«, rief Ana seinem Rücken hinterher.

Sie wollte dringend erfahren, welches Problem ihn belastete. Statt wie üblich zu scherzen, hatte er seit dem Vortag nicht mehr als notwendig mit ihr gesprochen. Ständig trug er einen trotzigen Gesichtsausdruck. Er verhielt sich so untypisch, dass sie sich ernsthaft Sorgen machte.

In ihrem Zimmer angekommen, lehnte sie sich ans Fenster. Hier stand sie gerne, um ihren Kopf von belastenden Gedanken zu befreien und die Aussicht zu genießen. Sie liebte diese Perspektive auf Wien. Dachgärten, Kirchenspitzen und Kuppeln, sie konnte sich nie sattsehen. Unter Umständen würde es ihr gelingen, früher aus der Firma rauszukommen. Ein Bummel durch die Gassen der Altstadt lockte sie. Wie wäre es mit einem Drink in einem Schanigarten?

Streng rief sie sich zur Pflicht zurück. Sie hatte Aufgaben zu erledigen. Als Erstes griff sie zum Telefon.

»Hallo, Karsten, Ana hier. Wie geht es dir?«

»Oh, welche Ehre! Von dir habe ich lange nicht mehr gehört. Bei mir ist alles bestens, danke der Nachfrage. Was kann ich für dich tun?«

»Vielleicht kann ich etwas für dich tun.«

»Das klingt spannend. Was könnte das sein?«

»Leo Jäger geht in Pension.«

»Echt? Ist alles in Ordnung mit ihm? Er wollte doch noch ein paar Jahre arbeiten.«

»Wir waren alle überrascht, er hat seinen Meinungswechsel nicht erklärt. Jedenfalls sind wir aufgefordert, Vorschläge für die Nachfolge einzubringen. Ich möchte dich gerne als Vertriebschef zur Diskussion stellen. Vorausgesetzt, du willst das.«

Zu ihrer Überraschung blieb es in der Leitung still. »Karsten?«

»Ich weiß nicht, was ich sagen soll. Natürlich wäre ich gerne Vertriebsleiter, das ist seit Langem mein Wunsch. Aber solange Mark Einfluss nimmt, ist das unrealistisch. Dir ist doch bekannt, dass er mir nicht wohlgesinnt ist.«

Ana schluckte. Warum hatte sie angenommen, dass alle über Marks Tod informiert waren? Sie hatte sich auf Pat verlassen und war zur Tagesordnung übergegangen.

Nach einem kräftigen Räuspern sagte sie: »Mark redet niemandem mehr drein, er ist tot. Ich dachte, dass die Mitteilung längst die Runde gemacht hat.«

»Was?«, brüllte Karsten in ihr Ohr. Gedämpft fuhr er fort: »Ich sitze im Zug. Ich war bei einem Kunden und hatte das Handy bis vor ein paar Minuten ausgeschaltet. Jetzt bin ich sprachlos. Was ist Mark zugestoßen?«

»Er ist tot im Hotelzimmer gelegen. Alle denken, dass es Mord war.«

Wieder trat eine Pause ein. »Dir gegenüber heuchle ich keine Trauer. Umbringen ist keine akzeptable Lösung. Aber bei ihm habe ich Verständnis, wenn jemandem der Kragen geplatzt ist.«

»Mhm. Sei vorsichtig mit solchen Äußerungen, sonst kommt wer auf blöde Ideen. Die Polizei sucht Verdächtige. Verrätst du mir, wieso dich Mark feindselig behandelt hat?«

»Dir schon, aber ich möchte nicht, dass darüber gequatscht wird.«

»Klar.«

»Auslöser war ein Vorfall bei einem Kunden, den wir gemeinsam besucht haben. Mark redete ihm etwas ein, was technisch keine optimale Lösung war. Der Kunde war verunsichert und hat mich um Bestätigung gefragt.«

»Das ist eine unangenehme Situation«, sagte Ana.

»Genau. Ich habe versucht, diplomatisch zu antworten, aber Mark hat das in die falsche Kehle gekriegt und als Affront gegen sich verstanden. Ab diesem Moment hat er kein gutes Haar an mir gelassen und mich bei jeder Gelegenheit bloßgestellt. Er hatte eine spezielle Art, jemanden zum Gespött zu machen.«

»Mark hat dich gemobbt! Hast du etwas dagegen unternommen?«

»Ich bin ihm aus dem Weg gegangen.«

»Das ist alles? Warum hast du keine Hilfe gesucht?«

»Ich will meinen Job erledigen und keine Machtkämpfe führen. Er hätte sowieso gewonnen.«

»Mhm. Darf ich dich nochmals fragen, ob ich dich als Verkaufschef nominieren soll?«

»Ja, wirklich gerne! Danke, dass du an mich gedacht hast.« Karsten freute sich hörbar. »Das wäre zu schön, um wahr zu sein.«

Ana schüttelte den Kopf, als sie ihr Handy weglegte. Sie verstand sich mit Karsten seit Langem blendend und mochte sein positives Wesen. Mit den Kollegen vertrug er sich gut und die Kunden schätzten seine Kreativität. Trotzdem hatte er den Zorn von Mark auf sich gezogen.

Ein weiteres Mal Mark. Es war unmöglich, dieses leidige Thema zu meiden, es drückte auf ihre Stimmung. Lieber arbeitete sie am Projekt. Sie hatte in der Besprechung zugesagt, die Interviews mit den Managern zu übernehmen, damit fing sie gleich an.

Ihr Weg führte sie zum scheidenden Vertriebsleiter. Leos Miene strahlte auf, als er sie sah, und er bat sie in sein Büro. Ana hatte eine Frageliste vorbereitet und arbeitete sie mit ihm durch.

Leo war ein alter Vertriebsprofi. Mit Schlauheit und seiner überzeugenden Begeisterung hatte er in der Vergangenheit legendäre Vertragsabschlüsse gewonnen. Er erklärte ihr seine Sicht auf die Vertriebschancen und seine Vision von Consulting.

Nach einer Stunde klappte Ana zufrieden ihr Notizbuch zu. »Vielen Dank, Leo, dass du mir so umfangreich Zeit geschenkt hast. Dieses Gespräch war aufschlussreich, ich nehme tolle Anregungen mit.«

»Es ist mir ein Vergnügen. Ihr kriegt das hin. Ohne Mark habt ihr ein entspanntes Betriebsklima, wo alle zusammenhalten. Wenn du etwas brauchst, melde dich, ein paar Wochen bin ich noch da.«

»Was hast du für den Ruhestand geplant?«

»Nichts, was mit dieser Branche zu tun hat. Ich freue mich auf Reisen und ich spiele mit dem Gedanken, in ein Entwicklungsprojekt einzusteigen.«

»Warum hast du dich entschieden, von heute auf morgen die Pension anzutreten?«

Leos Gesicht verschloss sich. Er zuckte mit den Achseln und begleitete sie zur Tür. »Gib in Zukunft gut auf dich acht.«

»Na klar«, lachte ihn Ana an. Eine ungewöhnliche Verabschiedung, wunderte sie sich. Leo war doch sonst so unbekümmert. Vielleicht wurde er wegen der baldigen Pension wehmütig. Sie sah auf die Uhr. Es war ausreichend Zeit für ein weiteres Gespräch. Sie wählte den alten Wagner aus. Der verließ auch demnächst die Firma. Das Interview war außerdem ein guter Vorwand, um zu schauen, wie es ihm ging. Immer wieder fiel ihr sein verzweifelter Blick in der Garage ein. Hoffentlich hatte er sich erholt.

Sie fand sein Zimmer verschlossen. Er hatte ihr doch mitgeteilt, dass er sich freinahm. Egal, sie hatte das Bedürfnis, sich davon zu überzeugen, dass mit ihm alles in Ordnung war.

»Grüß Sie, Herr Wagner, Ana Rubin spricht. Störe ich Sie in der Freizeit?«

»Frau Rubin, das ist kein Problem. Warum rufen Sie an?«

»Wir befragen im Rahmen des Integrationsprojektes Führungskräfte über ihre Ideen zum Firmenkauf. Ich möchte Ihre Erfahrung aus der langen Laufbahn anzapfen. Können wir reden?«

»Ach so, Sie rufen mich wegen der Integration an.«

Klang Herr Wagner erleichtert? Was hatte er denn vermutet?

»Ihre Geschwindigkeit überrascht mich. Sie legen sich mächtig ins Zeug. Sehr zielgerichtet.« Machte er ihr ein Kompliment oder meinte er das ironisch?

Sie überging die Bemerkung. »Starten wir gleich?«

»Tut mir leid, es ist momentan unpassend. Ich bekomme Besuch. Wie wäre es mit morgen in der Früh?«

»Wann ist Ihnen ein Termin angenehm?«

»Um acht Uhr in meinem Zimmer, wenn das keine Unzeit für Sie ist.«

»Danke, acht passt.«

»Bis morgen. Und seien Sie stets wachsam.«

»Äh. Ja, Sie auch. In dem Fall halte ich Sie …« Ana stoppte. Herr Wagner hatte aufgelegt. Sie zuckte die Schultern. Er hatte wie üblich höflich und wortkarg geklungen, aber er wurde schrullig. Warum hatte er gesagt, sie solle wachsam sein? Was für eine komische Ausdrucksweise. Egal, er hatte es sicher nicht böse gemeint.

Sie wollte die Pause nutzen und mit Bert über seine Befindlichkeit sprechen. Da stapften ihr zwei Personen am Gang entgegen. Pats Gesicht glühte hochrot und ihre Körperhaltung strahlte Ärger aus. Dicht auf den Fersen folgte ihr Kommissar Müller mit finsterer Miene.

Ana blieb irritiert stehen. Kamen die beiden zu ihr? Ein schlechtes Gefühl breitete sich in ihr aus. Mühsam presste sie einen Gruß heraus. Statt einer Erwiderung sagte Pat: »Ist Bert da?«

»Ich denke schon, vor einer Stunde war er es jedenfalls. Ist etwas passiert?«

Mit einer abwehrenden Handbewegung marschierte die CEO weiter und Müller heftete sich wieder an, ohne Ana anzusehen. Die beiden verströmten negative Energie, Unruhe überfiel Ana. Sie kehrte um und lief ihnen nach.

»Bert. Komm her, die Polizei muss dich sprechen.«

Pat hatte ihn im Großraumbüro entdeckt und kündigte sich lautstark an. Köpfe drehten sich. Ana beschleunigte ihren Schritt und erreichte Pat in dem Augenblick, in dem Bert näher kam und fragte: »Ja? Was gibt es?«

»Ich muss Sie ersuchen, mit auf das Kommissariat zu kommen, Herr Ulram. Ihre Aussagen haben sich als unrichtig erwiesen«, antwortete ihm Müller.

»Welche Aussagen?« Ana schoss vor und stellte sich knapp vor den Kommissar.

»Frau Rubin, bitte mischen Sie sich nicht ein. Ihr Kollege weiß haargenau, was ich meine. Er wird uns einiges erklären müssen.«

Ana wandte sich zu Bert. Sie erschrak. Er war kreideweiß im Gesicht und wich ihrem Blick aus.

»Bert, was ist los?«

»Es tut mir leid.«

»Jetzt kommen Sie, Herr Ulram, und Sie geben bitte Ruhe, Frau Rubin.« Müllers Stimme klang ungeduldig.

»Was hast du gemacht?« Ana wich keinen Zentimeter zurück.

»Ich habe ihm nichts getan, das musst du mir glauben. Ich wollte lediglich verhindern, dass du es erfährst.«

Entgeistert sah Ana zu, wie der Kommissar ihn am Oberarm packte und aus dem Raum führte. Ihr Mitarbeiter hielt den Kopf tief gesenkt. Pat eilte hinterher. Die Kollegen, die Zeugen dieses Auftritts waren, saßen sprachlos herum. Es war kein Geräusch zu hören.

»Was war das? Wieso muss er mitgehen?« Manuelas Aufschrei durchschnitt das betretene Schweigen. Atemlos bremste sie vor Ana.

»Ich habe keine Ahnung, ich soll irgendetwas nicht erfahren.« Ihre Stimme klang hohl.

KAPITEL 10

»Können wir denn wirklich nichts tun?«, fragte Manuela zum wiederholten Mal.

»Wir wissen nicht einmal, was Bert vorgeworfen wird«, antwortete Ana.

»Ruf deinen Kommissar an.«

»Das ist nicht mein Kommissar. Und er hat eindeutig befohlen, dass ich mich heraushalten soll.« Ana verabscheute es, wenn sie sich hilflos fühlte. Es musste ihr etwas einfallen, wie sie Bert beistehen konnten. »Vorschlag. Ich schreibe Bert eine SMS und wir warten zwei Stunden. Wenn er sich bis dahin nicht meldet, rufe ich den Müller an. Einverstanden?«

Manuela zuckte die Schultern.

»Hast du eine schlauere Idee?«

In Manuelas Gesicht arbeitete es. Widerwillig sagte sie: »Nein. Machen wir es so. Wie soll ich die nächsten zwei Stunden überleben?«

»Lenk dich mit Arbeit ab, davon hast du mehr als genug.«

Da klopfte es und Tim streckte seinen Kopf ins Zimmer. »Entschuldigung, ich wusste nicht, dass ihr einen Termin habt.«

»Komm herein, wir sind fertig. Brauchst du etwas?«

Zögernd strich er die Haare zurück. »Ich will mit dir unter vier Augen reden.«

»Ich gehe schon.« Manuela verdrehte ihre Augen, schnappte ihren Laptop und schritt aufreizend langsam hinaus.

»Ich weiß, warum die Polizei Bert verhaftet hat.«

»Bert wurde nicht verhaftet, lediglich für ein Gespräch mitgenommen. Was konkret weißt du?« Gebannt sah Ana den jungen Mann an. Er genoss ihre ungeteilte Aufmerksamkeit.

»Bert war nach mir in Marks Hotelzimmer. Das war, bevor wir alle zum Grillfest losgezogen sind. Ich habe ihn hineingehen sehen, aber das hat er nicht bemerkt. Anscheinend hat er diesen Besuch der Polizei verschwiegen. Das schaut übel für ihn aus.«

»Was wollte er bei Mark?«

Tim zuckte die Schultern. »Keine Ahnung, er hatte keinen Termin.«

»Hast du ihn auch herauskommen sehen?«

»Nein, ich habe nicht gewartet. Dem Besuch habe ich keine Bedeutung beigemessen, es will ständig jemand etwas von Mark. Wollte, meine ich«, verbesserte er sich.

»Bert hat nichts mit Marks Tod zu tun, aber jetzt verstehe ich, warum der Müller derartig verärgert war.«

Ein weiteres Mal fuhr seine Hand zu den Haaren. »Wieso schließt du Bert als Täter aus? Gut möglich, dass er Zoff mit Mark hatte und ausgerastet ist.«

Hitze stieg in Ana auf. »Du hattest ebenfalls Meinungsverschiedenheiten mit Mark und hast ihn trotzdem nicht ermordet. Sagst du zumindest.«

»Die Kollegen sind auch der Ansicht, dass Bert oft hitzköpfig ist.«

»Du hast mit anderen über Bert getratscht? Wenn du ihn beschuldigst, kriegen wir zwei ein Problem miteinander. Verstanden?«

Tim verzog sein Gesicht und grummelte, als er Anas Zimmer verließ.

Wütend schlug Ana mit der Handfläche auf den Tisch, dass es knallte. Was hatte sich Bert nur gedacht? Sie schrieb Manuela die Neuigkeit per Chat über den Computer. Manuela reagierte mit einem entsetzten Emoji.

Die Frist war beinahe abgelaufen, als der Anruf von Bert kam. »Ana, es tut mir leid. Ich habe Scheiße gebaut.«

»Tim hat mir erzählt, dass du bei Mark warst. Was wolltest du bei ihm und warum hast du es niemandem anvertraut?«

»Es war eine hirnverbrannte Idee von mir.«

»Spuck endlich aus, was du von ihm wolltest!«

Das Schweigen dehnte sich aus, sie hörte ihn schwer atmen.

»Ich habe mich als Exec-Assi beworben.«

»Du?«, blies Ana, ohne zu überlegen, heftig heraus.

»Mir war klar, dass du so reagierst, deshalb habe ich den Mund gehalten.«

»Gibst du mir die Schuld daran, dass du die Polizei anlügst?«, fuhr sie ihn an.

Bert räusperte sich. »Nein.«

Ana bemühte sich um eine ausgeglichene Stimme. »Du weißt, dass ich dich schätze und ich dich nicht verlieren möchte. Aber wenn du einen anderen Job anstrebst, unterstütze ich dich. Allerdings wäre ich nie im Leben auf die Idee gekommen, dass du ein Exec-Assi werden möchtest. Das erscheint mir haarsträubend unpassend für dich.«

»Möglich. Ich war frustriert, dass ich den Vertreter für eine interne Projektleitung machen muss. Schlagartig war ich mit allem unzufrieden.«

»Wie hat Mark reagiert?«

»Bescheuert. Der Armleuchter hat blöd gegrinst und mich angeglotzt. Dann hat er gemeint: ›Wir werden sehen‹ und hat mich weggeschickt.«

»Das wäre mit euch beiden nie gut gegangen.«

»Möglich, aber umgebracht habe ich den Scheißkerl nicht. Nach mir muss noch ein Besucher gekommen sein.«

»Hast du am Gang jemanden getroffen?«

»Soweit ich mich erinnern kann, nein. Ich bin direkt in mein Zimmer zurück und habe mich fürchterlich geärgert. Sonst war nichts.«

»Glaubt dir Müller?«

»Sag du es mir.« Bert stöhnte leise ins Telefon. »Er hat sein Pokergesicht aufgesetzt. Außer dass ich den Besuch bei Mark verschwiegen habe, konnten sie mir nichts anhaben und ich durfte gehen. Ich muss mich zur Verfügung halten, bla, bla, bla. Soll ich in die Firma kommen?«

»Nein. Mir reicht es für heute. Jetzt rede ich mit Manuela, die sitzt auf Nadeln wegen dir, und danach ist Schluss. Wir sehen uns morgen.« Ana zögerte kurz. »Bert, das war ein Riesenblödsinn, ich hoffe, das ändert nichts zwischen uns.«

»Ab und zu bin ich ein Vollidiot. Bis morgen.«

Aufgewühlt pingte sie Manuela, dass sie sich in zehn Minuten unten zum Kaffee treffen würden. Sie räumte rasch ihren Schreibtisch auf. Es war ein heller Maiabend und die Sonne ging erst in einer Stunde unter. In diesem

Augenblick beleuchtete sie die Berge um Wien. Diesmal verfehlte das Panorama seine beruhigende Wirkung.

Als Ana in den Hof trat, lehnte Manuela mit zwei Kaffeebechern an einem Stehtisch. Die Hochhäuser warfen lange Schatten, aber dieser Tisch glänzte noch in der tief stehenden Sonne. Ein paar Kollegen hatten sich im Freien versammelt und grüßten freundlich, als Ana an ihnen vorbeiging.

»Was ist mit Bert?«, fragte Manuela sofort.

»Sie haben ihn freigelassen. Stell dir vor, nach allem, was man bisher weiß, war er der Letzte, der vor Marks Tod bei ihm im Hotelzimmer war. Das bringt ihn massiv unter Verdacht, weil er es bei der Einvernahme verschwiegen hat.«

»Warum hat er das verheimlicht?«

»Um mich nicht zu verärgern oder zu kränken, was weiß ich. Er hat sich bei Mark als Exec-Assi beworben.«

»Wie blöd ist das denn? Da hätte es doch nach einer Woche Mord und Totschlag gegeben!«

Ana erwiderte nichts und blinzelte Manuela mit schief gelegtem Kopf an.

»Oje, ich bin schon still. Idiotische Bemerkung. Bist du Bert böse?«

»Tja. Ich begreife nicht, warum er nicht mit mir geredet hat.«

»Verletzter Stolz. Fehlendes Gespür. Unüberlegte Aktion.« Ihre Kollegin zählte mit gerunzelter Stirn denkbare Gründe auf.

»Hoffen wir, dass diese Spinnerei kein Nachspiel hat. Die Polizei wird ihn genau unter die Lupe nehmen.«

Sie zündeten Zigaretten an. Sie waren weder richtige Raucherinnen noch Nichtraucherinnen. Es war eine Angewohnheit, die sich zu einem abendlichen Ritual entwickelt hatte. Schweigend hing jede ihren Gedanken nach, bis Manuela ihre Neugierde nicht mehr zügeln konnte. »Erzähl mir, wie du Mark gefunden hast.«

Ana schilderte den Grillabend, angefangen von der Idee, Mark zu besuchen, bis zu dem Moment, als der Portier die Hoteltür geöffnet hatte. Leise beschrieb sie, wie Mark auf dem Tisch gelegen war. Den Steckkamm und die Schachfigur ließ sie aus. Es reichte, wenn die Symbole sie verfolgten.

»Welche Verletzungen hast du gesehen?«

»Keine.«

»Wie ist er dann umgekommen?«

»Das hält die Polizei geheim.«

»Ob ihn jemand wegen des Firmenkaufs aus dem Weg geräumt hat?«, dachte Manuela laut.

»Macht das Sinn? Es gibt keine Rückabwicklung des Kaufs und statt Mark findet sich ein anderer Häuptling.«

»Wer wird sein Nachfolger?«

»Das ist offen. Bitte erzähl keine Details weiter, Pat hat uns einen Maulkorb verpasst.«

»Jemandem sind Marks Eskapaden zu heftig geworden«, sinnierte Manuela.

»Hast du ihn näher gekannt?«

»Ich war vor Jahren in derselben Organisation wie er. Da erzählten die Kollegen Schauergeschichten über ihn.«

»Mehr als die üblichen Reibereien unter Konkurrenten?« Ana zog eine Grimasse.

»Einige Mitarbeiter kündigten wegen ihm, weil sie sich sein Benehmen nicht länger bieten lassen wollten. Zusätzlich seine Frauengeschichten, der war kein Kostverächter.«

»Echt? Die Kommissarin hat auch darauf angespielt. Auf diese Idee bin ich nicht gekommen, wer steht denn auf so einen Typ?«

»Ich glaube, es ist die Macht. Die zieht manche Frauen magisch an. Du kannst nicht ausschließen, dass es ihm ein betrogener Ehemann heimgezahlt hat.«

»Du solltest mit der Polizei sprechen. Du kannst aufschlussreicher über ihn erzählen als ich.«

Abermals drehte sich ein Gespräch um Mark. Das war zum Wahnsinnigwerden. Unversehens brach aus Ana heraus: »Den ganzen Tag höre ich, was für ein furchtbarer Mensch Mark war. Wie kann eine so gestörte Persönlichkeit Regionalchef werden? Was bringen die Managementseminare, wenn sie uns so einen Idioten vorsetzen? Was läuft falsch bei uns?«

»Es haben alle weggesehen.« Manuela seufzte leise.

»Weil sie sich fürchten?«

»Weil es bequem ist. Und denk daran, Mark hatte auch Stärken. Er war ein mitreißender Redner mit Visionen für die Zukunft.«

»Unbestritten hatte er fachliche Fähigkeiten, sonst wäre er nie so weit gekommen.« Ana schüttelte den Kopf.

»Intelligent, jedoch menschlich ein Aas«, sinnierte Manuela.

»Irgendwem wurde es zu viel und er ist durchgedreht. Dann sind alle mitschuldig, die bewusst weggeschaut haben.« Ana war fassungslos.

Manuela zog ratlos die Schultern in die Höhe. »Keiner gibt zu, weggeschaut zu haben. Die Standardantwort ist, dass keiner etwas gemerkt hat.«

»So will ich nicht werden. Ich werde mich immer bemühen, nicht wegzusehen.«

»Das ist ein toller Vorsatz, doch schwierig umzusetzen.«

»Ich will das schaffen.«

»Findet die Welcome-Party am Samstag statt?«, lenkte Manuela sie ab.

»Das nächste erbauliche Thema. Ich zitiere Pat: ›Der Zeitlauf der Integration bleibt von Marks Tod unberührt.‹ Das heißt, die Party wird gefeiert.«

»Normalerweise würde ich sagen, das ist pietätlos. Aber Mark hätte genauso entschieden, also ist es für mich okay.«

»Mhm. Scheußlich. Wir beenden diesen Tag. Ab morgen streiche ich Mark aus meinen Gedanken.«

»Das machen wir. Bleibt zu hoffen, dass ab morgen alles besser wird.«

Als Ana in der Garage auf ihr Auto zuschritt, verbesserte sich ihre Laune schlagartig. Blitzte ihr Jaguar-Cabrio sie unternehmungslustig an? Das war das perfekte Wetter für ein geöffnetes Verdeck. Statt der Autobahn würde sie Nebenstraßen nehmen und sich in einem Gastgarten ein Abendessen gönnen. Genüsslich öffnete sie das Dach und hörte auf das Brummen des Motors. Sie freute sich auf die Heimfahrt mit lauter Rockmusik, die die negative Stimmung im Fahrtwind wegblies.

KAPITEL 11

Am nächsten Morgen fühlte sich Ana ausgeschlafen und voller Energie. Sie war fest entschlossen, die Geschehnisse hinter sich zu lassen.

In der Firma zappelte bereits Tim mit einer angeblich perfekten Präsentation vor ihrem Büro. Sie vertröstete ihn auf später. Ein Blick in ihre Mails zeigte ihr eine Nachricht von Pat. »Yes!«, raunte sie ihrem Bildschirm zu. Die CEO hatte ihr ein ansehnliches Budget für das Projekt freigegeben. Jetzt war sie in der Lage, der Büroausstattung Pfiff zu verleihen. Das würde die Stimmung unter den Mitarbeitern heben.

Bevor sie sich mit diesen Themen beschäftigen konnte, hatte Ana den Termin mit Herrn Wagner. Pünktlich um acht Uhr klopfte sie. Als sie keine Reaktion hörte, drückte sie die Schnalle hinunter. Die Tür war versperrt.

»Das gibt es doch nicht, der erscheint üblicherweise viel früher«, ärgerte sich Ana. Herr Wagner war für seine Pünktlichkeit bekannt. Missmutig lehnte sie sich gegen die Wand. Warten gehörte nicht zu ihren Stärken. Nach wenigen Minuten reichte es ihr und sie rief ihn an. Die Voicebox sprang an und sie hinterließ eine Bitte um Rückruf.

An ihrem Schreibtisch arbeitete sie lustlos Mails ab. Als nach einer Viertelstunde noch immer kein Anruf eingelangt war, pingte sie den Personalchef an. »Guten Morgen, Gerald.

Hat sich Herr Wagner krankgemeldet? Wir haben einen Termin, aber er ist noch nicht da.«

Die Antwort blinkte augenblicklich auf dem Schirm. »Guten Morgen. Keine Krankmeldung. Wir haben in einer Stunde unseren Jour fixe, da erinnere ich ihn an dich. Er wird sich bei dir melden. Ungewöhnlich.«

»Danke. Bleibt es bei elf Uhr?«

»Ja, bei mir.«

Wenige Minuten später läutete ihr Handy. Verwundert erkannte Ana den Namen des Personalchefs. Hatte er es sich anders überlegt und sagte ihr doch ab?

»Komm bitte rasch! Pat sitzt bei mir und wir führen eine intensive Unterhaltung.« Ein Knacken in der Leitung, er hatte aufgelegt.

Eilig lief sie über das Stiegenhaus hinauf. Sie rätselte, was Gerald mit »intensiver Unterhaltung« hatte ausdrücken wollen. Angespannt betrat sie sein Zimmer. Pat saß mit verschränkten Armen beim Besprechungstisch. Sie vibrierte vor Ärger.

»Nimm bitte Platz.« Der Personalchef deutete ein Lächeln an. Dabei zog er mit einem Griff seinen Krawattenknopf fest. Das machte er häufig, wenn er angespannt war. »Pat möchte Bert Ulram vom Dienst freistellen. Das ist selbstverständlich ihr Recht, daran lasse ich keinen Zweifel.« Er nickte in Richtung CEO. »Aber ich bin an deiner Sicht interessiert, du bist seine Managerin.«

Anas Körper verkrampfte sich. Sie nickte, um Zeit zu gewinnen. Ihre Stimme klang fremd, als sie antwortete: »Bert hat den Besuch bei Mark verschwiegen, weil er mich nicht beleidigen wollte. Das war ein Fehler, das sieht er ein. Dieser Ausrutscher ist jedoch nicht schwerwiegend genug für eine Abmahnung oder Freistellung.«

»Na, du bist originell. Der Kollege lügt die Polizei an, und das ist für dich in Ordnung?« Pats Stimme schrillte in Anas Ohren.

»Nein, es war nicht korrekt. Er hat es begriffen und wird daraus lernen. Aber wie gesagt, das ist kein Grund für eine Freistellung. Bert ist ein wertvoller Mitarbeiter mit Potenzial, wir brauchen ihn.«

»Vielleicht ist der Lügner obendrein ein Mörder, und du deckst ihn?«

»So geht das nicht, Pat!«, brüllte Ana auf.

»Halt!« Der Personalchef riss die Hände in die Höhe, um ein Schreiduell der Frauen im Keim zu ersticken. Bedächtig sagte er: »Pat, ich muss Ana recht geben. Du kannst nicht einen Mitarbeiter des Mordes bezichtigen. Auch hier gilt die Unschuldsvermutung.«

Pat schaute wütend und umklammerte die Tischkante. Die Adern traten an den Gelenken hervor. Aber dann glätteten sich ihre Gesichtszüge blitzartig und sie sprach kontrolliert. »Gut. Nein, nicht gut, aber akzeptiert. Keine Freistellung zum jetzigen Zeitpunkt. Ich hoffe, ihr behaltet recht. Danke, Ana, du kannst gehen.«

Während sie auf den Aufzug wartete, lief diese Szene nochmals vor Anas Augen ab. Bis vor ein paar Monaten hatte sie den Eindruck gehabt, dass Pat ihr gegenüber ablehnend war. Das Klima hatte sich in letzter Zeit wesentlich verbessert. Pat war umgänglich und fand mitunter positive

Worte. Ana war über das entspannte Verhältnis glücklich gewesen. Der heutige Auftritt stand im heftigen Widerspruch dazu. Aus welchem Grund preschte die CEO wegen Bert so vor?

»Guten Morgen!«, brüllte es neben ihrem Ohr. Sie fuhr herum. Bert lachte über das ganze Gesicht. »Schläfst du? Der Aufzug war da und ist ohne dich wieder weggefahren.«

»Kein Grund, mich zu erschrecken«, gab sie bemüht entspannt zurück. »Mein Gehirn arbeitet auf Hochtouren.« Gemeinsam nahmen sie den nächsten Lift und unterhielten sich, bis Ana vor ihrem Zimmer stand. Das erste Mal seit dem Workshop fühlte sie, dass Bert wieder der Alte war. Ihm war sichtlich nicht bewusst, dass sich zusätzlich zur Polizei ein firmeninterner Sturm aufbaute.

Pünktlich fand sie sich beim Personalchef ein. »Danke, dass du mich bei Pat unterstützt hast.«

»Gerne. Ich habe befürchtet, dass dieses Thema zwischen euch eskaliert«, sagte Gerald neutral.

»Wieso?«

»Zur Firmenpolitik musst du noch einiges lernen. Dir ist klar, dass in diesen Stunden das Headquarter entscheidet, wer Nachfolger von Mark wird? Und dass Pat Chancen auf diese Position hat und sie zweifelsfrei übernehmen möchte?«

»Ja, wahrscheinlich, aber was hat das mit Bert zu tun?«

Gerald legte den Kopf schief und sagte: »Pat ist nervös und sie will Entscheidungsstärke und Durchsetzungskraft zeigen. Damit keiner der Entscheidungsträger behaupten kann, sie sei zögerlich.«

»Herrje.« Ana ließ die Erklärung auf sich wirken. »Warum hat sie mir dann relativ rasch zugestimmt?«

»Vermutlich erscheint ihr der eigene Vorwurf fragwürdig. Geh ihr aus dem Weg. In einigen Stunden fällt die Entscheidung, nachher kehrt hoffentlich Ruhe ein.«

»Okay, das mache ich. Wird Pat es Bert oder mir ankreiden, falls sie nicht die Nachfolgerin wird?«

Seine Handbewegung drückte alles aus. Er konnte genauso wenig wie sie die Handlungen der Chefin vorhersehen.

Ana seufzte und verdrängte diese Sorge für den Moment. »Was hat Herr Wagner gesagt, weshalb er mich versetzt hat?«

Mit einem Mal schaute Gerald sorgenvoll drein und rückte seine Krawatte zurecht. »Gar nichts. Er hat auch den Termin mit mir versäumt und ruft nicht zurück. Äußerst untypisch für ihn.«

»Sollen wir jemanden zu ihm hinschicken? Womöglich ist er gestürzt, liegt verletzt am Boden und braucht Hilfe. Er lebt allein, oder?«

»Ja, er war immer Single. Ich schaue, ob ich eine Kontaktnummer besitze.« Der Personalchef tippte in seinen Computer. »Nein, wir kennen niemanden, den wir anrufen können.« Nachdenklich fuhr er sich mit den Fingern über das Gesicht. »Paul-Egon wohnt lediglich ein paar Gehminuten entfernt. Bist du einverstanden, dass ich dir das Personalsystem erkläre und dann einen Sprung bei ihm vorbeischaue?«

Die Einweisung brachten sie rasch hinter sich, die Zugriffe funktionierten. Zusätzlich öffnete ihr der Personalchef die Aktenschränke im angrenzenden Besprechungsraum. Dort befanden sich Papierakten, überwiegend handgeschrieben, die schlecht ins elektronische System passten. Den Schlüssel zu den Schränken verwahrte er in einer Schublade.

Während Gerald zu Herrn Wagner marschierte, vertiefte sich Ana in die Personalinformationen. Als Erstes selektierte sie Personen, die für eine Managementposition qualifiziert waren, und notierte sich offene Punkte.

Irgendwann klopfte es und Horst betrat das Personalbüro.

»Hi. Gerald ist kurz weg. Soll ich ihm was ausrichten?«

Horst schaute sich unschlüssig um. »Da lässt er dich allein mit den Akten? Alle Achtung, du besitzt sein Vertrauen.«

Ana zuckte mit den Schultern.

»Irgendwas Überraschendes entdeckt?«

»Nein. Wieso sollte ich?«

»War nur Spaß. Mach brav weiter.«

»Was soll ich Gerald von dir mitteilen?« Doch Horst war bereits verschwunden. Sie arbeitete konzentriert, bis Gerald mit ernstem Gesicht das Zimmer betrat.

»Ist Herr Wagner krank?«

Der Personalchef zog die Arme hoch und ließ sie wieder fallen.

»Er hat dir nicht geöffnet?«

»Nein. Ich habe ihm einen Zettel auf den Eingang geklebt, damit er mich umgehend kontaktiert.« Gerald legte sein Handy auf den Tisch und rückte es mehrmals hin und her. Dann drehte er es um. Mit einem Ruck zog er seinen Krawattenknopf fest. »Dir erscheint das wahrscheinlich übertrieben. Ich habe Kommissar Müller informiert. Er hat versprochen, jemanden bei Paul-Egon vorbeizuschicken und sich mit dem Ergebnis zu melden.«

»Du glaubst doch nicht, dass …?« Anas Stimme bebte.

»Reg dich nicht auf, ich glaube gar nichts. Ich möchte auf keinen Fall nachlässig sein. Paul-Egon wird mir verzeihen, wenn ich unnötig Wirbel verursache. Jetzt lass uns beide weiterarbeiten.«

»Warte einen Moment«, unterbrach ihn Ana.

»Ja?«

»Der Wagner hat gestern etwas Eigentümliches zu mir gesagt. So auf die Art, dass er für alle nur das Beste gewollt hat. Dabei hat er seltsam geschaut.«

Gerald warf ihr einen nachdenklichen Blick zu.

Sie zwangen sich zur Konzentration und diskutierten die Profile der GENIAL-Manager. Abschließend verriet ihr der Personalchef, dass eine Handvoll Mitarbeiter kurz nach Bekanntgabe des Firmenverkaufs gekündigt hatte. Deshalb mussten sie besonders behutsam vorgehen.

Zufrieden mit dem Gespräch beschloss Ana, auf das Mittagessen zu verzichten, und besorgte sich eine Wurstsemmel und ein Cola aus dem Automaten.

Sie bat Tim zu sich und sie beschäftigten sich mit ihrer Präsentation für die Welcome-Veranstaltung. Der Assistent hatte brauchbare Vorarbeit geleistet.

Als Integrationsmanagerin war ihre Aufgabe, die Aktivitäten der nächsten Wochen vorzustellen. Sie plante, auf die Übersiedlung einzugehen, die erfahrungsgemäß Unruhe stiften würde. Und die brandneuen IT-Arbeitsplätze würden garantiert auf hohes Interesse stoßen. Abschließend würde sie sich als Ansprechpartnerin für die Anliegen der neuen Kollegen zur Verfügung stellen. Jeder sollte sich willkommen fühlen.

Zufrieden mit ihrem Ergebnis feilten Tim und Ana an der Gestaltung, als ihr Telefon klingelte.

Es war Elisabeth, die Chefsekretärin von Pat. Sie forderte Ana auf, sofort im Sitzungszimmer zu erscheinen. Den Grund für die kurzfristige Einberufung behielt sie für sich. Ana legte irritiert auf. Das war heute der zweite unangekündigte Termin mit Pat, wie ungewöhnlich. Elisabeth war der gute Geist der Firma und immer bestens informiert. Dass sie ihr keinen Hinweis gab, deutete auf einen schwerwiegenden Anlass. Hoffentlich ging es nicht erneut um Berts Lüge.

Als Ana Augenblicke später die Tür von Pats Besprechungsraum aufzog, ließ sie verblüfft die Klinke aus und die Tür krachte gegen die Wand. Ihr starrten mindestens zehn Managementkollegen entgegen. In der Mitte standen Chefinspektor Müller und seine Kollegin. Der Gesichtsausdruck der Polizistin war noch grantiger als sonst und Herr Müller presste die Lippen zusammen.

KAPITEL 12

Eine Entschuldigung murmelnd, huschte Ana in das Sitzungszimmer. Sie spürte die Blicke der Kollegen, als sie einen Sessel zurechtrückte und sich schnell daraufgleiten ließ. Ana schaute zu Kommissar Müller, er musterte sie. Das beängstigende Gefühl befiel sie, dass er ihnen gleich etwas Schlimmes mitteilen würde.

Keiner sprach. Dieses Schweigen setzte Ana zu, sie spürte ihre Nerven vibrieren. Pat sah ständig auf die Armbanduhr und wippte mit einem Bein. Da ging die Tür auf. Lilo und der Finanzchef traten ein.

»Wir sind vollzählig, Sie können beginnen, Herr Kommissar.« Pat eröffnete das Meeting.

Herr Müller schaute langsam von einem zum anderen.

»Weiß jemand von Ihnen, wo sich Herr Paul-Egon Wagner aufhält?«

Ana biss sich auf die Lippen. Das durfte nicht wahr sein, die Polizei vermutete ein Problem. Alle sahen sich fragend an, ein paar schüttelten den Kopf.

»Wieso suchen Sie Herrn Wagner?«, fragte der Finanzchef.

Der Kommissar beobachtete die Runde und wartete.

»Was ist mit Paul-Egon?«, drängte Horst.

»Herr Wagner ist nicht zum Dienst erschienen und ist weder telefonisch noch zu Hause erreichbar. Obwohl keine

Abgängigkeitsanzeige vorliegt, haben wir die Tür geöffnet. Er ist unauffindbar.«

Die Anwesenden schauten sich gegenseitig an und verzogen besorgt die Mienen. Neuerlich war es Horst, der das Schweigen brach. »Sie meinen, er ist verschwunden?« Ungläubigkeit breitete sich auf seinem Gesicht aus. »Gestern habe ich ihn noch beim Frühstück getroffen.«

»Zumindest seit ein paar Stunden ist sein Aufenthaltsort unklar. Wir forschen nach, ob es einen Zusammenhang mit dem Mord an Mark Hafer gibt.«

Unterdrücktes Murmeln verbreitete sich im Raum, überall entsetzte Gesichtsausdrücke.

»Nochmals meine Frage. Hat jemand von Ihnen eine Idee, wo sich Herr Wagner zurzeit befindet?«

Diesmal reagierte jeder mit einem »Nein« oder einem Kopfschütteln.

»Vermuten Sie, dass Herr Wagner auch ermordet wurde?« Die CEO war aufgestanden und durchbohrte den Kommissar mit Blicken.

Dieser ignorierte sie und sprach weiter. »Nach wie vor besteht die Möglichkeit, dass Herr Wagner auftaucht und sich alles aufklärt. Da es sich dem Vernehmen nach um ein für ihn untypisches Verhalten handelt, habe ich dennoch die Suche eingeleitet.«

»Wurde Paul-Egon entführt?«

»Ist er reich?«

Die Fragen blieben unbeantwortet. Eine Bewegung im Augenwinkel weckte Anas Aufmerksamkeit. Leo hatte seinen Kopf mit den Händen bedeckt und drehte ihn un-

unterbrochen nach links und nach rechts. Dieser Anblick verursachte Ana Beklemmung.

Pat unterbrach, indem sie mit erhobenem Finger lauter als erforderlich sagte: »Sie gehen von einem direkten Zusammenhang mit dem Mord an Mark aus?«

»Die Möglichkeit besteht.« Herr Müller redete ungewohnt langsam und betonte jedes Wort. »Der Bezug könnte im Arbeitsumfeld liegen.«

»Sie vermuten, es war einer von uns?«, stieß Horst ungläubig aus.

»Wir mutmaßen nicht. Ich weise darauf hin, dass es ein auffälliger Umstand ist, dass beide Männer denselben Arbeitgeber haben.«

»Sind wir auch in Gefahr?« Pats Stimme hatte einen schrillen Unterton. Sie trat von einem Bein aufs andere.

»Diese Frage kann ich zum jetzigen Zeitpunkt nicht beantworten«, entgegnete Müller ruhig.

»Das heißt, Sie halten uns für gefährdet. Das ist …« Pats Stimme schwankte. »Was ist, wenn jemand uns alle im Visier hat? Was tun Sie, um uns zu beschützen?«

Diesmal sprang die Kommissarin ein, die bisher schweigend die Szene beobachtet hatte: »Es gibt bis jetzt keinerlei Anhaltspunkt, dass Sie ein Ziel sind. Bitte bewahren Sie Ruhe.«

Pats elegante Erscheinung war wie weggeblasen. Ihre Arme zuckten und rote Flecken glühten auf ihren Wangen. »Hören Sie auf, mich wie ein Kind zu behandeln! In jedem Fall sind wir bedroht! Und als CEO bin ich am meisten in Gefahr. Ich verlange Personenschutz für uns alle.«

»Beruhigen Sie sich.« Die Polizistin musterte Pat durchdringend. »Paul-Egon Wagner kann Opfer oder Täter sein.«

Nein, das war Unsinn. Ana versteifte sich. Der alte Mann als Mörder? Die Gesichter drehten sich zu ihr, sie fühlte das Entsetzen ihrer Kollegen. Sie war auf einmal der Mittelpunkt im Raum. Hatte sie laut gesprochen?

Pat stieß Luft aus und sackte auf ihren Stuhl. Wie ein Häufchen Elend lehnte sie in sich gesunken.

»Wie geht es jetzt weiter? Was sind die nächsten Schritte?« Diese Frage stellte der Personalchef.

»Der Staatsanwalt ist involviert und die Fahndung nach Herrn Wagner ist eingeleitet«, informierte die Polizistin.

»Ist sein Mercedes da?«, fragte Ana, was ihr erneut überraschte Blicke einbrachte.

»Das Auto haben wir bisher nicht gefunden«, antwortete die Polizistin.

»Haben Sie in der Firmengarage nachgeschaut?«

»Kein Treffer.«

Herr Müller erklärte: »Abgesehen von der Fahndung konzentrieren wir uns derzeit auf Zusammenhänge zwischen Herrn Hafer und Herrn Wagner. Dabei benötigen wir Ihre Unterstützung.«

Gerald fragte: »Wie können wir Ihnen helfen?«

»Wir benötigen Ihre Aussagen. Zusätzlich brauchen wir eine Liste aller Mitarbeiter, die in den letzten Monaten abgemahnt oder gekündigt wurden.«

»Ein Mitarbeiter ermordet seine Manager?«, reagierte Lilo erstmals auf die Nachricht.

Pat drehte den Kopf und starrte Ana an. Sie presste die Lippen aufeinander. Dachte die allen Ernstes an Bert?

»Wir ziehen alle Eventualitäten in Betracht«, unterbrach Müller die Energie, die sich zwischen Pat und Ana entwickelte.

»Wenn du einverstanden bist, veranlasse ich die Liste sofort?« Gerald wandte sich mit der Frage an Pat, die schweigend nickte, ohne Ana aus den Augen zu lassen.

Ana biss sich auf die Unterlippe.

»Was ist mit dem Datenschutz?«, fuhr der Finanzchef auf, der bisher kein Wort geäußert hatte.

»Diese Verantwortung übernehme ich. Mir ist wichtiger, dass schnell geklärt wird, was hier los ist.« Der Personalchef ließ keinen Zweifel an seiner Entschlossenheit.

»Danke, Herr Kreis, meine Kollegin begleitet Sie.« Gerald erhob sich und die Kommissarin folgte ihm aus dem Zimmer.

Kommissar Müller schaute in die Runde. Ana bekam Blickkontakt mit ihm. Sie glaubte, Besorgnis zu fühlen. Während er sie weiterhin anblickte, sagte er: »Ich ersuche Sie nachzudenken, wo sich Herr Wagner aufhalten kann. Ebenso, welche Verbindungen zwischen den Männern bestehen. Fällt Ihnen spontan etwas ein?«

Die Anwesenden schwiegen, ein paar schüttelten den Kopf.

»Wir sprechen mit jedem nochmals detailliert. Wem vorher eine Idee kommt, der kontaktiert mich bitte umgehend. Ich lege hier meine Visitenkarte ab.«

Mit der Hand fuhr er in die Sakkotasche und zog ein kleines Etui heraus. Aus diesem zupfte er Visitenkarten und warf sie auf den Tisch.

»Wissen Sie schon Näheres zu … den Umständen von Marks Tod?«, fragte Ana.

»Der Todeszeitpunkt liegt zwischen 17 und 20 Uhr.« Er drehte sich zu Pat, die kraftlos dahockte.

»Ich ersuche Sie, uns ein absperrbares Zimmer bereitzustellen, in dem wir ungestört arbeiten können.«

Die CEO gab keine Antwort, sie schien nicht zuzuhören. Ana räusperte sich: »Das ist kein Problem, ich kümmere mich sofort darum und melde mich dann.«

Ein dankbares Lächeln war Müllers Reaktion. Froh, die Versammlung verlassen zu dürfen, machte sich Ana an die Aufgabe. Wie in Trance fuhr sie ins Erdgeschoss und ging zur Portierloge. Als der Portier sie höflich grüßte, erinnerte sie sich an die Schachfigur. Sie hatte versprochen, ihm nichts zu erzählen, aber sich unauffällig zu erkundigen war kein Verbrechen.

»Grüß Sie. Ich habe ein Anliegen. Wir brauchen von einem unserer Besprechungsräume zwei Schlüssel. Das Reinigungspersonal darf das Zimmer bis auf Weiteres nicht betreten, es bleibt verschlossen.«

»Gerne, Frau Rubin. Wofür wird der Raum benötigt?«

»Mhm. Wir haben Besuch und der hat Bedarf an einem vertraulichen Rückzugsort, auch für Dokumente.«

»Gut, dann schreibe ich die Schlüssel auf Ihren Namen und bitte darum, sie nach Abreise Ihrer Gäste verlässlich wiederzubringen.«

»So machen wir das. Soeben ist mir diese Schachfigur in den Sinn gekommen, die Sie mir am Montag in der Früh gezeigt haben. Hat sich schon der Besitzer gefunden?«

Der Portier schaute Ana unergründlich an und sagte nichts.

Sie wiederholte irritiert: »Die schwarze Schachfigur, konnten Sie sie dem Besitzer zurückgeben?«

»Mir wurde verboten, mit Ihnen über die Figuren zu reden«, brach es aus dem Mann heraus. »Das hat mir die Polizistin vor einer Stunde unmissverständlich klargemacht.«

Das sah der Meinhart ähnlich, aber wieso vor einer Stunde? »Heute war die Kommissarin bei Ihnen, nicht gestern?«

»Gestern und heute« war die knappe Entgegnung. »So, hier unterschreiben, das Zimmer 12–010 gehört Ihnen. Ich wünsche weiterhin einen schönen Tag.«

Er wollte sie loswerden. Ana schnürte es unvermittelt die Kehle zu und sie bekam schlecht Luft. Sie fasste nach dem Pult und krallte sich fest.

»Frau Rubin, ist alles in Ordnung mit Ihnen? Soll ich Ihnen helfen?«, hörte sie den Portier ausrufen.

»Ja, nein. Ich weiß nicht«, krächzte sie.

»Bleiben Sie, ich bin ihr behilflich«, vernahm sie eine ruhige Stimme hinter sich. Ein Arm legte sich um ihre Schulter und führte sie zu der Sitzgruppe, die für wartende Firmenbesucher gedacht war. Langsam sank sie auf die weichen Polster.

KAPITEL 13

»Geht es? Soll ich Ihnen ein Glas Wasser holen?« Kommissar Müller beugte sich zu Ana herunter und sah sie besorgt an.

»Wird schon besser. Tut mir leid, das ist mir unangenehm, mir wurde schlagartig elend.«

»Vermutlich ist das ein nachträglicher Schock. Erholen Sie sich ein wenig.«

Ana streckte ihm die Schlüssel entgegen: »Zwölfter Stock, Zimmer zehn. Wenigstens das habe ich erledigt.«

»Danke. Allmählich kehrt Farbe in Ihr Gesicht zurück. Besser?«

»Etwas. Wer macht so etwas? Mark war ein Ekel, aber Herr Wagner ist in Ordnung. Er war nie bösartig. Dass er ein Mörder ist, glaube ich Ihnen nicht. Warum ist er verschwunden?« Ana konnte nicht mehr mit dem Reden aufhören. Ihre Stimme überschlug sich.

»Dieser Platz ist ungeeignet für eine derartige Unterhaltung, Frau Rubin. Ich komme später in Ihr Zimmer.«

Ana nickte und stemmte sich aus der Couch nach oben. »Ich muss sowieso in die Besprechung zurück.« Atemlos flüsterte sie: »Habe ich das richtig verstanden? Der Portier hat nicht eine, sondern bereits zwei Schachfiguren gefunden?«

Der Kommissar setzte erneut seine unbewegte Miene auf. »Wie gesagt, wir unterhalten uns später.«

Als sich die Aufzugtür hinter ihr schloss und sie allein in der Kabine stand, atmete Ana tief ein. Die Enge des Fahrstuhls beklemmte sie. Im Spiegel erblickte sie ihren eigenen Gesichtsausdruck. Sie ähnelte einem verschreckten Kaninchen. Wie kam sie auf so einen blöden Vergleich? Sie lachte hysterisch auf.

Vor dem Besprechungszimmer von Pat stoppte sie. Alles in ihr sträubte sich, hineinzugehen. War es vorstellbar, dass einer da drinnen ein Mörder war? Es musste eine andere Erklärung geben. Schließlich nahm sie ihren Mut zusammen und betrat zögernd das Zimmer. Außer den Beamten waren alle anwesend, auch der Personalchef war zurückgekehrt.

Sie hörte, wie Horst Spekulationen ausbreitete. »Das muss niemand von der Firma gewesen sein. Möglicherweise haben sich die beiden privat getroffen und pflegen einen gemeinsamen Bekanntenkreis.«

Heftig nickend stimmte der Finanzchef diesem Ansatz zu. »Klar. Es ist Unsinn, den Täter in der Firma zu vermuten. Wir bringen doch nicht unsere Kollegen um.« Dann drehte er sich zu Ana. »Du hast gestern als Letzte von uns mit Paul-Egon gesprochen. Hat er irgendetwas Auffälliges geäußert?«

Ana rief sich das Telefonat in Erinnerung. »Im Grunde klang er wie immer. Er war kurz angebunden und hat unser Gespräch auf den heutigen Tag verschoben, weil er Besuch erwartete.«

»Ein angekündigter Besucher? Womöglich war das der Täter! Hat er einen Namen genannt?«

»Nein und das Telefonat hat auf mich relativ unauffällig gewirkt. Wie hätte ich denn ahnen können, dass ihm etwas zustößt?« Ana kämpfte gegen die aufsteigenden Emotionen, sie wollte keine Schwäche zeigen.

»Das konntest du nicht vorhersehen, es macht dir keiner Vorwürfe.« Peter lächelte sie beruhigend an.

»Im Gegenteil, du hast als Erste Alarm geschlagen, durch dich ist sein Fehlen rasch aufgefallen«, stimmte Gerald ein. »Was meinst du mit ›relativ unauffällig‹? War doch etwas ungewöhnlich?«

»Als er sich verabschiedet hat, hat er mir aufgetragen, ich soll stets wachsam sein. Das hat er davor noch niemals zu mir gesagt.«

»Wachsam.« Leo betonte das Wort und hörte dem Klang nach. »Er hat sich Sorgen gemacht.«

Ana fiel ein, dass Leo ebenfalls zu ihr gemeint hatte, dass sie auf sich aufpassen solle. Sie scheute davor zurück, ihn daran zu erinnern.

»Wenn Paul-Egon auch ermordet wurde, kann jeder von uns der Nächste sein«, stöhnte Horst.

»Er war so ein netter Kerl, ich kenne ihn schon ewig.« Sie sah ihren Mentor tief erschüttert.

»Paul-Egon ist ein netter Kerl, nicht er war. Bitte sprecht nicht in der Vergangenheit von ihm.« Der Personalchef beschwor die Anwesenden. »Wir hoffen darauf, dass sich sein Verschwinden in Wohlgefallen auflöst.«

»Ist ein Selbstmord denkbar? Er lebt alleine, vielleicht hatte er Angst vor der Einsamkeit im Alter.« Die Stimme von Horst wackelte.

Leo bewegte den Kopf hin und her und flüsterte: »Auch wenn er gestern niedergeschlagen wirkte, schließe ich Selbstmord aus.« Der ausgefuchste Vertriebschef erschien mitgenommen. »Er hatte Angst.«

»Wusste eigentlich außer uns jemand, dass wir und Mark im Meliá wohnen?«, fragte Horst.

»Nein, deshalb ist die Theorie Unsinn, dass die Vorfälle mit der Firma zu tun haben«, pochte Peter auf seine Sicht.

»Genau. Völliger Schwachsinn.« Horst und Peter bekräftigten sich gegenseitig.

»Doch.«

Zehn Augenpaare starrten Ana an.

»In unserem Onlineportal stehen seit letzter Woche die Namen vom Hotel und von den Teilnehmern.«

»Willst du damit sagen, ich bin schuld?«, fauchte Lilo.

»Ich stelle nur fest, dass viele wussten, wo sich Mark aufhalten würde.«

Die anschließende Diskussion rauschte an Ana vorbei. Einmal brachte Lilo eine Theorie vor, die mit einer Affäre zusammenhing. Dann philosophierte der Finanzchef über die Möglichkeit von Zufällen.

Ana blendete die Unterhaltung aus. Zu sehr beschäftigte sie die Frage, ob sie doch etwas gemerkt hatte und Herrn Wagner hätte helfen können. Hatte sie sich geärgert, dass er wortkarg war? Hätte sie darauf drängen sollen, Hilfe zu holen?

Schneidend durchdrang Pats Stimme ihre Gedanken. »Haben die Vorfälle mit der GENIAL zu tun? Womöglich hassen die den Verkauf und rächen sich an uns.«

»Aus meiner Sicht kaum vorstellbar. Wer zerstört sein Leben, weil sein Arbeitgeber fusioniert wird? Das ergibt kein Motiv«, versuchte der Personalchef sie zu beruhigen.

»Was hältst du von dem Ansatz, dass Paul-Egon der Täter ist und Mark getötet hat?«, fragte sie weiter.

»Nichts.«

»Wieso?«

»Du kennst ihn doch! Das kann nicht dein Ernst sein, ihn für einen heimtückischen Mörder zu halten.«

Pat verzog pikiert die Lippen.

»Herr Wagner hat früher an Mark berichtet?« Ana war diese Information soeben eingefallen.

»Ja. Ist das wichtig?«, fragte Pat retour.

»Kommissar Müller sucht doch nach Verbindungen zwischen den beiden. Ist damals etwas vorgefallen?«

»Das große, schwarze Geheimnis?« Der Finanzchef klang ironisch. »Bei Paul-Egon wirst du nicht fündig werden, das kannst du dir sparen.«

»Auf irgendeine Weise müssen wir doch der Polizei helfen, damit sie Herrn Wagner rasch aufstöbert.«

»Misch dich nicht ein. Die Kriminalbeamten sind Profis, die wissen, was zu tun ist. Ich mache mir Gedanken, was die Presse aus dieser Geschichte fabriziert. Speziell nach dem Firmenkauf brauchen wir Stabilität und keine negativen Schlagzeilen.«

Sorgenvolles Nicken bestätigte, dass auch andere Führungskräfte um die Reputation der Firma fürchteten.

Hitze stieg in Ana auf. »Ihr macht euch um die Presse mehr Sorgen als um Herrn Wagner?«

Sie bekam keine Antwort.

»Wir könnten ihn gemeinsam suchen«, beharrte sie.

»Ana, du nervst!« Peters Stimme war scharf. »Glaubst du ernsthaft, wir fahren alle durch Wien und jagen nach Paul-Egon? Das wäre die berühmte Nadel im Heuhaufen. Ich sage dir nochmals, dass du die Polizei arbeiten lassen sollst.« Ihr Mentor Peter Flor war verärgert. Ihre erste persönliche Meinungsverschiedenheit entwickelte sich rasant. Jetzt hatte sie neben der CEO auch den Finanzchef gegen sich aufgebracht.

»Habt ihr Alibis für die Zeit vor dem Grillfest? Wo war da Paul-Egon?« Die Fragen von Horst lenkten die Aufmerksamkeit von Ana ab. Alle begannen gleichzeitig, sich zu rechtfertigen.

Es stellte sich heraus, dass Pat, Gerald und Peter ein brauchbares Alibi vorweisen konnten. Sie hatten den Großteil der Pause gemeinsam in der Lobby Kaffee getrunken. Alle anderen hatten die Zeit im Zimmer verbracht oder waren spazieren gegangen. Keiner wusste, wo sich Herr Wagner aufgehalten hatte.

»Was ist mit Bert Ulram? Die Polizei hat ihn laufen lassen. Heißt das, er hat ein Alibi?« Horst sah geradewegs Ana an. Als wäre sie dafür zuständig. Ana schob die Unterlippe vor und zuckte mit den Schultern.

Als das anschließende Schweigen unerträglich wurde, schüttelte Pat unwillig den Kopf. »Der Kommissar überprüft Bert sicher gründlichst. Wir verlieren uns in Vermutungen, mir ist es schade um die Zeit. Die Polizei muss den Täter fassen, das ist nicht unsere Aufgabe. Bis dahin brauchen wir Schutz.«

Sie stand auf und zog mit ihrer Hand einen Strich durch die Luft. »Ende der Spekulationen. Ich versuche als Erstes, mit dem Headquarter zu klären, dass wir die Welcome-Party absagen. Wir machen uns nicht freiwillig zur Zielscheibe.«

»Bravo, Pat, wir stellen uns auf die Hinterbeine. Keiner von uns will in dieser Situation die Feier.« Peter deutete einen Applaus in Richtung CEO an.

Diese lächelte geschmeichelt. »Ich habe ein Beileidsschreiben für Marks Witwe vorbereitet. Bitte unterschreibt alle.«

Sie legte die Karte auf den Tisch. »Gerald, du bleibst als Unterstützung bei mir, alle anderen arbeiten weiter. Wir treffen uns morgen in der Früh wieder hier. Passt gut auf euch auf!«

»Hoffentlich reicht das«, murmelte Ana. Als sie den Kopf hob, begegnete sie dem nachdenklichen Blick von Leo.

KAPITEL 14

Zurück am Schreibtisch kreisten Anas Gedanken um Paul-Egon Wagner. Sie stimmte mit dem Personalchef überein. Er hatte Mark nicht auf dem Gewissen. Doch vielleicht hatte er Geheimnisse? Wie konnte sie der Polizei behilflich sein, ihn zu finden, wenn außer ihr keiner dazu bereit war?

Aufs Neue kroch der Ärger in ihr hoch, weil die Manager untätig warten wollten. Das kam für sie nicht infrage.

Sie rief die Personalakten von Mark und Herrn Wagner auf den Bildschirm. Ein schlechtes Gewissen überfiel sie, weil sie herumschnüffelte. Doch sie beruhigte sich. Sie hatte weder vor, sich Vorteile zu verschaffen, noch, indiskret zu sein.

Lautes Klopfen schreckte sie auf, hektisch klappte sie den Deckel ihres Laptops zu. »Herein.«

Herr Müller trat ein. Er war ohne Begleitung. »Passt es bei Ihnen? Wir werden einige Zeit brauchen.«

»Bitte nehmen Sie Platz.«

Als sie sich am Besprechungstisch gegenübersaßen, musterte Müller sie. Seine Stimme klang einfühlsam, als er sagte: »Ich sehe, es geht Ihnen besser, das ist schön.«

Ehe Ana etwas erwidern konnte, fuhr er nüchtern fort: »Kommen wir zum Thema. Bevor Sie gleich wieder zu bohren beginnen, hören Sie zu. Ich gebe Ihnen so viel

Information, wie ich verantworten kann. Da das mehr ist, als ich in der Zeitung lesen möchte, zähle ich auf Ihre Verschwiegenheit. Kann ich mich auf Sie verlassen?«

»Ehrenwort.« Ana freute sich über sein Vertrauen. »Ich halte meinen Mund.« Dann platzte sie heraus. »Was ist mit den Schachfiguren? Ich habe den Portier so verstanden, dass er nicht eine, sondern zwei gefunden hat.«

»Sie sollten doch dem Portier keine Fragen stellen.« Herr Müller schüttelte den Kopf. »Leider stimmt es. Jemand hat eine weitere Schachfigur bei der Loge deponiert, diesmal einen Turm. Wieder hat niemand beobachtet, wie sie abgelegt wurde.«

»Ein König bei Mark und jetzt ein Turm? Wie ist der König von der Portierloge zu Mark gelangt?«

»Ist er nicht, es sind zwei idente Königfiguren.«

»Noch abstruser! Dann haben wir jetzt schon drei Schachfiguren. Was bedeutet das?«

»Haben Sie Kenntnis, ob die beiden Herren etwas mit Schachspiel verbindet?«

»Es gab in der Firma einen Schachklub. Ob der nach wie vor aktiv ist und ob sie Mitglieder waren, weiß ich nicht.«

»Den Klub werden wir uns ansehen.« Der Kommissar notierte es auf seinem Block.

»Wieso macht sich der Täter die Mühe, bis zum Empfang zu schleichen und dort eine Schachfigur abzustellen? Der riskiert doch, dass ihn wer beobachtet.« Ana schaute Müller gespannt an.

»Er verlangt nach unserer Aufmerksamkeit. Bei Ihnen laufen viele Leute im Vorraum herum und Sie haben keine

Videoüberwachung. Insofern hält sich das Risiko in Grenzen.« Nach einer Pause fügte er hinzu: »Wenn der Täter zum Haus gehört, kann er sich völlig unverdächtig bewegen.«

»Dann weiß er auch, dass es keine elektronische Überwachung gibt«, ergänzte Ana mit Schaudern. »Was denken Sie, welche Botschaft schickt er uns mit den Figuren?«

»Was verbinden Sie mit Schach?«, antwortete Müller mit einer Gegenfrage.

»Puh. Also, Schach ist ein strategisches Spiel. Die Spieler nutzen unterschiedliche Taktiken. Das Ziel einer Schachpartie ist, den König des Gegners schachmatt zu setzen.« Ana lachte leise. »Ich gestehe, ich habe keinen Tau vom Schachspielen.«

»Ihre Beschreibung ist passabel. Die Figuren sind ein Symbol des Hofstaats und des Heers von Königreichen.« Er hielt kurz inne. »Früher habe ich regelmäßig mit meinem Vater Schach gespielt.«

Einen Augenblick erhaschte Ana einen melancholischen Gesichtsausdruck. Abrupt räusperte Müller sich und legte ihr ein Bild hin. »Nochmals zu dem Steckkamm. Ist Ihnen in der Zwischenzeit etwas dazu eingefallen?«

Ana starrte auf das Foto. »Es tut mir leid, ich habe das gleiche Gefühl wie gestern. Der Kamm ist mir vage bekannt. Wahrscheinlich, weil ich solche Kämme früher selbst getragen habe.«

»Schade. Denken Sie weiter darüber nach. Wenn Ihnen etwas in den Sinn kommt, melden Sie sich jederzeit.«

»Verraten Sie mir, woran Mark gestorben ist?« Sie erhielt ein schweigendes Kopfschütteln.

»Reden wir über Ihr gestriges Telefonat mit Herrn Wagner. Worum ging es?«

»Wir arbeiten im Projekt an Verbesserungen. Dazu wollte ich ihn befragen.«

»Wie verlief das Gespräch?«

»Herr Wagner war einsilbig wie üblich. Er hat gemeint, dass er Besuch bekommt, und wir haben uns für heute Morgen verabredet.«

»Hat er seinen Gast kommentiert?«

»Nein, ich habe auch nicht gefragt. Hängt der Besucher mit seinem Verschwinden zusammen?« Ana sah ihn an. Schuldgefühle stellten sich ein.

»Haben Sie im Hintergrund Geräusche oder Stimmen gehört?«

Sie rief sich das Telefonat ins Gedächtnis und schüttelte bedauernd den Kopf. »Beim Verabschieden hat er mir geraten, stets wachsam zu sein.«

»›Stets wachsam‹. Eine ungewöhnliche Wortwahl. Erzählen Sie mir von Paul-Egon Wagner.«

»Er ist zurückhaltend und korrekt, ein wenig langweilig.«

»Mehr bitte.«

»Zeitweise empfinde ich ihn als obrigkeitshörig, weil er immer Ja und Amen zu Pats Wünschen sagt. Als hätte er keine eigene Meinung.«

»Was noch?«

»Ansonsten kann ich ausschließlich Positives berichten. Mit ihm zu arbeiten ist unkompliziert und ich weiß von keinen Streitereien.«

»Hat jemand aus der Firma privaten Umgang mit ihm?«

Ana dachte nach und gestand sich ein, dass sie nichts von seinem Privatleben wusste. »Mir ist niemand bekannt.« Da kam ihr das Gespräch mit Herrn Wagner in der Hotelgarage in den Sinn.

»Was ist?« Der Kommissar hatte an ihrer Mimik erkannt, dass sie überlegte.

»Am Dienstag vor der Abfahrt vom Hotel habe ich Herrn Wagner im Auto gesehen. Er hat dort geweint.«

»Geweint? Haben Sie mit ihm gesprochen?«

»Er hat mich weggeschickt, ohne mir die Gründe zu erklären. Hoffentlich …« Ihre Stimme versagte.

»Sie machen sich Sorgen, dass er sich etwas angetan hat?«

Ana zuckte hilflos die Schultern. »Übrigens war Mark sein Manager, bevor er für die Karriere ins Ausland wechselte. Die beiden hatten ein gewisses Naheverhältnis.« Zusätzliche Informationen besaß sie nicht, sie nahm sich im Geheimen vor, das zu ändern.

Still sinnierten sie vor sich hin. Bis Müller fragte: »Welche Vermutungen haben Ihre Kollegen bezüglich des Verschwindens von Herrn Wagner geäußert?«

Er wollte sie aushorchen? »Nichts Interessantes. Dass er ein Mörder ist, glaubt niemand. Alle sind sehr besorgt.«

»Beschäftigt Sie darüber hinaus irgendetwas?«

Ana zögerte. »Es ist höchstwahrscheinlich Unsinn.«

Der Beamte blickte sie erwartungsvoll an.

»Nachdem wir zwei in der Bar geredet haben, war ich mit unserem Finanzchef Peter Flor vor dem Hotel rauchen. Ich dachte, es hat uns jemand dabei beobachtet.«

»Wieso haben Sie mir das bisher vorenthalten?«

»Peter hat nachgeschaut und niemanden entdeckt, also habe ich es mir vermutlich eingebildet. Aber es geht mir nicht aus dem Kopf.«

»Können Sie die Gestalt beschreiben?«

»Dummerweise nein. Sie stand zu weit entfernt und teilweise hinter einer Säule.«

Herr Müller notierte ihre Aussage, doch Ana war überzeugt, dass er damit nichts anfangen konnte.

»Bitte seien Sie vorsichtig, Frau Rubin.«

»Bin ich in Gefahr?« Sie ärgerte sich, kaum war ihr der Satz entschlüpft. Auf diese Frage gab es keine sinnvolle Antwort.

Der Kommissar sah sie nachdenklich an. »Das können Sie vielleicht besser beantworten als ich. Uns fehlt das überzeugende Motiv.«

»Sie nehmen an, dass das Verschwinden von Herrn Wagner kein Zufall ist. Das hängt mit Mark zusammen?«

Herr Müller nickte zögerlich.

»Wie kann ich Sie unterstützen?«

»Sie haben mir versichert, dass Sie kein Interesse haben, sich in Gefahr zu begeben. Halten Sie sich daran!«

»Ich will nur helfen, Herrn Wagner rasch zu finden.«

»Unsere Gespräche sind Hilfe genug. Bitte keine Hobbyermittlungen!«

Jetzt war es an Ana, ihn unergründlich anzusehen. Sie würde sicher nicht als Sherlock Holmes durch die Gegend rennen. Ihren Einblick in die Firmeninterna konnte sie jedoch ohne Gefahr nutzen, um ihm Hinweise zu geben.

»Wie kann in Österreich jemand samt Auto verschwinden?«, fragte sie.

Müller warf ihr einen langen Blick zu. Wollte er ihr mitteilen, dass Herr Wagner absichtlich verschwunden war? Hatte er sich abgesetzt?

»Wie gut kennen Sie Herrn Ulram?«

»Sie wissen doch, dass Bert mein Mitarbeiter ist. Wieso fragen Sie?«

»Trauen Sie ihm zu, dass er mit der Sache etwas zu tun hat?«

»Sicher nicht. Das richten Sie bitte auch Ihrer Kollegin aus.« Ana funkelte ihn so grimmig wie möglich an.

Der Kommissar hob beschwichtigend die Hände und setzte ein Lächeln auf, das Ana nicht deuten konnte.

Ihr Handy piepste, sie hatte eine SMS bekommen.

Kaum hatte sich Herr Müller verabschiedet, las sie die Mitteilung. Ihre Schwester kündigte an, dass sie am nächsten Tag in den Flieger steigen und am Abend in Wien landen würde. Diese gute Nachricht war eine willkommene Abwechslung.

Vergnügt informierte sie Manuela, dass sie heute für Einkäufe früher Schluss machte. Auf dem Weg zum Ausgang besuchte sie Bert.

»Alles in Ordnung bei dir?«

»Abgesehen davon, dass die Frau Gruppeninspektor wieder mit mir reden will, ist alles okay.« Er zog eine Grimasse.

Ana beugte sich zu ihm und flüsterte: »Paul-Egon Wagner ist verschwunden. Die Polizei ist im Haus. Sie vermuten einen Zusammenhang mit Marks Ermordung.«

»Was, Wagner ist weg? Seit wann?«

»Zwischen gestern Spätnachmittag und heute Morgen ist er verschwunden.«

Bert schwieg und blieb bewegungslos sitzen.

»Hast du für diese Zeit ein Alibi?«

»Ana! Fragst du mich allen Ernstes nach einem Alibi?«, fuhr er sie an.

Einige Gesichter drehten sich zu ihnen.

Sie beugte sich näher zu ihm und flüsterte. »Leise! Natürlich frage ich nicht für mich, aber die Kommissarin wird es wissen wollen.«

»Die hat es auf mich abgesehen. Sie braucht einen Schuldigen und möchte es mir anhängen.« Bert zeigte sich beunruhigt.

»Solange du bei der Wahrheit bleibst, passiert dir nichts.« Ana staunte, mit wie viel Überzeugung sie das ausgesprochen hatte. Hoffentlich stimmte es.

Bert flüsterte. »Wieso Wagner? Der war doch ein richtiges Lulu.« Normalerweise hätte Ana seine Ausdrucksweise gerügt, jetzt zuckte sie ratlos die Schultern.

KAPITEL 15

Auf dem Weg vom Supermarkt rief Ana ihre Freundin Marion an und akzeptierte spontan die Kaffee-Einladung. Endlich eine unbelastete Unterhaltung, freute sie sich. Sie stellte ihr Auto in die Einfahrt neben den Wagen von Ronald, dem Lebensgefährten von Marion.

Ihre Freunde bewohnten eine Dachgeschosswohnung, die sich über das gesamte Stockwerk eines Wohngebäudes erstreckte. Es war mit Giebeln und Fensterläden verziert und hatte eine Holzveranda, die im Dachgeschoss als Terrasse diente. Ana mochte den Charakter des Hauses.

»Schön, dich zu sehen, Ana, komm herein! Du erübrigst mitten in der Woche Zeit für uns?« Ihre Freundin umarmte sie. »Du hast das Büro bei Tageslicht verlassen? Unglaublich!«

»Ich habe dir Besserung versprochen und hier bin ich.« Ana war es unangenehm, dass sie die letzten Treffen kurzfristig abgesagt hatte.

»Lass dich nicht necken von mir. Ich weiß doch, wie wichtig dir dein Job ist. Kaffee ist fertig und wird auf der Veranda serviert. Wir genießen den Frühling im Freien.«

Ana kuschelte sich in einen weichen Korbsessel. Riesige Bäume schirmten den Blick auf die Straße ab und sie saßen mitten in einem grünen Blätterwald.

»Trara!«, riss Marion sie unsanft aus ihren Betrachtungen. »Du musst ihn gerochen haben, weil du ausgerechnet heute auftauchst.« Mit einer übertriebenen Verbeugung servierte sie ein Stück Apfelstrudel. »Frisch aus dem Ofen, du Schleckermaul. Einen Gupf Schlagobers habe ich dir dazugegeben.«

Ana stöhnte genüsslich auf. »Dein Apfelstrudel ist eine Sünde wert. Der ist so … flaumig … und knackig … einfach unwiderstehlich. Eröffne doch endlich eine Konditorei, ich werde deine treueste Kundin.«

Marion strahlte sie an. »Ronald leistet uns für Kaffee und Strudel Gesellschaft, aber nachher tratschen nur du und ich.«

»Das klingt, als würde ich euch stören.« Ronald trat auf die Terrasse und grinste Ana an. »Wie geht's? Es ist ein Weilchen her, dass wir uns gesehen haben.«

Ronald hatte seine Lebensgefährtin über Ana kennengelernt und sie verstanden sich auch zu dritt gut.

»Das liegt aber nicht einzig an mir, du bist selbst pausenlos beschäftigt. Deine Geschäfte laufen super?«

»Ich bin zufrieden. Die Kundschaft vermehrt sich.« Ronald hatte sich vor drei Jahren als Privatdetektiv selbstständig gemacht. »Jetzt kann ich mir bald Frau und Kinder leisten.«

»Oha. Wollt ihr mir etwas verkünden?«

»Langsam, die Frau hat noch nicht Ja gesagt.« Marion rollte mit den Augen, aber sie grinste vergnügt.

»Einigt euch und denkt daran, ich bin eure Trauzeugin.«

»Reden wir von etwas anderem«, lenkte Marion ab. »Was gibt es bei dir Neues? Rücken sie endlich deine Beförderung heraus?«

»Ein Projekt muss ich noch gut hinbekommen, aber ich glaube, dann wird es wirklich ernst.«

»Wird auch Zeit. Sie halten dich schon unverschämt lange hin.« Marion stockte und betrachtete Ana gründlich. »Da ist noch irgendetwas. Hast du Probleme?«

Die Frauen waren seit der Schulzeit enge Freundinnen und sehr vertraut.

»Das Projekt schätze ich als machbar ein. Nur …«

»Was ist passiert? Erzähl doch!«

»Ich darf eigentlich nicht darüber reden. Die CEO hat es unter Androhung von Konsequenzen verboten.«

»Weil es um einen Kunden geht? Oder einen Auftrag? Nein, um neueste Technologie?«

»Weder noch. Es geht um ein Verbrechen.«

Die Augen ihrer Freunde wurden immer größer. Sie hingen gebannt an ihren Lippen, als ihnen Ana den Firmenkauf, den Workshop, den Mord, den Verdacht und das Verschwinden schilderte.

»Das ist ja wie im Film! Entsetzlich. Hast du Angst?«

»Ein bisschen. Dieser Wagner ist ein harmloser Mann. Wer ihn angreift, kann jeden im Visier haben. Andererseits, wieso sollte mir jemand etwas antun?«

»Seit wann braucht ein Irrer einen Grund? Schützt dich die Polizei?«

»Ich gebe mich keiner falschen Hoffnung hin. Die können nicht jedem Angestellten einen Wachmann zuordnen.«

»Bleib einstweilen bei uns. Mir behagt es ganz und gar nicht, wenn du mutterseelenallein in deinem Haus bist.« Marion sah ihre Freundin besorgt an. Ihr Angebot war ernst gemeint.

»Lieb von dir, aber ab morgen habe ich Gesellschaft. Regina kommt und bleibt einige Tage. Bilder von ihr werden im mumok ausgestellt.«

»Im mumok?«

»Im Museum moderner Kunst. Im Museumsquartier.«

»Das ist ja großartig! Jetzt wird deine Schwester berühmt. Ich würde sie gerne treffen, während sie dich besucht. Wollt ihr gemeinsam zu uns kommen?«

»Das würde Regina sicher Freude machen, sie fragt mich regelmäßig nach dir. Lass uns abwarten, wie sie ihre Zeit einteilen kann.«

Schließlich nahm Ana ihren Mut zusammen und wandte sich an Ronald. »Sag, hast du eine Idee, was ich für meinen Kollegen tun kann?«

»Welchem Kollegen willst du helfen? Dem verschwundenen oder dem verdächtigen?«

»Beiden«, sagte Ana.

Ronald starrte sie an. »Du gedenkst ernsthaft, auf Mörderjagd zu gehen? Ist dir klar, was das im schlimmsten Fall für Konsequenzen hat?«

»Natürlich keine Jagd.« Ana schwieg eine Zeit lang und fühlte sich von beiden beobachtet. »Ich fürchte, die Polizei verfolgt keine heiße Spur, deshalb nehmen sie Bert ins Visier. Was können wir unternehmen?«

Ronald zog die Augenbrauen in die Höhe. »Schlag dir das sofort aus dem Kopf, Ana! Du bist herzlichst eingeladen, hier zu schlafen. Oder ich begleite dich als Bodyguard irgendwohin. Aber auf die Suche nach einem Serienkiller gehe ich hundertprozentig nicht mit dir. Das ist mir zwei Schuhnummern zu groß.«

»Du darfst doch jetzt sogar eine Waffe umschnallen!«

Er hatte erst vor Kurzem seinen Waffenpass ausgehändigt bekommen, und damit die Erlaubnis, seine Schusswaffe mitzutragen.

»Die Pistole ist für Selbstverteidigung im Notfall! Ich habe sie noch nie mitgenommen.« Ronald zischte zu Marion: »Bitte treib ihr dieses Hirngespinst aus. Es wäre Irrsinn, den Mörder aufzuschrecken und auf sich zu lenken, einfach unverantwortlich.«

Ana schien Ronald ernsthaft verärgert zu haben, er schüttelte nochmals kräftig den Kopf. Dann ging er ohne ein weiteres Wort ins Innere der Wohnung.

»Ups, das war heftig. Sei ihm nicht böse. Ronald ist grantig, weil er sich um dich sorgt, und er hat vollkommen recht. Du musst uns versprechen, keinen Blödsinn zu machen!« Marion schaute sie angespannt an. »Bitte, Ana, sei vernünftig!«

»Ich weiß nicht, was ich von Ronald genau wollte, gewiss keine Mörderjagd. Aber nichts tun, wenn einer nach dem anderen umgebracht wird und die Polizei den Falschen verdächtigt, ist nicht mein Ding.«

»Ich stimme Ronald vollständig zu. Halt die Füße still, bis die Polizei den Täter festnimmt.«

»Ich wollte mich unterhalten, wie ich die Beamten unterstützen und mich schützen kann. Ronald hat überreagiert.«

»Ana, hier geht es nicht um deine Karriere. Dein Leben könnte in Gefahr sein.«

Ana wusste, dass sie an diesem Tag nichts mehr erreichen würde. Sie lenkte ihre Freundin ab und verwickelte sie in eine Diskussion über Gartenarbeit. Statt des gewohnten Enthusiasmus gab Marion kurze Antworten. Ana bereute, ihre Freunde besucht zu haben. Sie befürchtete, ihnen einen gemütlichen Abend verdorben zu haben.

»Wirst du wirklich heiraten?«, platzte sie heraus.

Marions Gesicht lichtete sich. »Ich dachte schon, du fragst gar nicht mehr.«

»Tut mir leid, dass ich euch die Stimmung vermasselt habe. Also?« Sie sah ihre Freundin erwartungsvoll an.

»Wir müssen das Thema Kinder klären. Ronald will sofort welche, sogar mehrere. Ich will noch warten.«

»Wegen des Jobs?«

Marion hatte sich als Trainerin selbstständig gemacht und war dabei, einen Kundenstock aufzubauen.

»Mhm. Wenn ich jetzt schon meine Trainings unterbreche, verliere ich den Großteil der Kunden wieder. Aber wenn ich ein Kind bekomme, beabsichtige ich, nicht nahtlos weiterzuarbeiten. Ein Jahr möchte ich zumindest daheimbleiben.«

»Ihr werdet das ausdiskutieren und zu einem gemeinsamen Ergebnis kommen.« Ana war zuversichtlich, dass ihre Freunde das Problem lösen würden.

Die Frauen unterhielten sich eine Zeit lang, die Stimmung zwischen ihnen normalisierte sich.

Ronald tauchte auch nicht auf, als sie sich verabschiedete. Ana fand, dass er übertrieben reagierte. Andererseits erfüllte sie der Gedanke wohlig, dass sich ihre Freunde um sie sorgten. Sie nahm sich vor, Ronald anzurufen und ein Friedensangebot zu unterbreiten. Hoffentlich kriegte er sich wieder ein, die Freundschaft mit ihm wollte sie nicht aufs Spiel setzen.

Zu Hause verstaute sie ihre Einkäufe. Die reichten eine Zeit lang für Regina und sie. Eigentlich hatte sie vorgehabt, ihren Haushalt aufzupolieren. Aber es kribbelte in ihren Fingern und sie setzte sich an den Computer. Kommissar Müller hatte sich bereits zweimal nach dem Steckkamm erkundigt, also schätzte er ihn als bedeutend ein.

Die Internetsuchmaschine lieferte ihr eine Riesenauswahl von Steckkämmen. Die waren wider Erwarten top in Mode. Für besondere Anlässe verzierten Perlen oder Strass den Rand. Nachdenklich las sie die Werbetexte durch. Sie priesen die auffälligen Modelle als perfekten Schmuck für Erstkommunion, Firmung und Hochzeiten an.

Ana legte sich ein Dokument an, beschriftete es mit »Wagner-Suche« und schrieb die Begriffe hinein. Zusätzlich kopierte sie zwei Bilder von Steckkämmen, die ihr jenem in Marks Haaren am ähnlichsten erschienen. Und jetzt? Wie sollte ihr das helfen, Herrn Wagner zu finden? Frustriert schloss sie das Dokument.

Trotz vorgerückter Stunde fühlte sie den Drang, an ihrem Projekt zu arbeiten. Von dessen Erfolg hing ihre Karriere ab. Diesmal musste es mit der Beförderung klappen, sonst … Sie verdrängte den nagenden Gedanken und legte die Mappe vor sich, die ihr Pat am Vortag überreicht hatte. Bisher hatte sie nur das Inhaltsverzeichnis überflogen. Jetzt zog sie den dicken Packen Papier heraus und blätterte ihn durch.

Plötzlich stoppte sie. Zwischen den ausgedruckten Seiten klemmte ein handbeschriebener Zettel. Die Schrift war leicht entzifferbar. »Kündigung an Kreis. Termin Makler.« Die Notiz war Mark hineingerutscht.

Wem hatte er zu kündigen geplant und wofür hatte er einen Makler gebraucht?

KAPITEL 16

Am nächsten Morgen war wieder ein Managementmeeting angesetzt. Ana lief noch schnell zu ihrem Zimmer, um ihre Handtasche abzulegen. Als sie den Schlüssel umdrehen wollte, spürte sie Widerstand. Irritiert hantierte sie hin und her und hörte ein Schnappen.

Wie unordentlich war das denn? Entweder sie hatte am Vorabend vergessen zuzusperren oder Reinigungskräfte hatten die Tür unversperrt gelassen. Sie nahm sich vor nachzufragen, denn Sicherheitsprobleme durfte sie nicht riskieren.

Kurze Zeit später gesellte sie sich zu den versammelten Managern in Pats Besprechungsraum. Obwohl sich alle bemühten, unbelastet zu wirken, stand jedem die Anspannung ins Gesicht geschrieben. Keine Schwätzereien, die meisten starrten auf ihren Laptop, das Klappern der Tastaturen erfüllte den Raum.

Die Tür sprang auf und Pat stapfte herein. Ihre steinerne Miene verhieß keine positiven Neuigkeiten.

»Guten Morgen, lasst uns gleich anfangen. Es gibt eine Entscheidung für die Nachfolge von Mark Hafer. Unsere neue Regionalchefin heißt Maribel Kaiser.«

Daher die schlechte Laune, sie war enttäuscht. Pat war übergangen worden, sie bekam die Schweizerin vorgesetzt.

»Ich habe heute zeitig mit Maribel telefoniert. Sie besteht darauf, dass der Welcome Day wie geplant am Samstag stattfindet. Wir leisten uns keine Verzögerungen. Maribel reist extra zur Feier an.«

»Das passt zu ihr, sie ist eine Arbeitsmaschine«, meldete sich Leo. Alle Augen wandten sich zu ihm. »Wir haben früher im selben Vertriebsteam gearbeitet«, erklärte er. »Sie war ständig am besten von allen vorbereitet, machte die meisten Stunden und nahm nie Urlaub.«

»Ich kenne sie auch, wir nannten sie die Eislady. Dabei wäre Eiskaiserin treffender.« Unterdrücktes Gelächter folgte Horsts Meldung.

»Herrje, die Eislady«, sinnierte Leo. Er hatte den Kopf leicht vorgebeugt und die Schultern hingen vor. An diesem Tag erschien er wesentlich älter.

»Diesen Spitznamen hat sie wegen ihrer stechend hellblauen Augen. Wenn sie dich ansieht, gerinnt dir das Blut.« Kichern breitete sich zu den dramatischen Bewegungen von Horst aus. Nur Leo schien in endlose Ferne gerückt zu sein. Anscheinend hing er Erinnerungen nach.

»Diese Veranstaltung durchzuführen ist verantwortungslos. Wir gefährden unsere Mitarbeiter und uns«, beschwerte sich der Finanzchef.

»Außerdem finde ich es respektlos, zu feiern, solange wir nichts über das Schicksal von Paul-Egon wissen«, stimmte ihm der Personalchef zu. Ana nickte heftig.

»Peter, Gerald, unsere Chefin hat entschieden. Das müssen wir respektieren. Wir halten den Welcome ab. Lasst uns die Vorbereitungen finalisieren. Lilo, bitte gib uns einen Überblick, was noch zu tun ist.« Pat sprang nahtlos zur Tagesordnung über.

Die Marketingleiterin holte tief Luft und verbrachte die nächste halbe Stunde damit, ihnen die Location und das Catering vorzustellen. Sie erläuterte die Agenda. Ab 15 Uhr war Einlass, Stehtische waren innen und außen vorbereitet, wobei der Außenbereich wegen des großartigen Ausblicks sicher besonders beliebt sein würde.

Kaffee und ein Kuchenbuffet machten den Start. Der Nachmittag war für ungezwungene Plaudereien gedacht. Alle sollten herumwandern und neue Kollegen kennenlernen. Um 18 Uhr war Pat mit ihrem Vortrag an der Reihe und im Anschluss Maribel Kaiser. Die Übertragung der Reden war auf Videowalls in allen Bereichen sichergestellt. Ana machte mit ihrer Präsentation den Abschluss. Danach spielte eine Liveband und sogar eine Tombola und ein Feuerwerk zu später Stunde waren als Überraschungen geplant. Die zierliche Lilo sprühte vor Enthusiasmus, sie liebte Veranstaltungen.

»Sonstige Anliegen zu dem Event? Ich möchte, dass alles perfekt funktioniert und wir uns bestmöglich präsentieren.« Typisch CEO. Sie hakte ihre Enttäuschung ab und beabsichtigte, bei der neuen Chefin zu punkten.

Die Anwesenden schüttelten den Kopf. Bis auf einmal der Personalchef sagte: »Wie schützen wir diese Menschenmenge gegen einen möglichen Anschlag?«

»Maribel meint, wir können zusätzliches Wachpersonal einkaufen, falls die Polizei uns zu wenig zur Verfügung stellt. Das bespreche ich im Anschluss mit den Beamten«, erwiderte Pat.

»Maribel hat leicht reden! Sie hat noch nie in Österreich gearbeitet und wird hier schwerlich das Ziel eines Mörders sein.« Horst knurrte empört und Ana gab ihm recht. Eine beklemmende Vorstellung, mit zahllosen Leuten zu feiern, wenn irgendwo jemand lauerte.

Pat antwortete: »Die Entscheidung steht fest, wir müssen damit leben. Hat wer von euch einen Hinweis zu Paul-Egon für die Polizei?«

Es blieb still und plötzlich hörte sich Ana sagen: »Gerald und ich lesen für das Integrationsprojekt zahlreiche Personalakten. Wir können dabei Ausschau nach Vorfällen mit Mark und Herrn Wagner halten.«

»Das ist zu gefährlich!«, rief der Finanzchef aus. Er faltete die Hände und musterte sie kopfschüttelnd.

»Ich mache nichts anderes, als Akten zu lesen und etwaige Auffälligkeiten an Kommissar Müller weiterzuleiten. Außer den Anwesenden weiß das niemand, wieso ist das zu gefährlich?«

»Du könntest unbeabsichtigt etwas lostreten. Pat, du musst diesen Unsinn verbieten!«

»Das ist kein Unsinn! Wenn du entführt wirst, wünschst du dir auch unsere Hilfe!« Ana redete lauter und schriller als beabsichtigt.

»Kein Grund, emotional zu werden«, wies Horst sie zurecht.

»Da redet gerade der Richtige«, schoss sie empört zurück, woraufhin er sie beschwichtigend angrinste.

»Ich denke, Ana hat recht. Wir sollten der Polizei unter die Arme greifen. Was können wir tun, was ungefährlich ist?« Lilo leistete unerwartet Unterstützung.

Mit einem Mal begannen die Anwesenden durcheinanderzusprechen.

»Ich halte Anas Vorschlag für nützlich. Wir überprüfen die Personalakten.« Der Personalchef ergriff das Wort. »Das macht minimalen Zusatzaufwand und eventuell finden wir Hinweise, die ein Außenstehender überliest.«

Mit einem Krachen fiel ein Laptop zu. Peter Flor hatte ihm einen kräftigen Schubs verpasst. Jetzt saß er mit fest verschränkten Armen und verkniffenen Lippen da.

»Ich weiß nicht recht.« Pat klang unentschlossen. »Mir wäre lieber, alle konzentrieren sich auf ihre Arbeit.«

Ohne Weiteres zur Tagesordnung übergehen und sich um den Profit kümmern, das war ihre Vorstellung. Ana platzte fast vor Empörung, aber sie biss sich fest auf die Lippen, um nicht zusätzlich unangenehm aufzufallen.

»Keine Sorge, wir machen unbezahlte Überstunden und ich pass auf den Datenschutz auf.«

Bildete Ana sich das ein oder sprach Gerald ironisch? Jedenfalls war es ihm ein Anliegen, dem Kollegen zu helfen.

»Heute fehlt uns die Zeit, weil Ana und ich zur GENIAL fahren. Wir treffen das Management und hören uns ihre Vorstellungen an. Morgen Vormittag überprüfen wir die Akten gemeinsam. Wenn du möchtest, lasse ich dich jede Information lesen, bevor wir sie an die Polizei weiterreichen, Pat.« Für den Personalchef war das Thema beschlossen.

»Ich habe noch einen Punkt. Spielten Mark und Herr Wagner im Schachklub?«

Erstaunte Gesichter starrten Ana an. Als Erster fasste sich Leo. »Den Schachklub gibt es doch gar nicht mehr. Der wurde vorletztes Jahr aufgelöst. Wie kommst du auf diese Frage?«

»Spielst du Detektiv?« Jetzt klang der Finanzchef zutiefst entsetzt.

»Ich doch nicht. Dieses Thema brachte gestern der Kommissar auf und ich habe angeboten, das herauszufinden.«

»Zügle deine Neugier, Mädchen.« Diesen Ratschlag erteilte Leo.

»Danke für den Tipp. Ich wollte lediglich wissen, ob die beiden Mitglieder im Schachklub waren. Das ist kein Geheimnis, oder?« Ana ärgerte sich.

»Schon gut, freilich darfst du das erfahren. Peter kennt alle Mitglieder, er fungierte jahrelang als Obmann des Schachvereins.« Leo dachte angestrengt nach. »Wie hieß die hübsche Kassiererin?«

»Jetzt hört mit den alten Geschichten auf!«, fuhr ihn Peter an. »Mark war vor langer Zeit Klubmitglied. Paul-Egon war niemals Schachspieler. Und wie Leo sagt, ist der Schachbetrieb eingestellt worden. Zufrieden?«

»Danke, ich melde es so an den Kommissar.« Ana machte sich gedanklich Notizen. »Hatte Mark vor, das österreichische Management zu ändern?«

Schweigen.

»Heute übertriffst du dich mit Neugierde. Woher sollen wir das wissen? Oder hat er dir Pläne verraten, Pat?« Horst wandte sich an die CEO.

Diese schüttelte den Kopf. »Ich denke, das war es für den Moment. Bitte unterstützt Lilo, damit der Welcome ein Erfolg wird. Dieser Event und das gesamte Projekt haben Priorität. Ab morgen sehen wir uns die Vertriebszahlen an. Schönen Tag.«

Beim Verlassen des Besprechungszimmers sprach Horst Ana an: »Wenn du für den Entwurf einen Gesprächspartner benötigst, gib mir Bescheid. Ich helfe dir gerne.«

Ana war von dem Angebot angenehm überrascht und fühlte sich von seinem Interesse geschmeichelt. »Das ist nett von dir. Vielleicht morgen. Bis dahin sammle ich mehr Informationen über die GENIAL.«

»Jederzeit. Ein Anruf genügt.« Horst winkte ihr zu und ließ eine verdutzte Ana auf dem Flur stehen.

KAPITEL 17

Zurück in ihrem Büro sprang Ana die Kiste, die sie zur Aufarbeitung von Mark geerbt hatte, ins Auge. Unwillig knurrend hob sie sie auf den Besprechungstisch. Obenauf lag ein Ordner, den sie auf den Sessel bugsierte. Überrascht starrte sie auf den Inhalt der Transportbox. Kopfschüttelnd ergriff sie ihr Handy.

»Komm bitte zu mir!«, fauchte sie ins Telefon.

Eine Minute später schlüpfte Tim herein.

»Was soll das sein?«, empörte sich Ana und zeigte auf den Behälter.

Tim warf ihr einen verständnislosen Blick zu und beugte sich über die Box.

»Das war ich nicht!«, kreischte er auf. »Du musst mir glauben. Als ich die Kiste zu Pat gebracht habe, war der Inhalt in Ordnung. Das kann sie dir bestätigen. Sie hat den Ordner weggehoben und hineingeschaut!« Seine Stimme wurde mit jedem Wort aufgebrachter.

Sprachlos blickten sie auf das Chaos. Zettel lagen kreuz und quer, etliche waren zerknüllt. Eine Ordnungsmappe war schräg hineingestopft. Ana schaute Tim forschend an. »Wer war es dann? Die Kiste ist durchwühlt worden.«

Er beteuerte immer wieder, dass er auf die Sachen aufgepasst hatte, solange sie bei ihm gewesen waren. Die Unordnung musste nach der Übergabe an Ana entstanden sein.

Da ihr das Gerede nicht weiterhalf, schickte sie Tim hinaus und begann, die Zettel in Stöße zu schlichten. Nach einer Viertelstunde gab sie auf. Das war Zeitvergeudung. Am besten versiegelten sie den Behälter und beförderten ihn ins Archiv.

Betreten rief Ana die CEO an und erzählte ihr von der durchwühlten Box. Pat reagierte gereizt und Ana bildete sich ein, sogar einen Vorwurf in ihrer Stimme zu hören.

»Soll ich den Vorfall an Kommissar Müller melden?«, fragte Ana, überzeugt, dass das erforderlich war.

Pat schien zu überlegen. »Nein. Mit dem Mord hat das nichts zu tun, da war lediglich jemand neugierig.«

Ana traute ihren Ohren nicht. »Aber wir sollen doch alle Auffälligkeiten …«

»Kannst du tun, was ich dir sage, ohne jedes Mal zu diskutieren?«, fuhr Pat sie an. »Wir haben ausreichend Unruhe im Team, wir brauchen deine Schauermärchen nicht zusätzlich.« Pat legte grußlos auf.

Ana war fassungslos. Was hatte sie falsch gemacht? Jedenfalls stand fest, dass Pat schwer verstimmt und nicht gut auf sie zu sprechen war.

Sie schob die Gedanken zur Seite und hastete zum Personalbüro. Der Personalchef und Ana setzten sich in sein Besprechungszimmer und bereiteten ihre Termine mit dem GENIAL-Management vor. Als Erstes hatten sie ein Meeting mit dem Führungsteam, es diente dazu, dass sich alle erst einmal kennenlernten.

Sie waren spät dran. Auf der Fahrt in Geralds Auto meinte er beiläufig: »Ich möchte dir keine unnötige Angst machen, aber du hättest dir das verkneifen sollen.«

»Du spielst darauf an, dass wir uns die Personalakten ansehen?«

»Exakt. Falls in den Akten etwas Wichtiges steht, kannst du jemanden aufgeschreckt haben.«

»Hegst du gegen einen der Managementkollegen einen Verdacht?«

»Nein, das tu ich nicht. Aber du kannst es nicht ausschließen und wer weiß, wem sie es weitererzählen. Der Täter musste Insiderwissen haben, um Mark auf dem Seminar zu finden.«

»Marks Kiste wurde durchwühlt.«

»Lagerst du die in deinem Zimmer?« Gerald klang alarmiert.

Sie nickte.

»Verdammt. Ana, sei vorsichtig!«

»Du bist der Vierte in zwei Tagen, der das zu mir sagt.« Sie schnitt eine Grimasse. »Sag, wäre Mark nach Österreich übersiedelt?«

»Davon habe ich nichts gehört. Für den Job kann der Regionalleader in jedem der drei Länder leben.«

Ana hing ihren Gedanken nach. Sollte sie lieber die Finger von der Sache lassen? Und wie die Kollegen untätig warten, dass Herr Wagner auftauchte? Genau genommen hatte sie noch gar nichts getan und trotzdem stieg die Aufregung.

»Warum will niemand vom Managementteam Herrn Wagner suchen helfen?«

»Bleib fair. Es machen sich alle Sorgen, dass wir einen weiteren Anschlag provozieren.«

»Das ist eine Ausrede.«

Ihr fiel der Zettel von Mark ein, auf dem das Wort »Kündigung« geschrieben stand. Leider war das der falsche Zeitpunkt, um den Personalchef nach Entlassungen zu fragen. Gleich besuchten sie die gekaufte Firma und mussten sich auf die Leute dort konzentrieren. Am nächsten Tag würde sie das Thema ansprechen.

»Ana! Schläfst du? Ich rede mit dir«, unterbrach Gerald ihre Gedanken.

»Ich bin wach, ich habe über deine Worte nachgedacht«, antwortete Ana. »Was wolltest du?«

»Nach dem Kennenlern-Meeting teilen wir uns auf. Ich spreche mit dem Betriebsrat. Du hast einen Termin mit Anton Huber, den du aus dem Workshop kennst, und Martin Klein. Er ist der Verantwortliche für die Softwareentwicklung.«

»Warum hat er im Meliá gefehlt?«, wunderte sich Ana.

»Weil ihn Mark nicht eingeladen hat. Also, du besprichst mit ihnen die Mitarbeiter mit Potenzial für eine Führungsposition. Zusätzlich alle, die aufgrund des Firmenverkaufs so unglücklich erscheinen, dass sie abwerbegefährdet sind. Mach dir ein Bild.«

»Meine Vorschläge für die zukünftige Organisation unterbreiten wir gemeinsam an Pat und Maribel?«

»So ist es vereinbart. Du hast dich in der Vergangenheit bereits geschickt bei der Personalauswahl gezeigt. Wir haben Vertrauen in dich. Mit den selektierten Kandidaten führen wir Bewerbungsgespräche.«

Die erste Besprechung verlief in entspannter Atmosphäre. Von einer feindlichen Übernahme war nichts zu fühlen. Die Teilnehmer diskutierten offen und interessiert.

Ana schwirrte der Kopf von all den Namen und Titeln. Wie immer in solchen Situationen merkte sie sich keinen einzigen.

Anschließend brachten Anton und Martin Klein sie in einen Besprechungsraum, der völlig anders aussah als die Räume in ihrer Firma. Hier strahlte alles bunt. Bilder und Zeichnungen hingen an den Wänden. Um den Tisch standen unterschiedliche Stühle und im Hintergrund erklang leise Orgelmusik.

Herr Klein bemerkte ihre Überraschung und sagte stolz: »Wir legen größten Wert auf Kreativität. Du findest überall Anreize zum Spielen und Denken. Licht, Farben, Musik und Texte. Was auch immer du benötigst, um deinen Geist zur Entfaltung zu animieren.« Nach einer winzigen Pause fügte er hinzu: »Ich darf doch duzen?«

»Mhm. Das ist eure Firmenphilosophie?«

»Wenn du es so ausdrücken willst. Es beeinflusst jedenfalls das Verhalten und ist der Ideenfindung förderlich.«

Das würde spannend werden. Über diesen Aspekt der Integration hatte Ana bisher nichts erfahren. Da prallten zwei ungleiche Firmenkulturen aufeinander. Jetzt verstand sie, warum der Personalchef eine Liste der gefährdeten Leute verlangte.

Zwei Stunden und unzählige Namen später lehnte sich Ana zufrieden seufzend zurück. Sie bedankte sich für die professionelle Vorbereitung und die Geduld beim Gespräch. Die neuen Kollegen hatten ihr einen guten Einblick gegeben und sie hatte penibel mitgeschrieben.

Anton sah sie an. »Darf ich dich zu Mark Hafer um eine Auskunft ersuchen?«

»Klar, was interessiert dich?«

»Bei uns geht die Gruppeninspektorin Meinhart ein und aus. Sie stellt eigenartige Fragen. Glaubt die Polizei, dass jemand von GENIAL Marks Tod verursacht hat?«

»Woher soll ich das wissen? Die Polizei hüllt sich in Schweigen. Hältst du es denn für wahrscheinlich?«

Die rasche Gegenfrage brachte Anton aus der Fassung. Er wechselte die Farbe und schnappte nach Luft, bevor er antwortete: »Nein, das denke ich nicht. Aber es existiert eine Vorgeschichte.«

Martin Klein legte ihm die Hand auf den Arm und Anton verfiel in Schweigen.

»Hört mal, ich bin nicht von der Polizei. Ich finde es angebracht, dass ihr unter Kollegen offen mit mir redet.« Ana musterte die beiden. »Welche Vorgeschichte gibt es?«

»Du hättest besser den Mund gehalten. Jetzt bleibt dir nichts anderes übrig, als Ana die Story zu erzählen. Irgendjemand quatscht ohnehin.« Martin sah bedrückt drein.

»Also?«, fragte Ana ungeduldig.

»Vor ein paar Jahren waren unsere Firmen Konkurrenten bei einer Ausschreibung. Ihr habt gewonnen. Mark war euer verantwortlicher Verkäufer und unsere Leute hatten keinen Zweifel daran, dass nicht alles mit rechten Dingen zugegangen ist.« Anton sprach leise und monoton wie ein Roboter. Er unterdrückte jegliche Emotion.

»Was hat er getan?«, fragte Ana.

»Wir hatten keine Beweise, aber wir waren überzeugt, dass er sich unrechtmäßig Informationen beschafft und den Kunden damit geködert hatte. Deshalb haben wir Einspruch erhoben, aber Mark agierte aalglatt und wir sind gescheitert.«

»Wegen eines verlorenen Deals bringt ihn keiner Jahre später um.« Ana schaute ihn forschend an.

»Die Emotionen sind damals explodiert. Es gab Beschimpfungen und Drohungen, dass Mark dieses Haus nie mehr betreten darf und dass ihm was passiert, falls wir nochmals aufeinandertreffen.«

»Und jetzt wurde er durch den Firmenkauf euer Chef. Was für ein dummer Zufall.«

»Ein saudummer. Wenn die Polizei diese Geschichte ausgräbt, sind einige von uns schwer verdächtig, allen voran wir beide.« Anton faltete die Hände zusammen.

»Du meinst, verdächtig, Mark ermordet zu haben? Mit welchem Motiv?« Anas Zweifel war unüberhörbar.

»Weil wir im Vorfeld blöde Sprüche geführt haben.«

»Welche blöden Sprüche?«

»Dass sie ein Crowdfunding für uns aufsetzen sollen, damit wir Mark aus dem Weg räumen.«

»Im Ernst? Wen meinst du mit ›sie‹?«

»Unsere Teams.«

»Was? Eure Mitarbeiter? Haben sie das wirklich durchgezogen?«

Die Antwort ersparte sich Anton, seine Miene verriet alles. »Das war ehrlich nur ein saublöder Witz. Wer hätte ahnen können, was in dem Hotel passieren würde?«

Ana blies hörbar die Luft aus. Was sollte sie zu so einer gestörten Aktion auch sagen? Übergangslos fiel ihr etwas ein: »Was hatte Paul-Egon Wagner damit zu tun?«

»Wer?« Martin sah sie mit großen Augen an.

KAPITEL 18

Die Nachbesprechung hielten Gerald und Ana formlos während der Rückfahrt ab. Der Personalchef wollte als Erstes ihre Eindrücke hören. Sie berichtete von den ausgiebigen Auskünften. Aus ihrer Sicht hatte sie ausreichend Material für das Projekt.

»Sehr gut. Und zwischen den Zeilen? Wie geht es denen mit der Übernahme durch einen internationalen Konzern?«

Ana schilderte ihm, was sie über die gegensätzlichen Firmenkulturen erfahren hatte, und erzählte ihm von der Geldsammlung »Sonderaktion Mark«.

Der Personalchef schwieg lange mit einem unglücklichen Gesichtsausdruck. »So ein Schmarren. Wir erzählen es Kommissar Müller. Ich halte es wie du für einen geschmacklosen Scherz, aber es zu verheimlichen wäre falsch.«

Widerwillig nickte sie. »Das habe ich befürchtet. Ich gebe dir leider recht.«

In der Firma verabschiedeten sie sich bis zum nächsten Tag, da der Personalchef weitere Termine wahrnehmen musste.

Ihr Mittagessen fiel erneut aus, weil ihre Besprechung mit Bert bald begann. Ana zog ein paar Münzen aus ihrer Geldbörse und warf sie in den Automaten. Ihr Blick glitt die Reihe entlang. Wurstsemmel, Speckstangerl, Käsebrot. Sehnsüchtig dachte sie an ein umfangreiches Mittagsmahl.

In der Scheibe spiegelte sich eine Bewegung und Ana drehte sich um.

Der Vertriebschef tapste unsicher mit gesenktem Haupt den Gang entlang. Seine Schritte waren unregelmäßig und leicht schwankend. Ana zögerte. War er betrunken? »Leo?«, wisperte sie, doch er reagierte nicht. »Leo, alles okay?«, wiederholte sie mit gedämpfter Stimme. Er hob den Kopf und Ana zuckte zusammen.

»Was ist geschehen?«

Abwehrend hob er die Hand. »Kein Aufsehen, ich bin im Waschraum gestürzt. Mir ist nichts Tragisches passiert.«

Leos linkes Auge war blutrot und eine Schwellung bahnte sich an. Auf dem Backenknochen zeichneten sich rote Streifen ab.

»Du hast vielleicht eine Gehirnerschütterung. Lass dich lieber von einem Arzt untersuchen!«

»Es ist nichts. Glaub mir.« Leo tappte an ihr vorbei, den Blick starr nach vorn gerichtet. Verdutzt schaute ihm Ana nach. Unkonzentriert tippte sie auf die Tasten des Automaten und betrachtete lustlos das Käsebrot, das sie versehentlich ausgewählt hatte. Verdrossen kehrte sie zu ihrem Zimmer zurück.

Bert hatte in der kurzen Zeit einen Übersiedlungsplan erstellt. Stolz erklärte er ihr seine Lösung. »Die Planung der Zimmerwände finalisieren wir, sobald du die Zuordnung der Mitarbeiter zu den Abteilungen fertiggestellt hast. Der Plan reicht für die Kostenvoranschläge. Wenn du einverstanden bist, beschäftige ich mich ab sofort mit der IT-Infrastruktur.«

»Echt klasse, was du im Handumdrehen hingekriegt hast.«

»Inzwischen macht es mir Spaß«, Bert grinste sie schelmisch an. »Von Tim soll ich dir ausrichten, dass die Präsentation fertig ist, du findest sie in der Inbox. Er arbeitet jetzt an den Schulungen für die neuen Mitarbeiter.«

»Super, ihr seid tüchtig. Wir kommen zügig voran.«

»Der Herr Assistent ist gewöhnungsbedürftig, aber er hat Stärken. Wenn er nur nicht so ein Lackaffe wäre.« Den letzten Satz murmelte Bert nahezu unhörbar und fuhr sich mit der Hand affektiert durch seine Haare. Ana unterdrückte ein Lächeln.

»Wie geht es mit der zukünftigen Organisation weiter?«, fragte er.

»Abschließende Vorgaben gibt uns Pat Anfang nächster Woche. Sie lässt sie zuerst von Maribel absegnen. Bis dahin habe ich alle Kandidaten für Führungspositionen vorselektiert.«

»Denkst du auch an mich?« Bert sah ihr in die Augen.

»Wir beide haben einen abgestimmten Entwicklungsplan und entsprechend verhalte ich mich. Passt das für dich?«

»Ja, Ana, ich will bloß nicht vergessen werden.«

Sie grinste ihn an. »Unmöglich, dich zu vergessen, dafür bist du zu laut.«

Überraschend verfinsterte sich Berts Miene. »Was gibt es Neues von der Polizeifront?«

»Heute bin ich Müller noch nicht begegnet. Über Herrn Wagner habe ich nichts gehört. Mir haben die Kollegen von der GENIAL erzählt, dass die Polizistin laufend bei ihnen auftaucht.«

»Du meinst Gruppeninspektorin Lore Meinhart«, half Bert ihrem Namensgedächtnis nach. »Ich habe um fünf einen Termin mit ihr, mir graust davor. Die Frau ist giftiger als eine Schlange und verbeißt sich in mich. Hoffentlich bin ich sie bald los. Ich lasse dich jetzt weiterarbeiten. Bis später.«

Ana war erfreut, ungestört zu sein. Endlich konnte sie ihre Recherchen vom Vortag weiterführen. Sie rief erneut die Personalakten von Mark und Herrn Wagner auf.

Diesmal schrieb sie die Karrierestationen heraus und machte zwei Zeiträume ausfindig, in denen Herr Wagner an Mark berichtet hatte. Das erste Mal vor zwölf und das zweite Mal vor vier Jahren. Spielte eine alte Geschichte in die Gegenwart hinein?

Der Werdegang von Paul-Egon Wagner, fand sie, passte gut zu seiner Persönlichkeit. Nach einem Wirtschaftsstudium hatte er als Sachbearbeiter im Logistikbereich gearbeitet. Irgendwann wurde er dort Manager und blieb es. An seinem Aufgabenbereich änderte sich wenig, einzig seine Vorgesetzten wechselten. Seine Beurteilungen waren solide, nichts stach als außergewöhnlich hervor. Es fand sich kein negativer Vermerk. Eine Karriere ohne besondere Höhen und Tiefen.

Ganz anders der Aufstieg von Mark Hafer. Dabei hatte er ebenfalls nach einem Studium der Betriebswirtschaft in der Firma begonnen. Allerdings jagte eine Beförderung die andere, Auslandsaufenthalte wechselten sich mit Spezialjobs ab. Er heimste Auszeichnungen für besondere Leistungen ein. Die Beurteilungen waren meistens grandios. Als Ana die dazugehörigen Beurteilungstexte überflog, bildete sie sich ein, zwischen den Zeilen leise Kritik herauszuhören. Aber nie greifbar. Einmal kündigte Mark sein Dienstverhältnis. Sein Vorgesetzter hielt ihn mit einer Gehaltserhöhung zurück.

Ana schrieb in ihrem »Wagner-Suche«-Dokument markante Punkte nieder und hing ihren Gedanken nach. Sie entdeckte in den Personalakten keine Überraschung, sondern die Bestätigung, dass sich in Marks Leben alles um Erfolg gedreht hatte. Ein intaktes Familienleben und Freunde schienen darin keinen Platz gehabt zu haben.

Ihr Blick fiel auf die durchwühlte Box. Dafür hatte sich jemand Zutritt zu ihrem Zimmer verschaffen müssen. Und dieser jemand musste gewusst haben, dass sich die Kiste in ihrem Büro befand. Wieder war der Kreis der Informierten klein. Ihr kam der Zettel in Marks Unterlagen in den Sinn. Hing das miteinander zusammen? Wen hatte er kündigen wollen? Wo hatte er hinziehen wollen?

Obwohl sie inzwischen an der Sinnhaftigkeit ihrer Recherche zweifelte, konzentrierte sich Ana nochmals am Computer. Zum Thema Schachspielen stieß sie auf keinen Hinweis, nach Steckkamm zu suchen, erschien sinnlos.

Eine Idee blitzte auf: das Firmennetzwerk. Lilo und ihre Marketingmitarbeiter schrieben laufend Beiträge. Eventuell würde Ana dort Geschichten und Bilder zu den beiden Männern finden. Nach einer Viertelstunde überwältigte sie die Menge an Informationen, die auf sie einstürzte.

Sie surfte durch Berichte von Events, Jubiläen, Firmenfeiern und Auszeichnungen. Sie brauchte einen Plan, wie sie weiter vorgehen sollte. Ansonsten würde sie sich in dem Bildermeer verlieren.

Es klopfte und gleichzeitig trat Peter Flor ein. Seine Hand umklammerte eine Flügelmappe. Ana schaffte es nicht mehr, aus dem Onlineportal auszusteigen. Hastig sprang sie auf, warf dabei einen Kugelschreiber auf den Boden und rannte Peter zwei Schritte entgegen.

Peter schaute sie verwundert an. »Musst du weggehen?«

»Äh, nein. Ich brauche ein wenig Bewegung.« Sie streckte ihre Arme und bewegte ihren Kopf mit Dehnungen. »Ich habe Verspannungen im Nacken.«

»Ich halte dich nicht lange auf, es ist ohnehin spät. Ich bringe dir Informationen, die bei der Umorganisation aus Finanzsicht zu beachten sind. Bitte arbeite das durch. Wenn du Fragen hast, erkläre ich es dir morgen.«

Auf einmal machte Peter drei Schritte nach vorn, legte die Mappe auf Anas Schreibtisch und sah auf ihren Monitor.

»Du schaust dir alte Firmenfotos an? Dieses hier wurde vor über zwei Jahren geschossen.«

Ana war sprachlos. Es berührte sie unangenehm, dass Peter sie überrascht hatte, und sie empfand sein Benehmen als befremdlich.

»Ja, das ist Teil meines Projektes. Danke für die Unterlagen, ich melde mich morgen.« Ihr Ton klang kühl und sie hoffte, dass er die Verabschiedung verstand.

»Du brauchst für Organisationsvorschläge Fotos? Wie das?« Er dachte nicht daran, sich wegschicken zu lassen.

»Wie wäre es als Höhepunkt mit einer Fotocollage? Lass dich überraschen.« Ana war stolz auf ihre Schlagfertigkeit.

Sie dehnte sich nochmals und meinte: »Ich packe jetzt zusammen. Du hast recht, es ist spät.«

Der Finanzchef warf ihr einen langen Blick zu, grüßte und ging.

Was der wohl hatte? Sie beschloss, als Nächstes zu prüfen, ob Überschneidungen zwischen ihm, Mark und Herrn Wagner zu finden waren. Das Vorhaben erschien ihr gleichzeitig verrückt, da sie Peter als liebenswerten Kollegen kannte. Ihr Mentor bemühte sich, sie zu fördern. Aber soeben hatte er sich eigenartig verhalten. Verheimlichte er etwas?

Sie hielt inne. Klangen aus Peters Sicht ihre Fragen suspekt und er verdächtigte sie? Begannen sie sich gegenseitig zu misstrauen und einander nachzuspionieren?

Unkonzentriert räumte sie ihren Schreibtisch zusammen und beeilte sich auf dem Weg zum Aufzug. Dort lehnte Peter und sah ihr entgegen. Anas Schritte wurden langsamer, am liebsten wäre sie umgekehrt.

»Ana. Ich habe den Eindruck, dass sich zwischen uns Missverständnisse aufbauen. Das ist unnötig. Nimm zur Kenntnis, dass ich das Beste für dich möchte. Vermeide alles, was dich ins Visier von dem Irren bringt, und kümmere dich nur um deine eigenen Angelegenheiten! Ausschließlich zu deiner Sicherheit.« Eindringlich sah er sie an. Seine Hände hielt er zusammengeballt. »Ich wünsche dir einen schönen Abend, bis morgen.«

Ana sagte keine Silbe. Stumm beobachtete sie ihn, bis die Tür ins Stiegenhaus leise klickte. Während sie auf den Aufzug wartete, fragte sie sich, was sie von dem Auftritt halten sollte. Leider schwieg ihre innere Stimme beharrlich.

Als sie in der Garage auf ihr Auto zusteuerte, durchfuhr sie ein Schreck. Hektisch suchte sie zuerst ihren Blazer ab und dann die Handtasche.

»So ein Käse!« Ups, das hatte sie laut gesagt. Sie schaute sich um, ob jemand sie gehört hatte, aber es war glücklicherweise niemand in der Nähe. Was sollte sie tun? Sie hatte während der Besprechung mit dem Personalchef ihren Autoschlüssel aus dem Sakko genommen und auf den Sessel gelegt, weil er gedrückt hatte. Dort lag er noch immer. Wie sollte sie jetzt nach Hause kommen?

Über sich selbst verärgert suchten ihre Augen die Garage ab, in der wenige Autos parkten. Bert war noch in der Firma. Wie es ihm wohl mit der Kommissarin ergangen war? Sie erkannte den Wagen von Peter, dann zwei Fahrzeuge, die sie keinem Besitzer zuordnen konnte, und den Kombi von Gerald. Der Personalchef war noch im Haus! Das war ein glücklicher Zufall, da er üblicherweise früher heimfuhr. Er wohnte im Burgenland und hatte eine weite Anreise.

Erfreut griff sie zum Telefon und rief ihn an.

KAPITEL 19

»Kreis, guten Tag.« Geralds Stimme war schwer zu verstehen, im Hintergrund hörte sie Gelächter.

»Guten Abend, Gerald, entschuldige die Störung. Ich habe in der Garage dein Auto gesehen und gehofft, dass du noch da bist.«

»Aus der Firma bin ich schon weg, aber in der Nähe in einem Lokal. Ist etwas passiert?«

»Nein. Ich habe meinen Autoschlüssel in deinem Sitzungszimmer vergessen. Deshalb wollte ich fragen, ob ich hinaufkommen darf.«

»Wenn du Zeit hast, ist das kein Problem. Ich sitze im Bermudadreieck und hole nachher ohnehin mein Auto. Kannst du bis ungefähr 21 Uhr warten?«

»Das ist super, vielen Dank! Dann mache ich eben Überstunden, mir wird nicht langweilig.«

»Passt, bis später.«

Beruhigt richtete sich Ana auf, als sie aus dem Augenwinkel ein Stück Papier erspähte, eingeklemmt in einen Scheibenwischer ihres alten Cabrios. Da wollte wahrscheinlich wieder jemand ihr schönes Auto kaufen. Vorsichtig zog sie das weiße Blatt heraus.

»Hör sofort auf zu schnüffeln!«

Was? Entgeistert schaute Ana auf den Zettel. Sie drehte ihn um, aber außer dem einen Satz stand nichts drauf. Hitze stieg in ihr auf. War das eine Warnung? Das war unglaublich. Ihr Herzschlag beschleunigte sich. Am helllichten Tag platzierte jemand ein Drohschreiben auf dem Auto? In der Firmengarage! Ihre Hand fing leicht zu zittern an.

Sie musste tief durchatmen und einen klaren Kopf bewahren.

Das Quietschen einer Garagentür ließ sie herumfahren. Peter und Horst betraten die Garage. Den Zettel weit von sich gestreckt, ging sie ihnen entgegen.

»Warst du das?« Kurzatmig und rau stieß sie die Anklage heraus und streckte Peter das Blatt vors Gesicht. Die Männer hielten vor ihr an. Peter zog ihr das Papier aus der Faust und kniff die Augen zusammen.

»Spinnst du jetzt komplett?«, brüllte er.

»Was steht da drauf?« Horst riss ihm den Zettel aus der Hand. »Puh. Du bist jemandem auf die Zehen getreten.«

Ana stampfte mit dem Fuß auf. Sie versuchte, etwas Sinnvolles zu sagen, aber sie brachte keinen Satz heraus. Sie erinnerte sich deutlich, wie komisch sich der Finanzchef gerade eben wegen der alten Fotos benommen hatte. Ihre Hand schnellte vor und entriss dem überraschten Horst den Zettel, ein Stückchen blieb zwischen seinen Fingern stecken.

Das Papier fest an sich gedrückt, marschierte sie zum Garagenausgang.

»Ana, so warte doch!«, hörte sie hinter sich schreien, aber sie stürmte weiter, ohne sich umzudrehen. Als die Garagentür ins Schloss fiel, lehnte sie sich schwer dagegen. Ihr Herz schlug schnell und sie atmete flach. Sie bemerkte, dass ihr Tränen über die Wangen rannen, und hämmerte mit der

Faust gegen die Wand. Überwältigt von Scham und Angst schluchzte sie auf.

»Verdammt, beruhig dich!«, sagte sie sich. Sie schloss die Augen und zwang sich, langsam bis zehn zu zählen und gleichmäßig Luft zu holen. Noch nie hatte sie einen anonymen Brief bekommen. Irgendjemand hasste sie. Ob das ausgerechnet Peter war? Sie hatte ihn beschuldigt, weil er ihr zufällig über den Weg gelaufen war. Dabei war er ein grundanständiger Mensch, der verfasste keine anonymen Schreiben. Andererseits war er heute den ganzen Tag wie ausgewechselt gewesen.

Wer wollte sie von ihren Recherchen abhalten? Jemand, der einen verdammt guten Grund hatte.

Betroffen steckte sie das Papier in ihre Tasche und machte sich auf den Weg zurück in ihr Büro. Mehrmals warf sie Blicke über die Schulter, nie sah sie einen Verfolger. Im Zimmer drehte sie die Deckenbeleuchtung und die Schreibtischlampe auf. Das grelle Licht schenkte ihr ein wenig Sicherheit.

An Arbeit brauchte sie nicht mehr zu denken. In Gedanken ging sie die Kollegen der Reihe nach durch. Bei keinem konnte sie sich ein Motiv vorstellen.

Sollte sie den Kommissar anrufen? Sie entschied, mit Gerald zu reden, wenn sie den Autoschlüssel von ihm abholte. Er würde wahrscheinlich dafür plädieren, die Polizei einzuschalten, aber sie fühlte sich wohler, wenn sie sich mit ihm abstimmte.

Da schwang die Bürotür langsam auf und stoppte. Ana hielt den Atem an. Sie hatte keine Chance zu entkommen.

Gebannt fixierte sie die halb geöffnete Tür, während sie sich schwerfällig erhob.

Unter Poltern betrat ein Staubsauger ihr Zimmer. Er hing am Arm einer jungen Frau, die zusammenfuhr, als sie Ana erblickte. Eine Entschuldigung murmelnd, verschwand ihr Gesicht und danach der Sauger.

Ana schnappte nach Luft und sackte auf ihren Sessel. Die Drohung hatte ihren Zweck erfüllt. Sie war eingeschüchtert und verängstigt.

Endlos zog sich die Zeit, bis Ana überpünktlich vor das Personalbüro trat. Sie fühlte sich so ausgelaugt, dass sie den Drohbrief erst am nächsten Tag mit Gerald besprechen wollte. Ihr einziges Ziel war, ihren Autoschlüssel zu erhalten und das Gebäude zu verlassen. Ana klopfte und öffnete die Tür.

Merkwürdig, der Raum war unbeleuchtet. Erfreut sah sie einen Lichtschein aus dem sich anschließenden Besprechungszimmer.

»Gerald, ich bin es, Ana, nicht erschrecken!« Mit raschen Schritten durchquerte sie das Zimmer, das durch die Straßenlichter etwas Helligkeit abbekam. Als sie an der Schnalle des Sitzungszimmers zog, schwang ihr die Tür mit gewaltiger Geschwindigkeit entgegen. Die Platte traf sie an der Schulter und dann am Kopf.

Ana taumelte nach hinten und griff sich mit einem Schmerzensschrei auf den Schädel. Die Ohren dröhnten und ihr wurde schwarz vor den Augen. Sie stieß mit dem Rücken gegen einen festen Widerstand und konnte sich mit Anstrengung auf den Beinen halten. Als sie den Kopf hob, sah sie eine Gestalt an sich vorbeilaufen. Noch immer behinderten sie Sehprobleme, sie bildete sich aber ein, dass sich die dunkle Figur etwas auf das Gesicht drückte. Dann klappte die Tür zu.

Stöhnend richtete Ana sich auf. Ihre Schläfen pochten und sie hörte ihr Herz rasen. Sie strengte ihre Augen im Halbdunkel an und hoffte, allein zu sein. Der Drang wegzulaufen wurde überwältigend.

Schritt für Schritt zwang sie sich, zum Besprechungsraum durchzugehen. Als sie hineinblickte, stockte ihr Atem.

Auf dem Konferenztisch lag der Personalchef auf dem Rücken, seine Hände waren auf der Brust gefaltet. Seine Augen waren geschlossen und er bewegte sich nicht.

»Gerald?« Zentimeterweise schob sie sich zum Tisch. Da sah sie das Blut. Geralds Haare umgab eine Blutlache, die langsam wuchs. Ein dünnes Rinnsal fand den Weg über die Tischkante und tropfte auf den Teppichboden.

Sie musste feststellen, ob er am Leben war! Sie konnte das nicht. Wie angewurzelt stand sie da und starrte den leblosen Gerald an. Ihr Bewusstsein erfasste, dass kein Kamm in den Haaren steckte. Sogar auf seine Hände schaute sie, entdeckte aber keine Schachfigur.

Schlagartig wurden ihre Sinne wieder klar. Hektisch zerrte sie am Reißverschluss ihrer Handtasche und zog ihr Handy heraus. Blitzschnell wählte sie die Nummer von Kommissar Müller.

»Frau Rubin, guten Abend, was verschafft mir das Vergnügen?«

»Ich bin im Personalbüro, Gerald liegt bewusstlos am Tisch. Er blutet stark. Keine Ahnung, ob er noch lebt.«

»Sind Sie allein?«

»Der Mann ist weg. Glaube ich.«

»Haben Sie die Rettung oder Polizei verständigt?«

»Nein!«

»Ich lege jetzt auf und hole Hilfe. Dann rufe ich Sie sofort zurück. Bitte heben Sie ab.«

Ana hypnotisierte das Telefon in ihren Fingern. Wieso dauerte das so lange? Als der Klingelton loslegte, erschrak sie und ließ das Handy fallen. Ein Glück, dass hier ein Teppich lag. Sie riss das Telefon in die Höhe und presste es ans Ohr.

»Hallo?«

KAPITEL 20

Verzweifelt rief Ana ins Handy. »Hallo? Hallo!«

»Ruhe bewahren, Frau Rubin. Die Einsatzkräfte erreichen Sie in ein paar Minuten und ich bin am Weg. Können Sie sich irgendwo verstecken?«

Ihr Blick raste durch den Raum. »Nein, da ist nichts. Soll ich auf den Gang hinauslaufen?«

»Nein. Bleiben Sie, wo Sie sind. Lässt sich ein Gegenstand als Waffe verwenden?«

Erneut warf Ana einen fahrigen Rundblick. »Im Kleiderständer steckt ein Knirps.«

»Nehmen Sie den zur Sicherheit und stellen Sie sich mit dem Rücken an eine Wand. Versuchen Sie, ruhig zu bleiben. Es ist äußerst unwahrscheinlich, dass der Mann zurückkehrt. Der ist bereits über alle Berge. Wir beide reden am Telefon, bis jemand bei Ihnen ist.«

»Darf ich mich niedersetzen? Mir ist schwindelig.«

»Sind Sie verletzt?«

»Mir ist die Tür auf den Schädel geknallt. Sonst bin ich okay.«

»Setzen Sie sich, damit Sie nicht umfallen.«

Ana ergriff einen der Stühle und zog ihn vom Tisch weg an den Kasten. Als sie sich niederließ, seufzte sie erleichtert. Leicht lehnte sie die dröhnende Schläfe an das kühle Holz, da durchfuhr es sie heiß. »Ich muss doch Erste Hilfe leisten!

Gerald blutet aus dem Kopf! Der verblutet sonst!« Ihre Stimme vibrierte, sie war knapp davor, hysterisch zu werden. Sie musste sich unter Kontrolle halten.

»Schaffen Sie das, Frau Rubin? Wenn Sie die Wunde sehen, drücken Sie etwas drauf. Aber drehen Sie seinen Schädel nicht, wer weiß, welche Verletzungen er hat.«

Suchend ließ Ana ihren Blick herumschweifen. Sie erkannte nichts, womit sie eine Blutung stillen konnte. Ihr Blazer! Ohne weiter nachzudenken, warf sie das Handy auf den Tisch, zog sich die Jacke aus und rollte sie ein. Sie hielt den Atem an und streckte den Arm langsam zu Geralds Gesicht. Der Stoffball berührte das Ohr. Sie nahm ihren letzten Mut zusammen und presste den Stoff seitlich auf seine Haare. Gleichzeitig packte sie ihn am Backenknochen und drückte fest entgegen.

Trotz der heftigen Bewegung zuckte der Personalchef nicht. Ihre Finger fühlten, dass seine Haut warm war. Das war doch ein positives Zeichen. Wie versteinert verharrte sie in dieser Position und umklammerte seinen Kopf. Ein metallischer Geruch kroch in ihre Nase. Sie schauderte, als ihr klar wurde, dass sie Blut roch.

Von irgendwoher hörte sie Knacken. Ana verkrampfte sich. Kehrte der Kerl zurück? Sie hob den Blick. Nein, da kam niemand, auch kein Rettungsteam. Woher kam der Krach?

Es war ihr Handy, das knatternde Laute ausspuckte. Das war bestimmt der Kommissar, der keine Ahnung hatte, was in diesem Moment bei ihr passierte, und ins Telefon brüllte.

»Herr Müller!« Ihre Stimme wisperte rau, sie fing nochmals aus voller Kehle an. »Herr Müller! Bei mir ist alles in Ordnung. Ich habe das Handy auf den Tisch gelegt.«

Was Müller in die Leitung schrie, verstand sie nicht.

Langsam schliefen ihr die Finger ein. In den Ohren klingelte es ständig und der Geruch reizte ihren Hals. Sie konzentrierte sich auf ihre Hände und begann, hörbar das Einmaleins aufzuzählen. Als sie die Zahl 500 ausstieß, verließen sie die Kräfte in den Armen. »Geht noch, mach weiter!« Vor Anstrengung presste sie die Lippen aufeinander.

»Polizei! Wir kommen hinein! Keine Bewegung!«

Sekunden später hatte ihr ein uniformierter Beamter die Hände von Geralds Kopf gezogen und sie aus dem Zimmer geführt. Als ihre Beine nachgaben, hielt er sie fest und platzierte sie auf einen Sessel. Ein Keuchen störte sie, bis ihr aufging, dass sie es selbst ausstieß. Die Umgebung wurde erkennbar. Sie fand sich am Gang vor und eine Frau in Sanitätsuniform redete auf sie ein.

»Sie können aufhören, es geht wieder. Ich will mein Handy, das liegt am Tisch drinnen und da ist der Kommissar Müller dran.«

Die Sanitäterin handelte rasch. Sie eilte zurück ins Zimmer und erschien mit dem Telefon. Aber anstatt es Ana zu überreichen, sprach sie selbst hinein. Augenblicke später legte sie auf und drückte es Ana in die Hand.

»Alles gut, Sie sind in Sicherheit. Kommissar Müller kommt gleich. Sie sind nur leicht verletzt. Die Beule auf der Stirn schwillt an, ich bringe Ihnen einen Beutel zum Kühlen.«

Die Frau verschwand, mehr Personen in Uniform traten rund um Ana in Erscheinung. Polizei und Sanitätskräfte. War dieses schrille Geräusch real oder entstand das in ihrem Kopf? Am Ende des Gangs erkannte sie den Portier, der sie fixierte, aber den Abstand beibehielt. Ihn hatten wohl die Einsatzkräfte überrascht. Sie griff zu ihrem Telefon.

»Bert, bitte komm! Ich bin im Personalbüro, es ist etwas Schlimmes passiert.«

»Was? Ich laufe auf der Stelle los. Ich bin sofort bei dir.«

Ana drückte die Hände an die Ohren. Wenn sie nur dieses ohrenbetäubende Heulen abstellen könnte. Auf der Stirn spannte ihre Haut. Vorsichtig tippte sie mit einem Finger hin und stieß einen leisen Schrei aus. Das schmerzte fürchterlich. Sie fühlte weiche, heiße Haut, die sich in einen Bogen zog. Sie hatte eine Schwellung, die weiterwuchs.

Während ihr die Sanitäterin einen kalten Beutel auf die Stirn drückte, tauchte Bert vor ihr auf.

»Was ist passiert? Hat dich jemand geschlagen?«

Ana sah ihn an und hörte ihre Stimme zittern, als sie antwortete: »Danke, dass du bei mir bist. Auf Gerald ist ein Anschlag verübt worden. Ich habe den Kerl überrascht und er ist weggerannt. Gerald blutet stark aus einer Kopfwunde.«

»Lebt er?«

Bevor Ana reagieren konnte, fragte eine scharfe Stimme: »Was machen Sie hier?« Kommissar Müller hatte sich vor Bert aufgestellt und starrte ihn an.

»Ana hat mich angerufen.«

»Und wieso sind Sie schneller da als ich? Wo kommen Sie her?«

»Ich habe noch gearbeitet, ich bin die Stiegen hinaufgerannt.«

»Mitten in der Nacht? Haben Sie alle kein Zuhause?« Der Kommissar wandte sich an Ana: »Warum immer Sie? Sie ziehen die Schwierigkeiten an.« Seine Stimme war ruhig, es lag kein Vorwurf darin, nur tiefe Besorgnis.

»Das ist gemein von Ihnen. Ich habe überhaupt nichts getan.« Ana stiegen Tränen auf und sie schluckte schwer.

Überrascht entdeckte sie eine Welle von Mitgefühl über Müllers Gesicht laufen. Einen Augenblick lang glaubte sie, dass er sie in den Arm nehmen würde.

Abrupt drehte sich der Kommissar zu der Rettungshelferin. »Sie ist bestimmt nicht gefährlich verletzt?«

Die Sanitäterin schüttelte den Kopf. »Nein, einzig eine starke Beule. Es wäre allerdings ratsam, dass sie sich im Spital auf Gehirnerschütterung untersuchen lässt.«

»Sie warten hier!«, befahl der Kommissar Ana und Bert und verschwand in Geralds Zimmer.

»Grantscherm«, murmelte Ana und wischte sich über das Gesicht. Bert stellte sich neben sie und legte die Hand auf ihre Schulter. Das tat gut. Er war wie ein großer Baum, der sie schützte.

Ungeduldig lauerten Ana und Bert darauf, dass sich die Tür, hinter der Gerald versorgt wurde, öffnete. Nach unerträglichem Warten schleppten zwei Sanitäter den Personalchef auf einer Trage heraus. Gerald hing an einem Tropf, den ein dritter Rettungshelfer mittrug. Er hatte eine Beatmungsmaske über den Mund gezogen und um den Schädel war ein weißer Verband gewickelt.

Ana blickte auf seine geschlossenen Augen. Die Gruppe hastete über den Gang und die eiligen Schritte verhallten.

»Ist er … am Leben?«, fragte sie den Kommissar, der zu ihr trat.

»Ja, aber er scheint schwer verletzt zu sein. Brauchen Sie ein Spital oder sind Sie in der Verfassung zu reden? Es wäre hilfreich, wenn Sie mich in den Zimmern unterstützen würden.«

»Das machen wir! Wegen einer Beule brauche ich keinen Arzt.« Mühsam rappelte sie sich in die Höhe. Ihre Schläfen begannen von Neuem zu dröhnen. Bert griff nach ihrer Hand und bewegte sich auf die Bürotür zu.

»Sie nicht, Herr Ulram! Sie warten auf meine Kollegin, die ist in zehn Minuten hier«, wehrte Herr Müller Bert ab und führte Ana am Arm ins Personalbüro.

KAPITEL 21

Vor Geralds Schreibtisch blieb Kommissar Müller stehen und ließ Anas Arm aus. Er klang sanft, als er sagte: »Sehen Sie sich in beiden Räumen um, ob etwas fehlt oder verändert wurde. Bitte nichts angreifen! Ich habe die Spurensicherung informiert.«

Ana betrachtete den Schreibtisch.

»Hier nicht hintreten!« Müller zeigte neben das Möbelstück. »Das könnte der Tatort sein.«

Sie entdeckte eine dunkle Stelle auf dem Teppichboden, daneben lag der schwere Locher. Für einen Augenblick glaubte sie, sich übergeben zu müssen. Sie biss sich auf die Lippen. Beklommen vermied sie, einen Blick auf den Blutfleck zu werfen, und verschaffte sich in Geralds Zimmer einen Überblick. Seine Aktentasche lag auf dem Schreibtisch, sonst erschien ihr alles aufgeräumt.

»Die Lochmaschine steht sonst dort auf dem Tisch.« Sie zeigte auf die leere Stelle. »Wenn in der Ledertasche Geralds Laptop steckt, fehlt meiner Meinung nach hier nichts.«

Müller schlüpfte in Handschuhe und zog den Reißverschluss der Aktentasche vorsichtig auf. Zufrieden nickte er und schloss ihn wieder.

»Den Computer packen wir ein. Gehen wir bitte in den Nebenraum! Das Blut ist kein schöner Anblick, ertragen Sie das? Es ist extrem nützlich, wenn Sie helfen.«

»Das schaffe ich.« Piepste sie dermaßen? Zögerlich ging sie ins Besprechungszimmer. Wie ein Magnet zog der Blutfleck ihr Auge an. Blut war am Ende des Besprechungstischs verschmiert, die Blutlache am Boden war gewachsen und Ana zwang sich, den Blick abzuwenden. Es roch intensiv nach Chemie.

Zaghaft ging sie zu einem Sessel und ergriff ihren Autoschlüssel. »Das ist der Grund, weshalb ich so spät im Büro bin. Ich habe ihn hier vergessen und es erst in der Garage bemerkt.« Sie ignorierte, dass Herr Müller zuckte, als sie ihren Schlüssel einsteckte. Den überließ sie nicht der Spurensicherung. Sie hörte keinen Einspruch. Aufmerksam betrachtete sie den Raum.

»Moment!« Ana ging nochmals in Geralds Zimmer und kam gleich zurück. »Mir fällt auf, dass sein Sakko fort ist. Er hat es tagsüber getragen. Am Tisch war er nur mit Hemd bekleidet. Es ist eine leichte, mittelgraue Jacke.«

»Sie sind sicher?«

»Absolut, ich hatte heute mehrere Termine mit ihm. Die dazu passende Krawatte hat er noch umgebunden. Er könnte das Sakko höchstens in dem Beisel im Bermudadreieck vergessen haben. Dort war er, bevor er ins Büro zurückkam.«

»Wissen Sie, welches Lokal er besuchte und mit wem er sich getroffen hat?«

Sie schüttelte den Kopf. »Das habe ich ihn nicht gefragt. Mir war ohnehin unangenehm, dass ich ihn in seiner Freizeit wegen des blöden Schlüssels störe.«

»Fällt Ihnen noch etwas in den beiden Räumen auf? Gleich kommt die Spurensicherung und wir müssen hinausgehen.«

Konzentriert schaute Ana auf die Hängeschränke und hob einen Arm.

»Nichts angreifen!«

»Entschuldigung. Können Sie überprüfen, ob dieser Schrank abgesperrt ist? Es sieht aus, als wäre die Lade ein wenig herausgezogen.«

Müller ruckte vorsichtig an dem Ladengriff. Das Fach mit den Hängeregistern fuhr heraus.

»Gerald hält alle Ablagen verschlossen. Er ist penibel. Ich weiß erst seit gestern, dass er hier Personalakten aufbewahrt. Entweder er war gerade dabei, Akten herauszuholen, und wurde überrascht oder der Täter hat den Kasten aufgebrochen.«

»Das werden wir speziell untersuchen. Lassen Sie uns woanders weiterreden!«

Weil alle Zimmer versperrt waren, nahmen sie auf der riesigen Couch im Empfangsraum der CEO Platz. Hinter der mächtigen Glaswand glitzerten die beleuchteten Gebäude von Wien, der Stephansdom zum Greifen nahe.

Ana schilderte den Abend ab dem Moment, in dem sie das Fehlen ihres Autoschlüssels bemerkt hatte, bis zu jenem, in dem die Einsatzkräfte in das Sitzungszimmer gestürmt waren. Die peinliche Szene mit Peter und Horst übersprang sie.

»Das heißt, Sie haben den Angreifer schlecht gesehen«, stellte Müller fest. »Es war dunkel und er hat sein Gesicht versteckt. Sind Sie in der Lage, die Größe und Statur zu beschreiben?«

Sie schloss die Augen und konzentrierte sich. Der Film begann abzulaufen. Der Schatten sauste oberhalb von ihr vorbei. »Die Größe kann ich schlecht schätzen, weil ich von dem Schlag zusammengekauert war, aber sie kam mir normal vor.«

»Normal?«

»Ich meine durchschnittlich für einen Mann.«

»Sie haben keine Zweifel, dass es ein Mann und keine Frau war?«

»Der war kräftig gebaut und seine Bewegungen passen für mich zu einem Kerl und keinesfalls zu einer Frau.«

»Was verstehen Sie unter kräftig?«

»Nicht dick. Aber eben auch nicht hager. So wie …«

»Wie wer?«

»Wie Bert zum Beispiel.«

»Der Angreifer hat eine ähnliche Statur wie Bert Ulram?«

»So ungefähr.«

»Dann war es möglicherweise Bert Ulram.«

»Das ist unfair von Ihnen, ich habe nicht gemeint, dass Bert dieser Kerl war!« So eine Schweinerei, diese Gemeinheit hätte sie Müller nicht zugetraut.

»Keine Aufregung, es ist eine Möglichkeit. Schließlich hat er selbst gesagt, dass er sich im Gebäude aufgehalten hat.« Ehe Ana protestieren konnte, stellte er eine weitere Frage: »Kam Ihnen die Gestalt bekannt vor oder war sie gänzlich fremd?«

Ana blitzte ihn wütend an. »Ist das eine Fangfrage wegen Bert?«

»Bitte vergessen Sie meine Bemerkung kurz. Erfahrungsgemäß sagt der Instinkt, ob es eine vertraute Person oder ein Unbekannter war.«

Sie blies die Luft zischend aus. Sie war weiterhin verärgert, aber wichtiger war, den Attentäter zu schnappen. Noch einmal holte sie sich die schemenhafte Gestalt vor Augen. Diesmal blieb sie lange regungslos. Schließlich flüsterte sie: »Der Täter war mir irgendwie vertraut. Aber ich entdecke keinen Anhaltspunkt, wodurch.« Nach einem Räuspern ergänzte sie trocken: »Bert war es nicht.«

»Waren Sie während des Überfalls mit Herrn Ulram zusammen?«

»Nein, aber ...«

»Eben«, unterbrach sie der Kommissar. »Wussten Sie, dass er sich im Haus aufhielt, als Sie ihn geholt haben?«

»Nein, aber ...«

Nochmals schnitt er ihr das Wort ab. »Sie scheinen auf diesem Auge etwas blind zu sein. Haben Sie das Drohschreiben mit?«

»Und Sie sind krankhaft auf den armen Bert fixiert«, schimpfte Ana. Sie zerrte das Papier aus der Tasche und streckte es ihm hin. Müller hüllte es in Plastik.

Er betrachtete zuerst das Schreiben und dann sie. »Irgendeine Idee, für wen Sie eine Bedrohung darstellen?«

Müde schüttelte sie den Kopf. »Der macht mir Angst.«

»Hat Sie jemand persönlich einzuschüchtern versucht? Oder sich auffällig verhalten?«

Sofort fiel ihr der Finanzchef ein. Doch alles in ihr wehrte sich dagegen, Peter anzuschwärzen. »Die Kollegen verhalten sich alle anders als vor Marks Ermordung. Ich leider ebenfalls. Wir sind nervös und gereizt und keiner benimmt sich völlig normal.«

»Eine letzte Frage. Hat der Angreifer Sie gesehen? Konnte er Sie erkennen?«

Wie ein Netz fiel die Erinnerung auf Ana und ihr wurde siedend heiß. Sie sah sich selbst die Bürotür aufdrücken und in das dunkle Zimmer gehen. Atemlos flüsterte sie: »Ich habe nach Gerald gerufen. Weil es finster war. Ich habe sogar meinen Namen genannt. Damit ich ihn nicht erschrecke. Der Täter weiß, dass ich es war.«

KAPITEL 22

Ana fühlte, wie die Bedrohung nach ihr griff. Entsetzt starrte sie den Kommissar an. Müller hatte sich zurückgelehnt und fixierte irgendeinen Punkt hinter ihr. Sein Schweigen jagte ihr eine Heidenangst ein.

»Du meine Güte. Jetzt bin ich echt in Gefahr, oder?« Ihre Stimme piepste. Schnell räusperte sie sich.

»Der Täter hätte Sie unmittelbar angreifen können, hat er aber nicht. Entweder er war in Panik und dachte nur an Flucht, oder er möchte Ihnen nichts zuleide tun.«

Ana versetzte sich nochmals in die Szene. Zu keinem Zeitpunkt hatte der Mann sie körperlich bedroht. »Vielleicht haben Sie recht und er hat mich bewusst verschont.« Sie klammerte sich an diese Hoffnung.

»Das wäre ein Anhaltspunkt. Wir werden die Gründe aufklären. Morgen ziehe ich einen Psychologen zu. Eventuell kann er Ihnen dabei helfen, sich zu erinnern.« Mit besorgter Miene sagte er: »Ich werde anweisen, Sie nach Hause zu bringen.«

»Ich fahre selbst. In der Früh brauche ich mein Auto, das lasse ich auf keinen Fall stehen.«

»Sie sind nicht fahrtauglich!«

»Sind Sie jetzt Verkehrspolizist?«

Sie sahen sich intensiv an und auf einmal lachten sie.

»Okay, Sie haben gewonnen. Ich lasse Sie von einem Polizeiauto begleiten, damit Sie sicher heimfinden.«

Als sie zum Personalbüro zurückkamen, saß dort Bert, zusammengesunken, die Kommissarin baute sich neben ihm auf.

»Wir nehmen ihn mit, ich möchte mich eingehend mit ihm auseinandersetzen.« Der scharfe Ton von Gruppeninspektorin Lore Meinhart riss Ana aus ihren Gedanken.

»Bert Ulram, Sie begleiten uns zur Befragung auf das Kommissariat. Das ist keine Festnahme. Haben Sie das verstanden?«

»Wieso lassen Sie mich nicht in Ruhe?«, entgegnete Bert aufgebracht.

»Sie halten sich stets in der Nähe des Tatorts auf und haben in keinem Fall ein stichhaltiges Alibi.«

»Und die Beschreibung von Frau Rubin passt auf Sie«, ergänzte Herr Müller.

»Ich habe doch gesagt, dass es keinesfalls Bert war! Sie dürfen ihn nicht abführen!«, ereiferte sich Ana.

»Die beste Lösung ist, wenn Herr Ulram freiwillig mit uns mitgeht. Vielleicht räumen wir die Unklarheiten dann ein für alle Mal aus.« Der Kommissar sprach mit Nachdruck, er akzeptierte keinen Widerspruch.

»Soll ich einen Rechtsanwalt anrufen?«, fragte Ana Bert.

Bert schüttelte ablehnend den Kopf und murmelte Richtung Boden. Ana verstand das Wort »Hirnis«. Als er in Begleitung eines Polizisten zum Lift trabte, warf er ihr einen Blick zu. Sie war unfähig zu deuten, ob er verstört oder erbost war. Panik kroch ihr den Rücken hinauf. Diesmal hatte sie ihn in die Misere gebracht. Das würde er ihr nie verzeihen.

»Und was ist mit ihr?« Die harte Stimme von Frau Meinhart schreckte Ana auf.

»Wir sind mit der Befragung fertig«, antwortete Müller.

»Du lässt sie gehen?« Die Polizistin kniff wütend die Augen zusammen.

Ana ging Richtung Ausgang.

»Du hast eine Verdächtige zum Tatort gelassen!«, hörte sie Frau Meinhart keifen.

»Leitest du jetzt die Ermittlungen?« Kommissar Müller sprach beherrscht.

Kurze Zeit später lenkte Ana ihr Auto aus der Firmengarage. Ein Streifenwagen wartete in zweiter Spur und blinkte sie an, vorzufahren. Auf der Autobahn blickte sie einige Male in den Rückspiegel, das Polizeiauto folgte ihr mit geringem Abstand.

Sie stellte das Cabrio ins Carport, der Polizeiwagen parkte auf dem Vorplatz. Wie jeden Abend griff sie beim Vorbeigehen in den Postkasten und zog ein paar Umschläge und eine Bezirkszeitung heraus. Sie winkte den Polizisten zu und sperrte die Eingangstür auf.

Wie üblich legte sie ihre Tasche auf die Stiege und drehte sich zur Alarmanlage, um diese zu entschärfen. Da erstarrte sie. Das Sicherheitssystem war ausgeschaltet. Aber sie hatte es beim Verlassen betätigt. Sie hörte den Polizeiwagen wegfahren.

Im Gebäude war es totenstill. Sollte sie hinauslaufen und die Polizei rufen? Hatte der Attentäter die Zeit genutzt und erwartete sie in ihrem Heim?

Lautlos zog sie ihr Handy aus der Tasche und holte sich den Notruf aufs Display. Dabei berührten ihre Finger eine

Dose. Der Pfefferspray, den sie immer eingesteckt hatte. Den hatte sie völlig vergessen, der hätte sie im Personalbüro beruhigt. Vorsichtig ergriff sie ihn und richtete sich auf. Bewaffnet mit ihrem Telefon und der Spraydose fühlte sie sich gewappnet. Sie schlüpfte lautlos aus ihren Schuhen und schlich auf den Zehenspitzen los.

Von der Straßenbeleuchtung fiel Licht herein, gerade ausreichend, um sich zurechtzufinden. Im Vorzimmer und in der Küche war niemand, ebenso war ihr Büro unauffällig. Angespannt tappte sie durch die offene Tür ins Wohnzimmer. Der Esstisch war leer. Sie schlich weiter zur Sitzgarnitur und erstarrte. Da lag jemand.

Mit höchster Konzentration presste sie die Augen zu einem Spalt zusammen. Das war keine Täuschung, da schlief jemand.

»Stehen Sie ganz langsam auf! Ich bin bewaffnet!«, brüllte Ana los.

Die Gestalt schreckte hoch und kreischte: »Ana? Spinnst du? Ich kriege doch einen Herzinfarkt!«

»Oh, mein Gott. Das tut mir leid!« Ana warf das Handy und den Pfefferspray auf den Couchtisch und umarmte Regina. Die Schwestern hielten sich umklammert. Ana wiederholte zum dritten Mal, wie sehr es ihr leidtue, Regina einen Schreck eingejagt zu haben.

»Jetzt hör auf mit deiner Litanei, es ist mir nichts passiert, ich lebe. Hast du vergessen, dass ich heute anreise?« Regina klang gefasst.

Zögerlich löste sich Ana aus der Umarmung. »Ich bin völlig durcheinander. Ich schalte Licht ein und dann trinken wir einen Schluck, den brauchen wir jetzt.«

Mit der Helligkeit kehrten auch die Lebensgeister zurück und die beiden grinsten sich an.

»Das war ein neuartiger Empfang, so einen hatten wir noch nie. Also los, her mit einem Mundvoll von einem deiner köstlichen Getränke und dann legst du ein Geständnis ab.«

Ana holte einen Lieblingswhisky und zwei Gläser aus der Vitrine und schenkte ihnen einen großen Schluck ein. Ein Glas reichte sie Regina und setzte sich zu ihr auf die Bank. »Maltwhisky von der Isle of Skye. Es tut mir echt leid, ich fühle mich vollkommen verblödet.«

»Das hast du jetzt oft genug wiederholt. Hast du verschwitzt, dass ich dich besuche?«

»Mhm. Du hast doch gesagt, du kommst mit einem Mietauto? Ich habe keines gesehen, das hätte mich vorgewarnt.«

»Die Leihfirma hat die Reservierung verbockt. Sie bringen mir als Wiedergutmachung das Auto in der Früh hierher. Woher kommst du mitten in der Nacht?«

»Das ist eine lange Geschichte.«

»Wir haben Zeit. Leicht möglich, dass du mehr von diesem Höllengetränk spendieren musst.«

Ana erzählte ihrer Schwester über den Mord im Hotel und das Verschwinden von Herrn Wagner.

»Du Arme, kein Wunder, dass du durcheinander bist.«

»Leider ist das nicht alles.« Bedrückt berichtete Ana vom Drohbrief und von dem Anschlag auf den Personalchef. Regina ergriff ihre Hände und drückte sie sanft.

Als Ana ihre Erzählung beendete, schüttelte sie ungläubig den Kopf. Das alles war ihr wirklich in den letzten Tagen passiert?

»Und was machen wir jetzt?«, unterbrach Regina ihre Erinnerungen.

»Wir? Wie meinst du das?«, fragte Ana verdutzt.

»Na, was glaubst du? Wofür ist denn eine Schwester da, wenn nicht für eine solche Situation? Selbstverständlich helfe ich dir.«

»Wobei?«

»Versuche nicht, mir einzureden, dass du nichts unternimmst. Ich kenne dich zu gut. Du willst dich nicht ständig umdrehen vor Angst, dass dich der Typ doch zum Schweigen bringt.«

Ana nickte zögerlich. Ihre Schwester verstand sie wie kein anderer Mensch. So eine ähnliche Überlegung war ihr während der Heimfahrt durch den Kopf gegangen.

»Du hast recht. Ich möchte mich wehren oder zumindest schützen. Mir ist aber genauso wichtig, dass ich Bert helfe, den habe ich mit meiner unbedachten Äußerung hineingeritten. Allerdings habe ich keine Idee, was ich unternehmen kann. Der Polizistin bin ich unsympathisch und in der Firma sind schon alle gegen mich aufgebracht.«

»Wodurch?«

»Weil ich harmlose Fragen gestellt habe, um dem verschwundenen Kollegen zu helfen.«

»Wir überlegen uns gemeinsam etwas.«

Regina, die Künstlerin. Regina, die Unvernünftige. Sie war das Kind in der Familie, das seinem eigenen Weg folgte, egal, was die anderen darüber dachten.

»Ich freue mich so, dass du da bist«, platzte Ana heraus.

»Ich auch. Offensichtlich zum richtigen Zeitpunkt.«

Regina streckte ihr das leere Whiskyglas hin.

»Verstehe. Bist du gar nicht müde?«

»Ich habe geruht und der Jetlag bringt sowieso meinen Rhythmus durcheinander. Wie ist es bei dir?«

Ana ergriff die Gläser und füllte sie zum mittlerweile dritten Mal nach. »Zu viel Adrenalin, um zu schlummern. Jetzt erzähl mir von dir. Du hast mit der Ausstellung den Durchbruch geschafft?«

»Wenn die Ausstellung ein Erfolg wird.«

»Wird sie. Wie haben die dich entdeckt?«

»Das klingt zu romantisch. Es gab keine Entdeckung, sondern ich habe mich beworben. Das Thema der Ausschreibung war ›Grenzenlose Freiheit‹. Es folgten ein Assessment, Gespräche und dann akzeptierten sie fünf meiner Bilder für die Veranstaltung.«

»Großartig. Ich freue mich so für dich. Was unternimmst du in den nächsten Tagen in Wien?«

Regina beschrieb ihren Agenten als ausgeflippten Typ, der Gott und die Welt kannte und sie überall herzeigen wollte. »Ein wenig graut mir vor den vielen Menschen, andererseits wird es lustig werden.« Sie stockte und zog ein flehendes Gesicht. »Eine Bedingung habe ich, den einen Wunsch musst du mir erfüllen«

Ana musterte sie erwartungsvoll. Was war ihrer Schwester plötzlich so wichtig?

»Während ich in Wien bin, treffen wir uns zumindest einmal mit Thomas.«

Ihre Begeisterung hielt sich in Grenzen, und das zeigte Ana. Ihr Bruder und sie waren nicht auf derselben Wellenlänge. In der Vergangenheit waren sie wegen ihrer gegensätzlichen Weltanschauungen und Lebensweisen zusammengekracht und deshalb ging sie ihm aus dem Weg.

Regina blieb unerbittlich. Sie hatte sich die Familienzusammenführung in den Kopf gesetzt. Sie wusste, wie sie ihre Schwester herumkriegte, und nach ein paar Minuten versprach Ana mitzukommen.

Eine Weile plauderten sie noch, bis sie schließlich erschöpft ins Bett fielen.

KAPITEL 23

Nach der kurzen Nachtruhe nahm Ana in der Küche stehend ein Frühstück zu sich. Ihre Schwester ließ sie schlafen, die sollte ihren Jetlag überwinden.

Der starke schwarze Kaffee machte sie langsam munter. Sie griff nach der Post, die sie am Vorabend ungelesen auf den Schrank gelegt hatte, und öffnete die Kuverts.

»Hör sofort auf zu schnüffeln!«

Betroffen setzte sie sich zum Tisch. Das war exakt das gleiche Drohschreiben. Wer machte das? So ein Scheißkerl, zuerst missbrauchte er ihr Auto und jetzt bedrohte er sie in ihrem Heim? Sie spürte die Tränen aufsteigen.

Diese Schreiben verunsicherten sie, gleichzeitig fühlten sie sich seltsam an. Der Täter brachte Menschen um und ihr schickte er Drohzettel? Obwohl er sie kinderleicht umlegen konnte? Das ergab keinen Sinn.

Ihre Gedanken schweiften zu Gerald. Er hatte sie davor gewarnt, Aufmerksamkeit zu erregen und den Mörder anzulocken. Angegriffen hatte der aber ihn. Warum ihn? Der Personalchef machte keine krummen Dinger, für ihn legte sie die Hand ins Feuer. Die Gedankenverbindung mit Flammen brachte sie zum Schaudern. Hoffentlich würde Gerald überleben.

Wie war diese Drohung überhaupt hierhergekommen? Sie drehte das Kuvert um. Ihr Name und die Adresse waren aufgedruckt, eine Briefmarke fehlte. Jemand hatte den Brief persönlich in den Postkasten geworfen. Woher wusste er, wo sie lebte?

Aus ihrer Verwirrung entwickelte sich Wut. Stumm gab sie ihrer Schwester recht. Wie ein hypnotisiertes Kaninchen ausharren, bis auch sie dem Irren zum Opfer fiel, war keine Option. Sie musste etwas unternehmen.

Den Drohbrief packte sie samt Kuvert in ihre Tasche. Die Haustür versperrte sie sorgfältig. Es war ein bedrückendes Gefühl, dass ihre Schwester alleine zurückblieb.

Sie sah sich um. Über den Hügeln ballten sich dunkle Wolken zusammen. Nach der langen Trockenperiode waren Unwetter im Anmarsch. Von den Nachbarhäusern hörte sie keine Geräusche. Das war eine friedliche Wohngegend und ihr Zuhause, das durfte niemand entweihen!

Als sie im Schritttempo am Nachbarhaus vorbeifuhr, entdeckte sie ihre Nachbarin beim Blumengießen. Die junge Frau winkte ihr fröhlich zu. Sie schaute erstaunt, als Ana den Wagen stoppte und heraussprang. »Guten Morgen.«

»Grüß dich. Ich habe eine Frage«, setzte Ana an. Sie vermied es, die Frau zu beunruhigen. »Hast du gestern jemanden an meinem Briefkasten beobachtet? Mir hat wer eine Überraschung eingeworfen und ich wüsste zu gerne, wer das war.«

»Ein Überraschungsgeschenk?«

»Genau. Dieses Geheimnis muss ich lüften und ich dachte, dass du …«

Die Nachbarin hob bedauernd die Hände. Sie hatte gearbeitet und ihre Kinder spät vom Kindergarten geholt. Nach dem Abendessen hatte sie die Kleinen ins Bett gebracht. Ihr war kein Besucher in der überschaubaren Sackgasse aufgefallen.

Während der Autofahrt grübelte Ana, was ihr den Ärger eingebrockt hatte. Sie hatte Marks Kiste in ihr Zimmer gestellt und der Managementrunde angekündigt, dass sie die Personalakten durcharbeiten wollte. Hieß das, dass einer der Kollegen der anonyme Verfasser war und dass sich in den Akten tatsächlich ein Hinweis befand?

Vage meldeten sich Bedenken. Wenn sie den Täter in die Enge trieb, würde er auf sie losgehen. Schlauer war, vorzutäuschen, dass er sie erfolgreich eingeschüchtert hatte, und die Nachforschungen heimlich fortzusetzen. Ein Plan begann, sich in ihrem Kopf zu entwickeln.

Als die Verkäuferin das Geschäft aufsperrte, betrat Ana als Erste den Kosmetikladen, der Modeschmuck führte.

»Gibt es bei Ihnen Steckkämme?«, erkundigte sie sich bei der Angestellten.

»Selbstverständlich. Wir haben eine große Auswahl. Die Mädels stehen auf sie. Bedienen Sie sich auf dem Ständer da hinten, ich komme gleich zu Ihnen.«

Das Sortiment umfasste Haarschmuck für alle Wünsche und sie griff zufrieden zu. Behutsam verstaute sie den Kamm in ihrer Handtasche.

Zurück im Auto läutete ihr Telefon und sie hob über die Freisprecheinrichtung ab. »Rubin, hallo?«

»Ich bin es, Bert.«

»Wo bist du?«

»Ich war bis jetzt auf der Polizei. Sie haben mich die ganze Nacht bearbeitet. Die Meinhart hat ständig provoziert, wir kotzen uns gegenseitig an.«

»Bist du ausgerastet?« Ana kannte das Temperament ihres Mitarbeiters. Hoffentlich hatte er die Beamtin nicht beleidigt.

»Aber nein, was denkst du von mir? Ich habe sogar zugestimmt, dass sie sich in meiner Wohnung umsehen, die hätten sich sowieso einen Durchsuchungsbefehl geholt. Sie haben logischerweise nichts gefunden. Hast du …«

»Habe ich was?«

Zögernd fragte er: »Hast du allen Ernstes behauptet, dass der Täter wie ich ausschaut?«

»So ein Schwachsinn! Das habe ich nicht gesagt. Der Müller wollte unbedingt eine Beschreibung, dabei habe ich nur einen Schatten gesehen. Die Statur habe ich mit dir verglichen.«

»Lass mich in Zukunft bei der Polizei aus dem Spiel!«

»Es tut mir leid, ich war naiv. Ich habe nicht nachgedacht, was der Müller hineininterpretieren kann.«

»Entspann dich. Zur Wiedergutmachung zahlst du mein heutiges Kaffeepensum. Ich warne dich, ich bin todmüde, das wird sauteuer.«

Ana seufzte erleichtert, ihr fiel ein Stein vom Herzen, dass Bert nicht nachtragend war. »Liebend gerne.«

»Lebt Gerald?« Sie hörte seine tiefe Besorgnis.

»Soeben treffe ich in der Firma ein und erkundige mich als Erstes nach seinem Befinden. Ich gebe dir Bescheid.«

»Was weißt du von Wagner?«

»Noch immer nichts.«

»Du hast den gestrigen Schrecken überstanden?«

»Ich habe keine bleibenden Schäden. Über die blaue Beule habe ich Make-up geschmiert. Einen Schönheitswettbewerb verkneife ich mir heute. Aber …« Ana brach den Satz ab.

»Aber was?«

Durfte sie sich Bert anvertrauen oder gefährdete sie ihn damit?

»Jetzt lass dir doch nicht alles aus der Nase ziehen! Das ist zum Verrücktwerden.«

»Ich habe Drohbriefe erhalten. Ich soll mit dem Spionieren aufhören.« Es krachte im Telefon. »Bert?«

»Mir ist das Handy aus der Hand gerutscht. Du gibst hoffentlich wirklich auf.«

»Keine Sorge, ich bin vorsichtig.« Ana tat es bereits leid, dass sie ihn eingeweiht hatte. Jetzt redete ihr der Nächste ins Gewissen.

»Das ist kein Spiel! Steig aus, solange du noch dazu imstande bist.«

»Wir sprechen später, ich fahre soeben in die Garage ein. Tschüs.«

Sie begab sich ohne Umweg zur CEO. Die Chefsekretärin musterte sie forschend. »Guten Morgen, Ana. Schön, dich heil zu sehen. Du willst zu Pat?«

»Grüß dich, Elisabeth. Ist es möglich? Ich habe keinen Termin, aber es ist unheimlich wichtig.«

Die Sekretärin nickte und verschwand in Pats Zimmer. Nach einem Augenblick war sie zurück. »Du kannst hineingehen.«

Pat saß wie ein Häufchen Elend hinter ihrem riesigen Schreibtisch. Sie blickte Ana aus geröteten Augen an und erhob sich mühevoll aus ihrem Sessel. Ohne Vorwarnung streckte sie die Arme aus und drückte die verdutzte Ana an sich.

»Grüß dich, Ana. Ich bin froh, dass dir nichts zugestoßen ist.«

»Äh, guten Morgen, Pat. Mir ist nichts passiert. Wie geht es Gerald?«

Die CEO lockerte die Umarmung und deutete auf den Besprechungstisch. »Nimm Platz.« Sie setzte sich selbst auch nieder. »Die Ärzte haben ihn stabilisiert, aber er ist ohne Bewusstsein. Ob und wann er aufwacht, können sie nicht sagen. Momentan bleibt nur warten und hoffen.«

Erleichtert atmete Ana auf. Es bestand eine Chance. Gerald betrieb Sport, sein Körper hatte die Kraft, um sein Leben zu kämpfen.

»Er schafft es.« Schweigend betrachteten sich die Frauen. »Pat, ich habe ein Anliegen.«

Die CEO warf ihr einen forschenden Blick zu.

»Ich möchte die Personalunterlagen weiter durchsuchen. Trotz des Überfalls auf Gerald. Oder eigentlich deswegen. Ich halte es jetzt für noch realistischer, dass ich auf einen Hinweis stoße.«

»Schön, dass du dich an mich wendest, statt hinter meinem Rücken zu agieren. Wieso bist du so überzeugt davon, dass etwas zu entdecken ist?«

»Weil ich zwei Drohbriefe erhalten habe. Ich soll die Suche beenden.«

»Was? Das ist Irrsinn. Dann ist das Herumwühlen zu gefährlich!«

»Offiziell höre ich auf zu recherchieren, damit der Täter beruhigt ist. Im Verborgenen arbeite ich die Unterlagen durch.«

Pat schaute lange vor sich hin. »Das ist eine riesige Verantwortung. Du bist mutig. Aber was ist, wenn dir auch etwas zustößt?«

»Jeden von uns kann es treffen. Wir haben keine Ahnung, wer auf der Liste des Täters steht und wo er zuschlägt. Die Polizei tappt im Dunklen.«

Die CEO sah drein, als ob sie in Tränen ausbrechen würde. »Was sollen wir bloß tun? Da eliminiert einer die Führung der Firma! Ich bin bestimmt als Nächste an der Reihe.«

»Wieso glaubst du das? Hast du einen Verdacht?«

Pat schüttelte den Kopf. »Ich habe schreckliche Angst. Ich bin das logische nächste Ziel.«

»Also ist es in Ordnung, dass ich weitermache? Was die Polizei nicht weggebracht hat, durchsuche ich. Den anderen sagen wir, dass Recherchieren wegen des Risikos kein Thema mehr ist und wir auf die Kriminalisten warten.«

»Offiziell weiß ich davon nichts. Pass auf dich auf. Ich möchte mir keine Vorwürfe machen müssen. Wenn du etwas findest, übergibst du es sofort dem Kommissar. Ich will es gar nicht sehen. Versprochen?«

»Du kannst dich darauf verlassen.«

Spontan rutschte es Ana heraus: »Darf ich dich etwas Persönliches fragen?«

Pat hob den Kopf. »Ja?«

»War dir bewusst, was für ein unguter Geselle Mark Hafer war?«

Die CEO starrte sie mit regungsloser Miene an. Kurz befürchtete Ana, sie würde sie mit einer bissigen Antwort hinausschicken. Doch Pat sagte ungewohnt gefühlvoll: »Ich habe nie darüber nachgedacht. Natürlich wurden mir Geschichten zugetragen. Die habe ich abgeblockt und mich im Recht gefühlt, weil ich mich nicht von Gerüchten beeinflussen lasse.«

»Er hat vielen wehgetan. Keiner hat etwas dagegen unternommen.«

Pat nickte. Dann sagte sie forsch: »Es ist mein Job, den Laden zu führen und nicht sentimental zu sein. Ich würde wieder gleich handeln. Gehen wir in die Besprechung, andernfalls kommen wir zu spät. Es gibt eine weitere unangenehme Überraschung.«

Ana folgte ihr schweigend. Einen Augenblick war Pat emotional gewesen, schon war sie wieder kühl und geschäftsmäßig. Die Frau blieb ihr ein Rätsel.

KAPITEL 24

Vor dem Besprechungsraum trafen Pat und Ana auf die Kommissare. Mit einer Handbewegung lud Pat die beiden ein.

Im Zimmer saßen die Kollegen mit gesenkten Köpfen und schwiegen betreten. Lilo tupfte mit einem Taschentuch ihre Augen. Die Gruppe wirkte verzweifelt. Galt das für alle?

Ana versuchte, Blickkontakt mit Peter herzustellen, aber er ignorierte sie. Als sie sich zu Horst drehte, wandte der den Blick schnell ab.

Die Polizisten platzierten sich in die Mitte und begannen ohne Verzögerung. »Wie wir sehen, wissen Sie bereits Bescheid. Gestern Nacht fand ein Überfall auf Ihren Personalchef statt. Er ist lebensgefährlich verletzt. Da wir von einer akuten Bedrohung für weitere Angestellte Ihrer Firma ausgehen, ergreifen wir folgende Maßnahmen: Vier Beamte haben permanent freien Zutritt zu allen Räumlichkeiten. Die Eingänge einschließlich Garage bewachen zusätzliche Wachleute. Irgendwelche Einwände?«

Pat schaute überrumpelt. »Ich bezweifle, dass der freie Zutritt möglich ist, wir haben hier Kundendaten …«

»Bezüglich Datenschutz finden wir eine Übereinkunft«, unterbrach Müller sie forsch.

»Ja, dann werden wir das so machen müssen«, ergab sie sich kraftlos.

»Wir haben keine Spuren gewaltsamen Eindringens festgestellt. Wie gelangte der Attentäter Ihrer Meinung nach zum Personalchef?« Der Kommissar betrachtete die Anwesenden. Diese warfen sich Blicke zu, keiner antwortete.

»Wir werten alle Zutrittsdaten aus und gleichen sie mit Ihren Aussagen ab. Auf irgendeinem Weg ist der Täter hereingekommen.« Herr Müller sprach grimmig.

»Gehen Sie vom selben Verbrecher bei allen drei Anschlägen aus?«, fragte Pat.

»Das überprüfen wir. Eine Auskunft wünsche ich mir von Ihnen: Was ist in Ihrer Firma los, das so eine Welle von Gewalt auslöst?«

Wieder erhielt er keine Antwort. Sein Kopfschütteln zeigte unverhohlenen Frust.

»Haben Sie eine Spur von Herrn Wagner?« Ana rutschte die Frage heraus, obwohl sie beabsichtigt hatte, diesmal keine Aufmerksamkeit auf sich zu lenken.

»Bisher nicht. Hat zu seinem Verbleib jemand einen Hinweis?« Alle blieben stumm. Für einen Augenblick presste der Kommissar die Lippen zusammen. »Verstehe. Halten Sie sich zu unserer Verfügung.«

»Einen Moment, bitte«, bremste ihn Pat. »Wie Sie wissen, feiern wir morgen unseren Event auf dem Kahlenberg. Wie schützen Sie uns dort?«

»Sie bestehen auf der Durchführung der Party?«, herrschte Müller sie an.

»Können Sie uns die Veranstaltung verbieten?«, fragte Pat retour.

»Nein. Es ist Ihre Verantwortung.«

»Dann findet sie statt.« Pat unterstrich ihre Aussage mit einer Handbewegung.

Der Kommissar und seine Kollegin verständigten sich mit Blicken. Ihre Körperhaltung sprach Bände, sie hielten sie alle für verrückt. Herr Müller wandte sich an Pat. »Es ist Ihre Entscheidung. Ich hoffe, Sie haben gewissenhaft überlegt. Ich überprüfe, was organisierbar ist. Wir melden uns.« Ohne ein weiteres Wort drehten sich die Polizisten um und verschwanden.

»Werden wir dazu allen Ernstes gezwungen?«, erregte sich Peter Flor. Er war außer sich. »Ich halte das für Wahnsinn!«

Mittlerweile ereiferten sich mehrere Anwesende. Einer versuchte, den anderen zu übertönen, der Lärmpegel im Raum schwoll an. Ana hielt sich demonstrativ die Ohren zu.

Pat saß mit hochrotem Gesicht regungslos. Zum ersten Mal tat sie Ana leid. Die Frau hatte die Anweisung, den Welcome erfolgreich zu veranstalten, egal, was sie selbst dachte. Eine Weigerung kam einer Selbstkündigung gleich.

»Es macht wenig Unterschied. Wir können uns nicht auf Dauer verstecken«, überbrüllte Horst das Stimmengewirr.

Peter versteifte sich und schrie zurück. »Das ist kein Grund, das Schicksal mit einer Riesenparty herauszufordern! Wir laden den Mörder förmlich ein, erneut zuzuschlagen. Es muss doch möglich sein, den Welcome um einen Monat zu verschieben!«

»Ruhe!«, kreischte Pat. Schweiß perlte ihr auf der Stirn und der zierliche Körper bebte. »Ich stimme Horst zu, uns zu verkriechen, ist keine Lösung. Außerdem steht die Entscheidung fest.«

Es war still geworden. »Wir werden den bestmöglichen Schutz veranlassen.« Pat warf Horst einen dankbaren Blick zu. Dann räusperte sie sich und wippte mit dem Bein.

»Vorher muss ich euch leider eine unerwartete Neuigkeit mitteilen. Euch ist aufgefallen, dass unser Vertriebschef Leo Jäger heute abwesend ist. Er hat mir mitgeteilt, dass er ab sofort im Krankenstand ist und von seiner Position entbunden werden muss.«

»Was fehlt ihm?«, fragte Peter. »Gestern war er doch noch ganz gesund.«

»Das hat er mir nicht verraten«, antwortete Pat.

Ana erinnerte sich an Leos Zustand am Gang. Gesund sah anders aus. Ihr Bauchgefühl hinderte sie daran, von ihrer Beobachtung zu erzählen.

»Das ist aber ein blöder Zeitpunkt. Wir müssen nach dem Firmenkauf mit dem Vertrieb Gas geben.« Horst klang beunruhigt.

Pat nickte. »Das stimmt, im Moment hat sich alles gegen uns verschworen. Wir haben noch keinen Nachfolger nominiert, weil wir dachten, Zeit zu haben. Habt ihr Vorschläge?«

»Karsten Fuchs.« Ana sprach laut und klar. »Er hat die Erfahrung und kommt bei den Kunden gut an.«

»Wow, Ana, clevere Idee.« Der Finanzchef nickte zustimmend. Er hatte sich von seinem Ausbruch erholt und redete in sachlichem Ton. »Das finde ich einen fabelhaften Vorschlag, ich habe keinen besseren.«

Ana strahlte Peter an. Sie war dankbar, dass er ihr trotz der miesen Stimmung zwischen ihnen zu Karsten beipflichtete. Peter wandte das Gesicht ab. Besorgt versuchte sie, Pats Miene zu lesen. Ob ihr Mark seine Abneigung gegenüber Karsten mitgeteilt hatte? Und wenn ja, ließ sie sich von ihm nach seinem Tod weiterhin beeinflussen?

»Die Umstände mit den neuen Mitarbeitern sind sensibel. Ist er dafür der Beste?« Pat klang neutral.

»Mhm«, pflichtete der Finanzchef bei. »Ich habe ihn in schwierigen Situationen umsichtig erlebt. Ich denke, er ist führungsfähig.«

»Die wichtigste Aufgabe des Vertriebsleiters ist, zu verkaufen. Wir brauchen ein gerissenes Schlitzohr«, warf Horst ein.

»Dann ist der Name Fuchs perfekt«, sagte Ana und grinste ihn an.

Die Teilnehmer lachten. »Ich bevorzuge innovativ und überzeugend«, blieb Pat ernst bei der Sache. »Wer hat eine andere Idee?« Pats Blick erforschte die Runde, aber keiner äußerte sich. »Ich lasse mir den Vorschlag durch den Kopf gehen. Wenn euch Alternativen einfallen, informiert mich umgehend, ich werde meine Entscheidung zügig treffen.«

Sie drehte sich zu Ana. »Ich stimme Peter zu. Du leistest einen wertvollen Beitrag. Ich möchte die Gelegenheit wahrnehmen, dir für deine Geistesgegenwart gestern zu danken. Du hast damit Gerald das Leben gerettet.«

Ana spürte, wie es ihr die Hitze in die Wangen trieb. Bis auf Peter und Horst schauten sie alle an und nickten ihr wohlwollend zu. So dickes Lob hatte ihr Pat noch nie zukommen lassen.

»Unsere Kollegin hat mir versprochen, sich aus den Polizeiermittlungen herauszuhalten. Eine aktive Unterstützung ist zu riskant. Wir wollen schließlich nicht, dass ihr auch etwas passiert. Das Integrationsprojekt fordert ohnehin ihre ungeteilte Konzentration.«

Ana war erleichtert, als sich die CEO ansatzlos dem Geschäftlichen widmete. »Lilo, ist für den Welcome alles fertig?«

Diese antwortete blitzartig: »Ja. Ich fahre später auf den Kahlenberg und spreche mit dem Veranstalter alles nochmals durch. Ich möchte Ana ersuchen, dass sie mich begleitet. Vier Augen sehen mehr als zwei. Das wäre wertvoll für mich.«

Ana schluckte. So große Aufmerksamkeit im engsten Managementkreis der Firma war ungewohnt. »Ich helfe dir gerne.« Sie zögerte kurz, fasste sich dann aber ein Herz. »Eigentlich wollte ich Gerald im Spital besuchen.«

»Den Besuch nehme ich dir ab. Kommt jemand aus der Runde mit mir mit?«, bot Horst an.

»Ja, auf alle Fälle«, schloss sich Peter sofort an.

Ein kurzes Geplänkel endete mit dem Ergebnis, dass Pat und Peter mit Horst den Krankenbesuch abstatten würden.

»Fein, dann ist das ebenfalls geregelt.«

Ana fühlte sich traurig. Sie wäre lieber zu Gerald gefahren, als mit Lilo über die Feier zu diskutieren. Wie es dem Personalchef wohl zurzeit ging? Die Sorge um ihn ergriff sie. Sie zuckte zusammen, als Pat erneut ihren Namen nannte.

»Ana, bitte teile mit uns den ersten Status vom Projekt.« An die anderen gewandt sagte sie: »Ana gibt uns ab sofort jeden zweiten Tag einen Fortschrittsbericht. Dabei kann sie uns Aufgaben übertragen oder Unterstützung anfordern.«

In den nächsten Minuten zeigte Ana den Zeitplan und berichtete über die Übersiedlung. Das Managementteam war mit dem Fortschritt zufrieden. Wieder ein Schritt auf dem Weg zu ihrem Ziel geschafft. Die Beziehung zu ihrem Mentor musste sich wieder einrenken, sie war auf seine Unterstützung angewiesen.

Pat erhob sich. »Ich kümmere mich jetzt um die Sicherheitsvorkehrungen. Wenn ich Neuigkeiten von Gerald oder Paul-Egon höre, schick ich euch eine SMS.« Sie beendete die Sitzung.

Als Ana den Raum verlassen wollte, stand plötzlich Peter vor ihr. »Hast du den Attentäter erkannt?«

Ana schüttelte heftig den Kopf und lief auf den Gang. Dort wartete Gruppeninspektorin Lore Meinhart. Ana versuchte, an ihr vorbeizugehen, aber die Polizistin stoppte sie mit einer Handbewegung. Sie verlangte ein vertrauliches Gespräch mit Pat und Ana.

»Wir haben uns die Papierakten im Personalbüro vorgenommen. Dabei haben wir festgestellt, dass von Bert Ulram keine Akte in den Fächern existiert. Wie erklären Sie das?«

KAPITEL 25

Was war das? Im Aktenschrank fehlte der Personalakt von Bert? Ana dachte fieberhaft nach. Das war unmöglich, von jedem gab es eine Unterlage.

Pat antwortete der Kommissarin als Erste: »Zur Ablage unseres Personalchefs mache ich keine Angaben. Wenn ich Informationen benötige, bekomme ich sie von ihm persönlich. Allerdings würde es mich wundern, wenn es einen einzigen Mitarbeiter gibt, zu dem keine Ergänzungen existieren. Herr Kreis hat sich bei der Einführung des Personalsystems bitter beschwert, dass er doppelten Verwaltungsaufwand hat, weil sich nicht alles sinnvoll digitalisieren lässt.«

Frau Meinhart nahm ihre Äußerung mit Schulterzucken zur Kenntnis und sah Ana fragend an.

»Mir fehlt die Erfahrung mit den Personalakten. Gerald hat mir gestern die Ablage erklärt, aber ich hatte noch keine Gelegenheit, damit zu arbeiten. Daher weiß ich nicht, ob Bert eine Akte hat.«

»Ist es vorstellbar, dass der Überfall auf seine Unterlage abzielte, damit sie uns nicht in die Finger gerät?« Die Frage von Frau Meinhart schnitt durch die Luft und ihr Grinsen provozierte.

Die Polizei hatte einen neuen Verdacht gegen Bert. Ana ahmte den Tonfall der Kommissarin nach: »Ist es vorstellbar, dass jemand die Akte entwendet hat, um Bert in Verdacht zu bringen?«

Sie starrten sich böse an, bis Pats eisige Stimme erklang.

»Ana, bevor du dich jetzt aufregst, hör mir in Ruhe zu. Ich schätze die Leistungen von Bert. Aber ich bin außerstande, das länger zu verantworten, ich muss ihn freistellen.« Pat blickte sie so emotionslos an, dass Ana ein Schauder über den Rücken lief.

»Bert ist unschuldig. Glaub mir, er war das gestern nicht im Personalbüro. Ihn hätte ich erkannt.« Ana fuchtelte mit ihren Armen, um ihrer Aussage Gewicht zu verleihen.

»Mag sein. Ich bin trotzdem gezwungen, ihn freizustellen. Es ist ihm bis auf Weiteres verboten, die Räumlichkeiten der Firma zu betreten.«

»Aber zur Firmenfeier darf er doch kommen? Bitte schließen wir den Kompromiss, dass er sich die nächsten Tage Urlaub nimmt. Dann schadet ihm diese verdammte Situation weniger für die Zukunft.« Ana flehte die CEO an. Sie musste verhindern, dass es einen Eintrag in Berts Akte gab, der ihm die Karriereaussichten vermieste.

Pat verdrehte die Augen und sagte zur Polizistin: »Wenn Sie keine weiteren Fragen an mich haben, gehe ich an die Arbeit.«

Ana sah ihr nach. Die CEO stolzierte auf High Heels zügigen Schrittes zu ihrem Büro. Sie wirkte trotz der Situation souverän. Diese Selbstbeherrschung wünschte Ana sich auch.

»Sind Sie ehrlich so überzeugt, dass Herr Ulram unschuldig ist?«

»Ja, bin ich.« Ana fehlte die Lust, weiter mit der Kommissarin zu diskutieren. Sie hatte keine Chance, sie umzustimmen.

Sie griff zum Handy. Die Nachricht des plötzlichen Urlaubs musste sie Bert persönlich überbringen. Als sie das Telefonat beendete, war sie bitterböse auf Pat. Bert klang verzweifelt. Immer wieder geriet er in den Fokus der Ermittlungen und er machte sich ernsthafte Sorgen um seine Zukunft. Sie traute ihm eine Kurzschlusshandlung zu und wollte das auf jeden Fall verhindern.

Die Spur eines Vorwurfs hatte Ana herausgehört, als er sie gefragt hatte, ob sie den Zwangsurlaub nicht abwenden könne. Sie hatte beruhigend auf ihn eingeredet und ihm zugesichert, eng mit ihm in Kontakt zu bleiben. Abrupt riss sie die barsche Stimme der Kommissarin aus ihren Überlegungen.

»Haben Sie wirklich keine zusätzlichen Informationen für uns?«

»Unterstellen Sie mir Lügen? Verdächtigen Sie mich?«, fuhr Ana sie an.

Frau Meinhart runzelte die Stirn. »Keine Aufregung, die Dame. Sie geben mir die Schuld, dass neue Indizien auf Herrn Ulram hinweisen. Sie sind aufgebracht, weil Ihre Intelligenz Ihnen längst sagt, dass da etwas zweifelhaft mit Ihrem Kollegen ist.«

»Sie schießen sich auf ihn ein, weil Sie keine echte Spur haben. Mit Bert Ulram ist alles in Ordnung.« Ana warf ihr den grimmigsten Blick zu, den sie zusammenbrachte.

»Sind Sie sicher?«, die Polizistin lächelte höhnisch. Die machte sich über sie lustig. »Sie waren wieder am Tatort. Mir kommt es unglaubwürdig vor, dass hier niemand Hinweise für uns hat. Halten Sie alle zusammen? Schauen Sie alle weg?«

Ana kochte vor Wut. Mit ganzer Kraft überwand sie sich, bittersüß zu lächeln. »Zusammenhalten? Wegschauen? Sie nehmen dramatische Worte in den Mund, Frau Gruppeninspektorin. Sind Sie dermaßen verzweifelt über den Status Ihrer Ermittlungen? Übrigens habe ich eine Information für Sie. Ich hatte noch keine Zeit, Sie Ihnen zu geben.«

Frau Meinhart zog eine Augenbraue in die Höhe. Ihre Stirn bildete unschöne Falten. »Interessant. Was haben Sie denn für mich?«

Ana zupfte das Kuvert aus ihrer Tasche. »Ich habe einen zweiten Drohbrief erhalten. Mit exakt dem gleichen Wortlaut. Dieser Brief lag in meinem Postkasten daheim, ich habe ihn heute erst geöffnet.«

Die Kommissarin zog mit einem Taschentuch das Blatt Papier aus dem Umschlag. Schweigend begutachtete sie den Zettel. »Sie bleiben im Haus. Ich spreche das weitere Vorgehen mit Chefinspektor Müller ab und melde mich bei Ihnen.«

»Ich fahre mittags auf den Kahlenberg, bis dahin bin ich hier erreichbar.« Bildete sich diese Frau ein, ihr Befehle geben zu können?

»Warten Sie.« Frau Meinhart trat auf die Seite und begann zu telefonieren.

Ana lehnte sich an die Wand und atmete durch. Sie brauchte dringend ein paar Minuten ohne Gesellschaft, um sich zu sammeln. Ihr schwirrte der Kopf von der letzten Stunde.

»Er will Sie sprechen.« Die Kommissarin streckte ihr ein Telefon unter die Nase. Sie erweckte einen erbosten Eindruck.

»Rubin.«

»Müller. Frau Rubin, Sie bereiten mir die nächste Überraschung? Sie haben ein zweites Schreiben bekommen? Haben Sie mittlerweile eine Ahnung, wer Sie bedroht?«

»Leider nein«, antwortete Ana. »Noch nicht«, dachte sie sich.

»Laut Gruppeninspektorin Meinhart fahren Sie am Nachmittag auf den Kahlenberg?«

»Genau. Wir treffen letzte Vorbereitungen für die Welcome-Feier.«

»Wie schön, die Feier.« Seine Stimme triefte vor Zynismus. »Ihretwegen muss ich ebenfalls auf den Kahlenberg, wir treffen uns dort. Wünschen Sie Begleitung von Gruppeninspektorin Meinhart?«

»Nein danke, ich verzichte.«

Klick. Kommissar Müller hatte aufgelegt. Ana reichte Meinhart das Handy und ging wortlos. Ihr war bewusst, dass sie sich kindisch verhielt und die Polizisten ihre Arbeit verrichteten. Aber sie zwangen sie, hilflos zuzuschauen, wie sie Bert zunehmend in Bedrängnis brachten. Das schrie nach Rache. Sie hörte, wie Frau Meinhart zur Chefsekretärin trat und nach Pat verlangte.

Das war die passende Gelegenheit. Ana eilte zum Personalbüro und stoppte jählings. So ein Käse! Dass es von der Polizei versiegelt war, hatte sie verdrängt. Das Band zu zerreißen war ein Delikt. Darauf stand eine Geldstrafe, eventuell sogar eine Freiheitsstrafe. Wie würden Pat und die Kollegen auf einen Gesetzesbruch durch Ana reagieren? Setzte sie Ansehen und Karriere aufs Spiel?

Die Beine zogen sich einen Schritt zurück. Da fuhr ihr

eine Erinnerung durch den Kopf: »Ich werde mich immer bemühen, nicht wegzusehen.« Diesen Vorsatz hatte sie vor wenigen Tagen locker gegenüber Manuela formuliert und schon war sie dabei, ihn zu brechen. Sie genierte sich und stöhnte leise. Vorsichtig drückte sie die Schnalle hinunter. Die Tür öffnete sich und das Siegel riss.

Wenn Gerald wüsste, dass das Personalbüro unverschlossen war. Der würde sofort im Spital aufwachen und den Kommissaren die Meinung geigen. Ana lächelte. Hoffentlich ging es ihm besser. Sie huschte ins Zimmer und schloss die Tür leise hinter sich.

Das Büro wirkte ordentlich. Nichts deutete auf eine Durchsuchung hin. Nur die Tasche mit dem Laptop fehlte auf dem Schreibtisch. Am Boden daneben hob sich ein dunkler Fleck ab. Da fiel ihr auf, dass der schwere Locher ebenfalls verschwunden war. Vermutlich hatte ihn die Polizei als mögliche Tatwaffe eingesteckt.

Rasch wechselte sie ins Besprechungszimmer. Die Laden der Aktenschränke waren schlampig zugedrückt. Ihnen war anzumerken, dass sie von der Polizei durchsucht worden waren. Vorsichtig zog sie die erste auf und schob Mappen vor. Ihre eigene Akte war weg. Dann ging sie zur nächsten und kontrollierte bei Peter Flor. Ebenfalls fort. So schlau war Herr Müller auch. Die Personalmappen aller Workshopteilnehmer fehlten.

Sie betrachtete den dunklen Fleck auf dem Besprechungstisch. Übelkeit stieg in ihr auf und sie flüchtete aus dem Raum.

Zurück in Geralds Zimmer setzte sie sich an seinen Schreibtisch. Ihr Blick fiel auf die Stelle hinter der Tür, an der sie zusammengekauert den Täter gesehen hatte. Sie fühlte, dass sie ihn kannte. Leider hatte sie keine Idee, wie sie ihn identifizieren konnte.

Wie erwartet waren die Laden unversperrt und sie begann ihre Suche. Verfügte Gerald über eine Information, für die es sich lohnte, ihn zu töten?

Angespannt zerrte sie ein Fach nach dem anderen auf. Büromaterial, Ordnungsmappen und Fachbücher. Auf der rechten Seite lag obenauf seine Kalendermappe.

Der Personalchef hatte wiederholt in Besprechungen bemängelt, dass die Teilnehmer in ihre Laptops glotzten, und sie gebeten, diese zu schließen. Anstatt die Notizen bequem zu tippen, sollte jeder mit der Hand mitschreiben. Er ging selbst mit gutem Beispiel voran. Zu diesem Zweck besaß er die Ledermappe, in der ein Kalender und dahinter gelochte Notizblätter steckten.

Ana blätterte die Mappe durch. Dabei löste sich eine gelbe Haftnotiz und segelte auf den Boden. Darauf standen »Toppos« und eine Wiener Telefonnummer. Sie klebte den Zettel wieder hinein, als sie innehielt. Sollte sie frech sein?

Es sprach nichts dagegen, sie konnte sich notfalls entschuldigen. Eilig tippte sie die Nummer in ihr Handy. Nach dem ersten Läuten meldete sich eine weibliche Stimme:

»Toppos, guten Tag. Wir finden Ihren idealen Kandidaten. Was kann ich für Sie tun?«

Ana schnappte vor Überraschung nach Luft. Das war ein Headhunter.

KAPITEL 26

Geistesgegenwärtig stellte sich Ana mit dem Firmennamen der Dame von Toppos vor.

Die Stimme antwortete geschäftsmäßig. »Freut mich, Sie kennenzulernen, Frau Rubin. Bisher hatte ich ausschließlich mit Herrn Kreis Kontakt. Wie kann ich Ihnen helfen?«

»Ich melde mich bei Ihnen, weil Herr Kreis leider erkrankt ist und ich ihn in verschiedenen Angelegenheiten vertrete. Damit ich keine Frist versäume, möchte ich mich erkundigen, ob von unserer Seite etwas offen ist. Warten Sie auf Informationen?«

»Nun, das ist aufmerksam, aber wir haben noch nicht begonnen. Nach dem Erstkontakt hat uns Herr Kreis informiert, dass bei Ihnen überraschend Veränderungen bei den Entscheidungsträgern im Gange sind. Er wollte uns erst Anfang nächster Woche endgültig Bescheid geben.« Die Dame von Toppos sprach professionell.

Fein, und um welche Position handelte es sich? Wie bekam Ana das heraus?

»Es besteht die Möglichkeit, dass Herr Kreis für längere Zeit ausfällt, dann übernehme ich das Thema. Können Sie mir vorab Informationen geben, damit ich mich schneller einarbeite?«

Hoffentlich schluckte die Dame den Köder. In der Leitung blieb es einen Augenblick ruhig.

»Haben Sie in der Vergangenheit an einer Auswahl für eine Führungsposition teilgenommen?«

Oh, das wurde immer spannender.

»Das habe ich und ich bin selbst auch Führungskraft.«

»Dann werden Sie sich ohne Probleme in unsere Aufbereitung einlesen. Wir schicken Ihnen für jeden Bewerber eine Mappe mit seinem Lebenslauf und dem Motivationsschreiben. Dazu erhalten Sie unsere Bewertung seiner Erfahrung und seines Sozialverhaltens.«

Weiterhin kein Hinweis, was das Thema der Anfrage war. Ana gingen die Fragen aus. Sie musste riskieren, dass die Dame misstrauisch wurde.

»Hat Ihnen Herr Kreis schon die Vorgaben übermittelt? Die stehen mir im Moment nicht zur Verfügung.« Ana hielt den Atem an.

»Ah, Sie haben ein Passwort-Problem. Das kenne ich. Wenn mein Chef seinen Urlaub nimmt, gibt er mir stets Leseberechtigung. Aber wenn er überraschend erkrankt, gelange ich nicht an seine Mails. Ich würde Ihnen gerne unter die Arme greifen, aber wir haben bisher nur telefoniert.« Die Dame erwärmte sich für Ana und wurde laufend gesprächiger.

»Verraten Sie mir, wann die Telefonate stattfanden?«

Sie hörte Papier rascheln. »Herr Kreis hat sich am Montagnachmittag gemeldet und sich nach dem Ablauf und den Konditionen für Führungspositionen erkundigt. Er plante, die Anforderungen bis heute zu schicken. Gestern hat er uns mitgeteilt, dass er sie erst Anfang nächster Woche finalisiert.«

Gerald hatte auf Maribel warten wollen. Demzufolge schrieb er einen der Direktorenposten aus, aber welchen? Der Personalchef suchte mit ziemlicher Sicherheit im Auftrag von Mark. War das mit Pat abgestimmt? Das wollte sie rasch herausfinden.

Sie bedankte sich herzlich bei der Headhunterin und versprach, sich zu melden.

Also zurück zu Pat. Ana nahm die Ledermappe mit. Sie klappte Geralds Tür zu und blieb unschlüssig stehen. Dann gab sie sich einen Ruck und veranlasste beim Portier, das Personalbüro umgehend zu verriegeln.

Während sie auf ihn wartete, bog der Finanzchef um die Ecke und ging auf sie zu. Forschend wanderte sein Blick von Ana zur Tür und zurück. Er hatte das gebrochene Siegel registriert.

»Grüß dich, Ana. Ich dachte, du bist mit Lilo am Kahlenberg. Was machst du hier?«

»Hallo, Peter, ich löse ein Datenschutzproblem. Die Polizei hat das Personalbüro unversperrt gelassen. Der Mann vom Empfang ist mit dem Universalschlüssel am Weg hierher. Schau, er kommt bereits.«

Im Augenwinkel sah sie, dass der Finanzchef das zerrissene Siegel anfasste. Kommentarlos lief sie dem Portier entgegen und erklärte ihm die Situation. Sie wartete, bis sie das Einrasten des Schlosses hörte, und begleitete ihn danach zum Aufzug. Die gesamte Zeit spürte sie Peters bohrenden Blick im Rücken.

Diesmal legte Elisabeth den Kopf schief, als sie wiederum unangekündigt um ein Gespräch mit der CEO ersuchte.

»Wie im Taubenschlag. Hoffentlich kehrt demnächst Ruhe ein. Ich melde dich an, sie ist derzeit frei.«

Ana erklärte Pat, wie sie zufällig über den Headhunter gestolpert war, und ersuchte sie, ihr ergänzende Informationen zu geben.

Die CEO schüttelte heftig den Kopf und ihre Gesichtszüge verhärteten sich. »Was erlauben sich die? Wollten sie eine Stellenausschreibung durchführen, ohne mich einzubinden? Das ist indiskutabel.«

»Du hast nichts gewusst?«

»Nein. Ich hätte eine Einmischung von Mark in unser Führungsteam mit aller Schärfe abgelehnt. Bei Personalthemen endet die Macht des Regionalleiters. Unglaublich, der hat mich ignoriert und unseren Personalchef mit der Suche beauftragt. Warum hat mir Gerald das verschwiegen?« Pat hatte sich in Rage geredet, ihre Augen blitzten.

»Weil er geahnt hat, dass dich das ärgern würde, und er dich vor Mark schützen wollte?«, versuchte Ana sie zu beruhigen.

Pat schnaubte: »Mag sein, mir gefällt es trotzdem nicht. Danke für die Info, Ana. Ich schätze deine Loyalität.«

»Wen aus dem Führungsteam beabsichtigte Mark loszuwerden? Wen kritisierte er am heftigsten?«

»Horst und Martin Klein«, kam wie aus der Pistole geschossen retour. »Mark hat mir gegenüber mehrmals geäußert, dass beide als Entwicklungschefs komplette Dilettanten seien.«

»Ich fürchte, das macht sie verdächtig. Wir müssen das dem Müller melden.«

»Wieso Horst? Der hat doch von der Personalsuche nichts geahnt! Oder etwa doch?« Pat wirkte verunsichert. »Eventuell ist der Klein der Attentäter?«

Sie schaute Ana beschwörend an, aber diese zog nur die Schultern in die Höhe.

»Einverstanden, ich rufe den Kommissar an. Bleib da.« Nach dem Telefonat meinte sie nachdenklich: »Du sollst dem Kommissar die Telefonnummer von dem Headhunter bei eurem Treffen aushändigen. Er wird selbst mit der Firma sprechen. Danach setzt er sich mit Horst und Herrn Klein auseinander. Der Kommissar nimmt die Information ernst.«

Ana beeilte sich, die Firma zu verlassen. Sie brauchte Ruhe zum Nachdenken. Als sie ihr Cabrio erreichte, seufzte sie erleichtert auf. Kein Zettel in der Windschutzscheibe.

Sie wählte den schönsten Weg zum Kahlenberg, der führte über Grinzing. Um ein Haar hätte sie die Abzweigung über den Donaukanal verpasst und bremste nach einem Blick in den Rückspiegel unsanft. Der Fahrer hinter ihr hatte anscheinend das gleiche Problem und lenkte auch in letzter Sekunde in die Kurve.

Minuten später sah sie dasselbe Auto hinter sich vor einer roten Ampel warten. Sie durfte keinen Verfolgungswahn entwickeln, aber Vorsicht war angebracht. Deshalb bog sie, ohne zu blinken, ruckartig in der Kreuzung ab. Im Rückspiegel vollzog der Wagen das gleiche Manöver. Das war kein Zufall.

Zur Abwechslung versuchte sie es mit aufreizend langsamer Geschwindigkeit und zuckelte eindeutig unter dem Tempolimit. Obwohl Gelegenheit zum Überholen war, schlich das Auto hinter ihr her. Ana wandte den Blick kaum mehr vom Rückspiegel ab. In dem grauen Fahrzeug, vermutlich ein BMW, konnte sie nichts erkennen. Die Sonnenblende verdeckte den Fahrer. Es konnte eine Frau oder ein Mann sein, der Beifahrersitz war leer.

Sollte sie zu einer Polizeistelle fahren? Was vermochten die gegen einen Autofahrer tun, der langsam durch Wien bummelte? Sie machte sich lächerlich.

In der Zwischenzeit durchquerte sie Grinzing. Vorbei an den renovierten Häusern mit Heurigenlokalen. Trotz der Mittagszeit spazierten Gruppen von Touristen und sie musste sich auf die Fußgänger konzentrieren. Als sie eine Frau mit Kinderwagen den Zebrastreifen überqueren ließ, blickte sie erneut zurück. Der graue Wagen hatte in einigem Abstand ebenfalls gestoppt. Sie wurde verfolgt.

KAPITEL 27

Anas Gedanken rasten. Jemand verfolgte sie am helllichten Tag und gab sich keine besondere Mühe, sich zu verbergen. Diese Dreistigkeit beschäftigte sie so intensiv, dass sie an der nächsten Kreuzung abzubiegen vergaß. Diesmal bemerkte sie zu spät, dass sie sich verfahren hatte.

Unglücklich fuhr sie durch die noble Wohngegend. Noch war sie in einer Tempo-30-Zone. Die Scheibenwischer kratzten über die Windschutzscheibe, erste Tropfen platschten auf das Glas. Ein tiefes Grölen kündigte ein nahendes Gewitter an.

Bauten mit Terrassen wechselten sich mit ehrwürdigen Villen ab. Üppige Vorgärten verrieten, dass Profis das Blütenmeer pflegten.

Auf der rechten Seite begann der erste Weingarten. Gleich würde sie das Wohngebiet verlassen und durch den Wald fahren. Dort war sie ihrem Verfolger ausgeliefert. Als sie vor sich die Feuerwache Grinzing entdeckte, fasste sie sich ein Herz.

Sie stoppte ihr Fahrzeug mitten auf der Fahrbahn, schaltete die Alarmblinkanlage ein und sprang aus dem Auto. Der graue BMW stand mit Abstand hinter ihr.

Kurz glaubte sie, dass er aufs Gas steigen würde. Trotzdem zwang sie sich zwei Schritte vorwärts. Sie überwand sich, einen Blick auf das Nummernschild zu werfen, und brannte sich die Wiener Nummer ein.

In dem BMW tat sich zuerst nichts. Plötzlich drehten die Vorderräder zur Straßenmitte. Ohne zu denken, sprang Ana einen Satz nach vorn. Das Auto ruckte und stoppte. Das Motorgeräusch erstarb.

Ana ballte die Fäuste und spannte ihren Körper an. Sie lauerte auf die geringste Bewegung, um loszubrüllen. Die Fahrertür öffnete sich in Zeitlupe.

Ein Sportschuh und Bluejeans erschienen unter der Autotür und dann ein zweiter Schuh und ein zweites Bein. Sie setzte zur Flucht an. Da schob sich der Rest des Fahrers hinter der Tür hervor.

»Du bist das?« Statt eines Brüllens schlüpfte ein Flüstern aus ihrem Mund. »Was zum Teufel treibst du, Leo?«

Der Vertriebschef rückte langsam mit leicht erhobenen Händen heran. Er hielt seinen Körper, als richtete Ana eine Schusswaffe auf ihn. Ana wich schrittweise zurück, ohne ihn eine Sekunde aus den Augen zu verlieren.

»Ana, warte, bleib da!«

»Keinen Millimeter näher, ich schreie!« Diesmal hatte sie tatsächlich gebrüllt.

»Lass uns reden.« Leo streckte eine Hand in ihre Richtung.

»Bleib stehen!«, fuhr sie ihn an und machte einen zusätzlichen Schritt zurück.

»Bitte lass mich erklären.«

»Spuck es aus und dann hau ab!«, fauchte sie ihn an.

»Hier?«

»Wo denn? Los, pack aus!«

»Ich tue dir nichts, Ehrenwort. Lass uns irgendwo hingehen und in Ruhe sprechen. Ich möchte dir meine Sicht darlegen. Das können wir doch nicht mitten auf der Straße herumbrüllen.«

Ana dachte nach. Hier in der Öffentlichkeit fühlte sie sich halbwegs geschützt. Allerdings war kein Mensch in Sichtweite und kein einziges Fahrzeug war bisher an ihnen vorbeigefahren. Möglicherweise war ein Gespräch in einem Gasthaus die unbedenklichere Variante.

»Okay. Wir unterhalten uns in einem Lokal. Wir sind soeben an einer geöffneten Weinschenke vorbeigekommen, davor waren Parkplätze. Den Heurigen kenne ich, der heißt irgendetwas mit Sepp.«

»Wo auf dem Gehsteig Tische mit roten Tischtüchern stehen?«

»Genau. Warte vor dem Lokal auf mich. Kommst du mir zu nahe, bin ich weg.«

»Du brauchst dich nicht vor mir zu fürchten. Bitte tauch wirklich auf, wir müssen sprechen.«

Leo stieg zurück in seinen BMW und wendete. Erst als er weggerollt war, ging Ana zu ihrem Wagen. Während sie sich der Weinschenke näherte, fragte sie sich, ob sie einen Fehler beging. Sollte sie lieber abhauen?

Der Vertriebschef stand wippend neben dem Lokaleingang. Trotz seines Alters war er ein fescher Mann. Sportliche Figur und leger gekleidet. Doch er schien in den letzten Tagen gealtert zu sein. Sein Gesicht war fahl und die Falten traten stärker hervor. Sein linkes Auge war rot angeschwollen.

Ana wand sich zögerlich aus dem Auto. Die Situation verunsicherte sie. Es war völlig absurd. Sie deutete Leo, das

Lokal als Erster zu betreten. Befangen wählte sie einen Tisch, von dem aus sie den Schanktisch und damit das Personal im Blick hatte.

Schweigend warteten sie, bis ein Kellner ihre Bestellung aufnahm und wenige Augenblicke später die Getränke vor sie stellte.

Ana klammerte sich an den stabilen Henkel ihres Glases und bemühte sich, den Vertriebschef selbstsicher zu betrachten. »So sieht also dein Krankenstand aus, Leo?«

»Ich bin dir nachgefahren, um dich zu schützen«, begann er.

»Sehr originell. Wenn dir nichts Besseres einfällt, gehe ich.«

»Jetzt hör erst mal zu. Ich sage die Wahrheit. Für mich steht fest, dass weitere Morde verübt werden.«

»Wieso denkst du das?«

»Mark hatte keine Skrupel. Wenn ihn jemand gestört hat, hat er ihn gequält, bis er ihn los war. Paul-Egon war gefügig und wurde von ihm als Gefolgsmann missbraucht.«

»Du redest von Herrn Wagner in der Vergangenheit. Hast du ihn aus dem Weg geräumt?«

»Ana, sei nicht kindisch! Lös dich von dem Irrglauben, dass ich der Mörder bin. Das ist Quatsch.«

»Wie kommst du sonst auf den Gedanken, dass ich in Gefahr bin? Ich habe mit Marks Geschichten nichts zu tun.«

»Ich bin nicht blöd. Seit Paul-Egon verschwunden ist, stichst du überall hinein und hältst Ausschau nach Geheimnissen. Du forderst den Täter heraus. Du bist intelligent, früher oder später stößt du auf die richtige Spur, falls du es nicht schon bist.«

»Und das gibt dir das Recht, mir anonyme Drohbriefe zu schreiben?«

»Was? Du wirst bereits bedroht?« Leo blickte sie fassungslos an. Als Verkäufer war er ein geübter Schauspieler.

»Guckst du deine Kunden auch so unschuldig an, wenn du sie über den Tisch ziehst? Pardon, was für ein unpassender Ausdruck, gefällt dir ›raffiniert‹ besser?« Ana fühlte sich überfordert und schützte sich mit Sarkasmus.

»Hör endlich mit dem Schwachsinn auf«, knurrte er. »Du hast Drohbriefe bekommen?«

Sie stützte sich mit beiden Händen auf und schloss die Augen. Was sollte sie nun tun? Was führte Leo im Schilde?

Zögerlich fragte sie: »Warum machst ausgerechnet du dir so große Sorgen um mich? Wir sind Kollegen, aber wir hatten keinen engen Kontakt.«

Leo verzog die Miene. »Weil du ins Unglück läufst und ich ein Gewissen habe?«

»Du behauptest, die Drohbriefe sind nicht von dir?«

»Ich schwöre es. Glaubst du mir?« Seine Augen blickten sie bettelnd an.

Darauf konnte und wollte Ana ihm keine Antwort geben.

»Kennst du den Mörder?«

Er schwieg und starrte auf seine Hände.

»Was weißt du?«

»Ich weiß gar nichts, ich …« Seine Stimme verhallte.

»Verdammt, Leo. Wie soll ich dir vertrauen, wenn du mir nicht die Wahrheit erzählst?«

»Das ist nicht schwarz-weiß. Ich habe Mutmaßungen und keinerlei Beweise. Und ich werde dich da nicht hineinziehen.«

»So ein Schwachsinn, du spielst mit mir. Sag mir deinen Verdacht, oder ich gehe.«

»Paul-Egon hat Andeutungen gemacht«, stieß er aus.

»Im Meliá?« Ana erinnerte sich an das Häufchen Elend im Auto und an Paul-Egons Beteuerung, dass er nur das Beste gewollt habe. Das war die erste Bemerkung von Leo, die ihr glaubwürdig erschien. Sie hatte die beiden im Hotel tuscheln gehört.

»Stimmt.«

»Was hat er dir anvertraut? Lass dir doch nicht jedes Wort herausquetschen!«

»Er hat wirr von einem langen Schatten fantasiert, der ihn ausgerechnet zur Pension erreicht, und davon, dass er gerne so eine Familie hätte. Als ich nachgefragt habe, hat er abgeblockt und gemeint, ich soll mich heraushalten, andernfalls würde er mich auch einholen.«

»Wer? Der Schatten?«

Leo zuckte die Schultern.

»Kannte Herr Wagner den Mörder von Mark?«

»Ich vermute es. Einen Tag später war er verschwunden. Glaubst du mir jetzt?«

Ana horchte in sich hinein. Da war absolut nichts.

»Was davon hast du der Polizei erzählt?«

Der Vertriebschef senkte den Kopf.

»Wir statten gemeinsam dem Kommissar einen Besuch ab und du machst eine Aussage.«

»Mein Bauchgefühl ist keine Meldung wert. Ich stelle mich nicht hin und erzähle Fantasiegeschichten.«

»Aber mir fährst du wegen dieser Geschichten hinterher? Wen konkret verdächtigst du?«

»Bitte hör auf, mich zu bedrängen, und vertrau mir.«

»Ich wünschte, du würdest reden. Sag mir wenigstens ehrlich, warum du im Krankenstand bist.«

»Mir geht es wirklich schlecht. Ich leide an permanenter Schlaflosigkeit und habe alarmierend hohen Blutdruck. Mein Arzt hat mich eindringlich gewarnt.«

Leo bewegte die Lippen, aber Ana hörte keinen Laut.

»Was?«

»Es darf nicht noch mehr passieren. Du brauchst Schutz. Was steht in dem anonymen Schreiben?«

»Begleite mich auf den Kahlenberg. Dort treffe ich mich mit Herrn Müller. Auf den kannst du dich verlassen, der ist schwer in Ordnung.«

»Es tut mir leid. Ich kann das nicht tun.«

»Dann übernehme ich das und informiere die Beamten.«

»Nein!«

»Das ist mir unbegreiflich. Mir reicht es. Ich fahre jetzt jedenfalls auf den Kahlenberg und du verfolgst mich nicht. Ehrenwort?«

»Du bist so stur!« Leo hatte die Hände zu Fäusten geballt und seine Stimme zitterte.

»Und du lügst wie gedruckt!«

Er lehnte sich zurück und schloss die Augen. »Keine Polizei! Pass auf dich auf.«

Schweigend legte Ana ihm einen Geldschein für ihr Getränk hin, sie ließ sich auf keinen Fall von ihm einladen. Unachtsam stieß sie gegen das Glas, das um ein Haar gekippt wäre. Nervös schnappte sie ihre Handtasche und rannte aus dem Gasthaus.

KAPITEL 28

Erschrocken zog Ana den Fuß vom Gaspedal. Sie hatte im Wohngebiet zu stark beschleunigt. Schuld war Leo. Ihre Gedanken kreisten unaufhörlich um die Unterhaltung, aber sie konnte sich keinen Reim auf seine Geschichte machen. Hektisch kontrollierte sie schon wieder den Rückspiegel, doch es war kein verdächtiges Auto zu entdecken.

Trotz des Zwischenfalls traf sie rechtzeitig beim Restaurant am Kahlenberg ein. Um sich zu entkrampfen, beschloss sie, ein wenig herumzuspazieren. Donner dröhnte aus der Ferne, aber heroben war kein Tropfen gefallen. Auf der Aussichtsplattform drängten sich Touristen und genossen den Blick auf die Stadt.

Nachdenklich betrachtete sie die Donau und den DC Tower. Kaum zu glauben, dass erst wenige Tage vergangen waren, seit sie voller Tatendrang ins Meliá eingecheckt hatte. Für wie wichtig hatte sie den Workshop erachtet und wie unbedeutend erschien er ihr im Moment.

Eine Familie erhob sich von einer Bank. Ana sicherte sich eilig den Platz und legte Geralds Notizbuch auf die Knie. Nochmals blätterte sie zu der Seite, auf der sie den Headhunter gefunden hatte. Leider entdeckte sie keinen weiteren Hinweis und schloss unwillig das Buch.

Da blitzte es auf dem Parkplatz auf. Gewitter war das aber keines. Es war auch niemand zu sehen. Gerade als sie sich abwandte, traf sie wieder ein Lichtstrahl. Beobachtete sie jemand mit einem Fotoapparat oder einem Fernglas? War ihr Leo doch gefolgt? War sie auf seinen Schmäh hereingefallen?

Da blitzte es zwischen den Souvenirständen. Sie sprang auf und packte ihre Tasche.

»Halt, wo wollen Sie hin?«

Über den Platz rief ihr Kommissar Müller entgegen. Er schlängelte sich durch die Touristen.

»Ich, äh, ich dachte, dass ich beobachtet werde. Von da drüben mit einem Fernglas.« Sie deutete zu den Verkaufsständen.

»Sie bleiben sitzen, ich schaue mich um.« Schon war er weg. Ana lehnte sich auf der Bank zurück und wartete. Sie bereute, Müller etwas erzählt zu haben. Auf dem Aussichtsberg trugen viele Besucher einen Fotoapparat oder ein Fernglas in der Hand. Es grenzte an Verfolgungswahn, wenn sie das auf sich bezog.

»Ich habe keinen Verdächtigen gesehen. Aber das sagt nichts, es rennen Unmengen von Menschen durch die Gegend. Was machen Sie hier ohne Begleitung? Das verstehen Sie unter ›auf sich aufpassen‹?« Herr Müller war ärgerlich. Er ließ sich schwer neben sie auf die Bank fallen.

»Bei diesen Menschenmassen bin ich doch nicht allein.« Das hatte sie jetzt von ihrem Quasseln. Selbst wenn sie sich den Beobachter eingebildet hatte, es hatte den Kommissar gegen sie aufgebracht.

»Können Sie zur Abwechslung vernünftig sein?«

Ana seufzte. »Sie nehmen alles, was ich tue, persönlich, betrachten es als Angriff. Lassen Sie uns über etwas

Wichtigeres sprechen. Ich habe Ihnen die Nummer des Headhunters Toppos mitgebracht.« Sie reichte ihm die Haftnotiz. »Mir ist etwas eingefallen, das ich Ihnen mitteilen möchte.«

»Was denn?«

»Bert und ich sind im Meliá gemeinsam zum Grillplatz losmarschiert. Am Gang ist uns Horst Waberer entgegengekommen. Wir haben irgendeinen dummen Scherz gemacht, dass er in die verkehrte Richtung rennt. Horst hat aufgelöst gewirkt.«

»Was meinen Sie mit ›aufgelöst‹?«

»Mehr oder weniger unordentlich. Entweder war die Kleidung verdrückt oder die Haare waren unfrisiert, schwer zu beschreiben. Fragen Sie Bert, der formuliert es verständlicher.«

Der Kommissar runzelte die Stirne. »Sie hegen einen Verdacht gegen Herrn Waberer. Er hatte Gelegenheit und eventuell ein Motiv. Das ist Ihnen eingefallen, als Sie den Headhunter entdeckt haben?«

»Als mir unsere CEO verraten hat, dass Mark Horst als ungeeignet bezeichnet hat. Und wegen der Drohschreiben.« Sie reichte ihm den Umschlag.

Der Kommissar betrachtete ihn und steckte ihn ein.

»Sie sind zu nah dran. Dabei haben Sie versprochen, sich herauszuhalten.« Herr Müller zog die Augenbraue leicht hoch.

»Hören Sie, auch wenn Sie mich für einfältig halten. Mark ist tot, Wagner ist verschwunden und Gerald schwebt in Lebensgefahr. Ich drehe durch, wenn Sie weiterhin Ihre Zeit mit Bert verschwenden!«

»Ah, darum geht es Ihnen. Der liebe Kollege. Es liegt mir fern, Sie als einfältig zu bezeichnen. Sie sind …« Herr Müller brach ab. »Ich begleite Sie jetzt in das Restaurant und liefere Sie bei Ihren Arbeitskollegen ab.«

»Warten Sie«, unterbrach ihn Ana, »da ist noch etwas.« Sie fühlte sich schäbig wie eine Verräterin. Der Kommissar beobachtete sie stirnrunzelnd. Sie würgte die Sätze mühsam hinaus. »In der GENIAL gibt es eine Vorgeschichte. Die hatten eine blöde Wette laufen.«

»Diesen Unfug kennen wir, Frau Meinhart überprüft die handelnden Personen. Sonst noch etwas?« Müller lächelte sie triumphierend an.

»Sie wissen Bescheid?«, fragte Ana fassungslos.

»Glauben Sie, wir schlafen den ganzen Tag? Wir ermitteln. Im Unterschied zu Ihnen ist das unser Beruf.«

»Haben Sie in unseren Personalakten einen Anhaltspunkt gefunden?«

»Ich begleite Sie zu Ihren Arbeitskollegen, die hoffentlich auf Sie aufpassen. Sie verkneifen sich das Herumrennen im Wienerwald ohne Begleitung. Verstanden?«

Ana schnitt eine Grimasse und deutete eine Verbeugung an. Dann eilte sie zum Lokal hinüber, ohne sich nochmals nach Müller umzudrehen. Da spürte sie eine Hand auf ihrem Oberarm und machte einen Satz auf die Seite. Ihre Handtasche fiel auf den Boden, der Pfefferspray kollerte heraus.

»Entschuldigung, ich wollte Sie nicht erschrecken.« Herr Müller hob die Tasche auf und steckte den Pfefferspray hinein. Er verkniff sich eine Bemerkung. Zerknirscht sah er sie an. »Ich habe eine Frage. Kann Horst Waberer die Gestalt im Personalbüro gewesen sein?«

Ana schloss die Augen und rief sich die Szene in Erinnerung. »Mhm, denkbar. Aber beschwören kann ich es unmöglich.« Sie drehte sich um und stürmte in das Gebäude.

Während sie sich nach Lilo umsah, kontrollierte sie ihr Telefon. Regina hatte ihr eine Nachricht hinterlassen. Ihre Schwester sorgte sich um Ana.

Sie traf Lilo vertieft in eine Diskussion mit der Cateringfirma an. Ana stellte sich zu ihnen, konnte jedoch nichts beitragen. Interessant fand sie das anschließende Gespräch mit den Technikern. Sie erfuhr einiges über Bild und Ton im Innen- und Außenbereich. Die Reden würden in jedem Winkel verständlich sein und riesige Bildschirme würden die Sprecher dem Publikum zeigen.

»Existieren Überwachungskameras?«

Die Techniker sahen sie entgeistert an. »Von uns zumindest nicht.«

Lilo verdrehte die Augen und alle lachten.

Abschließend kontrollierten Lilo und Ana die Räumlichkeiten nochmals. Zufrieden suchten sie sich einen gemütlichen Tisch und bestellten einen Kaffee.

»Bist du mit deiner Präsentation fertig, oder benötigst du meine Hilfe?«, fragte die Marketingleiterin unvermittelt. Wie freundlich sie sich seit dem Vormittag verhielt.

»Danke, sehr nett von dir, aber die haben wir gestern fertiggestellt. Tim hat mich meisterhaft unterstützt.«

»Fein. Ich habe den Vortrag von Pat geschrieben.«

»Tatsächlich? Ich dachte, ihre Ansprachen verfasst sie selbst. Worüber wird sie denn sprechen?«

»Ich erfülle die Vorgabe von Mark, alle Reden familiär zu formulieren.«

»Inwiefern familiär?«

»Wir sind eine große Familie und halten zusammen. Die Neuen werden mit Freude aufgenommen und werden sich wohlfühlen. Wir haben Erfahrung mit Familienzuwachs, weil wir Generationen beschäftigen.«

»Na, das klingt süß-dramatisch, wie aus einem Kitschroman«, spöttelte Ana.

»Sei nicht gemein. Es stimmt doch. Etliche Mitarbeiter haben ihre Kinder in die Firma gebracht, manche für einen Ferialjob, andere für immer. Das trifft die Bezeichnung ›Familie‹ perfekt.«

Sie plauderten eine Weile, aber Ana war unkonzentriert. Irgendetwas hatte in ihr zu geistern begonnen, vergeblich versuchte sie, den Gedanken zu greifen. Abgelenkt entschuldigte sie sich mit dringender Arbeit und verließ die Location.

Ana sah zum dritten Mal hintereinander in den Rückspiegel. Verfolgte sie das dunkle Auto? Sie gondelte die Höhenstraße Richtung Grinzing entlang. Abrupt stieg sie aufs Gas und stellte bald erlöst fest, dass von dem Wagen jede Spur fehlte. Sie musste lernen, vorsichtig zu sein, ohne ständig Gespenster zu sehen. Sie griff zum Telefon.

»Hi, Bert. Ana spricht.«

»Hallo, Ana, gibt es etwas Neues?«

»Du klingst deprimiert. Wir machen jetzt ein Aufmunterungsprogramm.«

»Ich habe mir gerade überlegt, ob ich mich mit Alkohol betäube. Welche Alternative bietest du?«

»Unterstützt du mich bei Recherchen? Mir geht da etwas nicht aus dem Kopf. Außerdem fühle ich mich in deiner Begleitung sicherer.«

»Nach wie vor auf dem Schnüffeltrip? Du bist leichtsinnig, du solltest aufhören!«

Mit Leichtigkeit überredete sie Bert. Ihm war vermutlich klar, dass Ana seine Karriere retten wollte. Sie vereinbarten eine Kreuzung in der Nähe ihrer Firma als Treffpunkt, bei dem sie ihn abholen würde.

Noch immer verfolgte sie der Gedanke, dass sie womöglich beschattet wurde. Sie wollte vermeiden, Bert hineinzuziehen. Deshalb fuhr sie direkt in die Wiener Innenstadt. In diesem Gewirr von Gassen fand sie sich besser zurecht als die meisten Wiener. Am Hof glitt sie in die Garage, drehte zwei Stockwerke nach unten und kurvte auf der anderen Seite heraus. Nach dieser kurzen Zeit durfte sie passieren, ohne ihr Ticket zu entwerten. Zurück im Tageslicht überquerte sie den Ring und nahm die Straße zum Kai. Hatte es einen Verfolger gegeben, war sie ihn nun garantiert los.

Wenige Minuten später stieg Bert zu ihr ins Auto.

»Verrätst du mir jetzt, wo wir hinfahren?«

»Zu mir nach Hause. Meine Schwester ist auf Besuch und sie ist so lieb, ein Abendessen vorzubereiten. Danach erzähle ich euch, was mich beschäftigt.«

Nach einigen Kilometern fragte Ana: »Wie gut kennst du Leo? Ist er vertrauenswürdig?«

»Mhm. Ist das eine Fangfrage?«

»Keine Spur. Hältst du ihn für … aufrichtig?«

»Er ist ein listiger Verkäufer.«

»Also eher nein.«

»Das habe ich nicht gesagt. Ich denke, Leo ist in Ordnung. Du musst ein Quäntchen Übertreibung einrechnen, dann passt es. Verrätst du mir den Grund für deine Frage? Beabsichtigst du, ihm ein Auto abzukaufen?«

»Leo behauptet, dass Herr Wagner den Mörder von Mark kannte und dass es sich um eine Familiengeschichte handelt. Er glaubt, dass Wagner deshalb verschwunden ist.«

»Ich dachte, Leo ist im Krankenstand? Hat er dich angerufen?«

»Er hat mich im Wienerwald verfolgt. Das berichte ich euch daheim.«

Bert stieß einen überraschten Pfiff aus.

KAPITEL 29

Als Ana das Auto im Carport parkte, stand dort ein großer Kombi. Bert warf einen Blick darauf und sah Ana erwartungsvoll an.

»Keine Sorge, das ist Reginas Mietauto. Sie bevorzugt Riesenautos, seit sie in Kanada lebt.«

»Ich war lange nicht bei dir und habe vergessen, wie abgelegen du wohnst.«

»Du übertreibst. Da vorn ist das nächste Wohnhaus, gehört einem Ehepaar mit kleinen Kindern. Das fühlt sich keine Spur entlegen an.«

»Die sind so weit weg, die kriegen nichts mit, wenn sich in deinem Haus etwas tut.«

»Hast du eine Ahnung! Gerade weil es hier so ländlich ist, sind die Nachbarn aktive Beobachter. Sie haben die Ankunft meiner Besucherin längst registriert.«

»Ich sag eh nichts mehr, die Lage ist idyllisch, aber eben einsam.«

»Dir fehlt der Großstadtlärm. Das Dorf ist beschaulich und damit der perfekte Ausgleich für mein hektisches Arbeitsleben. Ich liebe es, jederzeit im Freien laufen oder mit dem Rad loslegen zu können. Das ist der komfortabelste Wohnort, den ich mir wünschen kann.«

Regina wartete in der Haustür. »Schön, dass ihr da seid. In ein paar Minuten ist das Essen fertig.«

Ana machte die beiden miteinander bekannt. Wie erwartet, gefiel Bert ihre hübsche Schwester, die kontaktfreudig, wie sie war, sofort mit ihm ins Gespräch kam. Regina hatte den Tisch mit Blumen geschmückt und sich sichtlich Mühe gegeben.

»Es gibt Rindsgulasch mit Nockerln. Trinkt ihr ein Bier dazu?«

»Da ich ohne Auto unterwegs bin, mit Vergnügen. Wie komme ich denn eigentlich von hier aus heim?«

»Wenn du dich nicht vor uns fürchtest, schläfst du im Gästezimmer. Im Haus ist ausreichend Platz.«

»Ihr werdet bestimmt nicht über mich herfallen?«

Statt einer Antwort stellte Regina einen Topf mit dampfendem Gulasch vor ihre Nasen. Würziger Duft breitete sich aus. Voller Genuss stach Ana mit der Gabel in die flaumigen Nockerln. Ihre Schwester kochte exzellent.

Nachdem sie das Geschirr abgeräumt hatten, konnte Bert seine Neugier nicht mehr bändigen. »Raus damit, was ist los? Du machst mich kribbelig.«

Ana erzählte ihnen die Ereignisse des Tages.

»Verstehe ich dich richtig? Du hast Horst im Verdacht?« Bert trommelte aufgeregt auf den Tisch.

»Ich möchte mit euch verschiedene Varianten durchdenken, weil ich mir unsicher bin. Da ist einmal die Sache mit Horst. Falls Mark ihn zu kündigen beabsichtigte und einen neuen Entwicklungsleiter beim Headhunter beauftragte, trau ich ihm einiges im Zorn zu. Er ist der Sunnyboy in der Firma, charmant und attraktiv. Die eine oder andere Frau steht auf ihn, was ihm meiner Meinung nach wichtig ist. Genauso wie seine Position und das dazugehörige Gehalt. Eine Kündigung würde er als Schmach empfinden. Das wäre ein Motiv.«

»Aber?« Bert hatte ihre Zweifel herausgehört.

»Die Symbole mit Kamm und Schachfigur passen nicht zu ihm. Horst und Metapher kriege ich nicht zusammen.«

»Vielleicht ist das ein Ablenkungsmanöver von ihm?«

»Möglich, falls er die Taten von langer Hand geplant hat. Was zusätzlich gegen ihn als Täter spricht, ist Wagners Verschwinden. Sie verstanden sich gut.«

»Das stimmt. Aber womöglich hat Wagner Horst ertappt.«

Sie hingen ihren Überlegungen nach. Das Klingeln des Telefons riss sie aus ihren Gedanken.

Es war Pat und sie erzählte Ana, dass Horst auf dem Kommissariat festgehalten werde. Anscheinend hatte er kein Alibi und verwickelte sich in Widersprüche. Ihre Chefin zeigte sich fassungslos. Sie verstand sich blendend mit Horst. Dass er ein Mörder war, musste ein Irrtum sein, davon war Pat überzeugt.

Ana überkam schlechtes Gewissen. Horst hatte sie in Schwierigkeiten gebracht, obwohl sie Zweifel hegte. Sie murmelte etwas von Unschuldsvermutung und erkundigte sich bei Pat, wie der Spitalsbesuch verlaufen war.

Sie hatten Geralds Ehefrau angetroffen, die sich sichtlich über den Besuch gefreut hatte. Ihr Mann lag weiterhin im Koma. Die Ärzte ermunterten sie, positiv gestimmt zu bleiben.

»Ich möchte Frau Kreis kennenlernen«, sagte Ana spontan. »Das ist eine schreckliche Situation für sie. Noch dazu, wo ihr Sohn erst ein paar Jahre alt ist. Gibst du mir bitte ihre

Telefonnummer, es ist mir peinlich, sie unangemeldet zu überfallen.« Sie tippte die Nummer in ihr Handy und verabschiedete sich bis zum nächsten Nachmittag, an dem die Welcome-Party steigen würde. Ohne Zögern rief sie Frau Kreis an und verabredete einen Besuchstermin für zehn Uhr.

Dann kehrte sie zu Regina und Bert zurück, die interessiert Anas Telefonaten gelauscht hatten.

»Der Zustand von Gerald ist unverändert. Horst ist weiterhin bei der Polizei, ihm geht es wie dir, Bert. Er hat keine Alibis und gilt als verdächtig.«

»Wenn Horst auf dem Kommissariat ist, scheidet er als Spion mit Fernglas aus«, folgerte Bert.

»Diesen Verfolger habe ich mir möglicherweise eingeredet, ich bin nervös. ›Spionieren‹ ist das richtige Stichwort, nun komme ich zu Leo. Er hat keine Anstalten gemacht, in Pension zu gehen, geht aber nun doch. Zieht sich von einem Tag auf den anderen in den Krankenstand zurück. Er verfolgt mich. Angeblich, um mich zu beschützen. Weil er glaubt, dass ich dem Mörder nahetrete. Was haltet ihr von dieser Geschichte?«

Bert legte den Finger an die Schläfe. »Theoretisch ist sie möglich. Wenn seine Vermutung stimmt, dass Wagner einen Verdacht hatte und damit den Täter angelockt hat.«

»Habt ihr beide schon daran gedacht, dass die alle unter einer Decke stecken?«, fragte Regina.

»Wer alle?«, gab Ana retour.

»Na, euer Führungsteam. Sie verhalten sich doch bedenklich. Unterstützen bestenfalls halbherzig die Nachforschungen nach eurem verschwundenen Kollegen und zeigen sich aufgeregt, wenn du normale Fragen stellst. Einer fährt dir nach und weil du ihn erwischst, erzählt er dir ein Ammenmärchen. Unter Umständen haben sie gemeinsam etwas gedreht, was ihnen unerwartet auf den Kopf fällt.«

Bert und Ana sahen sich perplex an.

»Eine Verschwörung?«

Ana schüttelte sich. »Bitte nein, das klingt wie ›Mord im Orientexpress‹. Ich bin überhaupt keine Verschwörungstheoretikerin.«

Bert brach in Gelächter aus und Regina verzog beleidigt das Gesicht. »Weißt du etwas Besseres?«

»Je intensiver ich nachdenke, desto Erfolg versprechender erscheint mir Leos Andeutung über die Familie«, überlegte Ana weiter.

»Wieso das?«

»Unsere Marketingleiterin hat mir erzählt, dass sie für Pat die Welcome-Rede verfasst hat. Die Vorgabe war, familiär zu schreiben.«

»Unter dem Motto: Wir sind alle eine große Familie?«, witzelte Bert.

»Genau. Sie bringt Beispiele von Familien, die seit Generationen Angestellte in der Firma stellen. Andere machen Berufspraktika und Ferialjobs bei uns.«

»Worauf möchtest du hinaus?« Regina beugte sich erwartungsvoll zu ihrer Schwester.

Ana holte tief Luft und versuchte den Gedanken zu formulieren, der am Kahlenberg von ihr Besitz ergriffen hatte. »Was ist, wenn der Mörder das Motiv statt im eigenen Arbeitsleben in der Familie hat? Ein Vater, ein Sohn, ein

Bruder, jemand, der durch die Firma schlimmen Schaden erlitten hat?«

Bert ruderte mit den Armen, um eine Idee in Worte zu fassen, die er nur unfertig durchdacht hatte. »Deshalb mordet er immer weiter, weil wir alle zur Familie gehören.«

»Oder die drei Männer haben gemeinsam dem Familienmitglied etwas Einschneidendes angetan.« Regina dachte angestrengt nach. »Was haben sie Furchtbares verbrochen?«

»Wer war das Opfer?«, stellte Bert die zentrale Frage in den Raum.

Ana schlug ihm begeistert auf die Schulter. »Das ist es, wir müssen das Opfer finden, dann kennen wir den Täter.« Sie hatten einen Ansatz entdeckt, der in ihren Augen Sinn ergab.

»Lasst uns für den Start die Angehörigen eruieren, die in der Firma gearbeitet haben oder noch immer hier sind. Ich besitze Zugang zum Personalsystem.«

Sie einigten sich auf einen Zeitraum von drei Jahren. Ana suchte in der Datenbank die Personen und ihren Verwandtschaftsgrad heraus und wann sie angestellt gewesen waren. Bert und Regina recherchierten die aktuellen Informationen im Internet, besonders in den Social Media.

Jeder Verwandte wurde penibel in eine Tabelle eingetragen. Wenn es jemandem augenscheinlich gut ging, bekam er ein Plus bei Beruf oder privat.

Die Liste wurde überraschend lang. Kein Wunder, dass die Geschäftsleitung das Thema Familie aufgriff. Dem Großteil der Namen hatten sie zumindest ein Plus hinzugefügt, diese Einträge filterten sie aus.

Gebannt standen sie vor dem Bildschirm und betrachteten die verbleibenden Namen. Drei waren im Internet unauffindbar, einer war verstorben und bei fünf klang die aktuelle Situation unschön.

»Aus, ich schlafe im Sitzen ein, so übermüdet bin ich. Es wird bald Mitternacht. Meine liebe Schwester ist eine richtige Sklaventreiberin«, beschwerte sich Regina.

»Das ist sie in der Firma ebenfalls, ich bin das gewohnt«, sagte Bert mit untertänigem Tonfall und grinste Ana frech an.

»Wer zu müde ist, zieht sich ins Bett zurück. Ansonsten gibt es einen Schluck edlen Maltwhisky und eine Zigarette als Belohnung.« Ana schaute die beiden an. »Keiner geht schlafen? Wusste ich es doch. Ich schenke ein, macht es euch auf der Terrasse bequem.«

Die Laterne warf schummriges Licht. Fast kam romantische Stimmung auf, wenn nur …

Als die Gläser klirrten, sagte Ana: »Auf Regina und ihre Ausstellung.«

Bert stieß einen überraschten Ausruf aus. »Was für eine Ausstellung?«

»Reginas Bilder werden im mumok hängen.«

»Reginas erstes Bild wurde heute im mumok aufgehängt«, korrigierte ihre Schwester und strahlte über das ganze Gesicht. »An dieses Gefühl, mein Gemälde in einem bedeutenden Museum ausgestellt zu sehen, erinnere ich mich bis ans Lebensende.«

Ana versetzte es einen Stich. Ihr schlechtes Gewissen erwachte. Ständig drehte sich alles um ihre Probleme, dabei hatte Regina so viel zu berichten. Ein paar Minuten lang schafften sie es, über die Malerei zu reden, bis Bert herausrutschte: »Was unternehmen wir mit der Namensliste?«

»Morgen überreiche ich sie Kommissar Müller auf dem Silbertablett und mache ihm Feuer unter dem Hintern, damit die Polizei jeden Eintrag überprüft.«

»Der Arme! Du brichst ihm noch das Herz!« Bert zeichnete mit der Hand ein Herz in die Luft.

»Oha, weiß ich etwas nicht?« Regina schnalzte mit der Zunge.

»Der Kriminalkommissar ist so angetan von Ana. Sie ist ihm allerdings ein wenig zu wild. Ich glaube, er ist schon ganz schwindelig.« Bert ruderte dramatisch mit den Armen.

»Blödmann. Es reicht für heute. Ihr bekommt keinen Alkohol mehr zu trinken. Ab ins Bett!«

KAPITEL 30

In der Früh wartete Ana ungeduldig darauf, dass ihre Armbanduhr endlich acht Uhr anzeigte. Sie empfand es als ungehörig, den Kommissar an einem Samstag zeitiger anzurufen.

»Frau Rubin! Alles in Ordnung bei Ihnen?«

Offenbar befürchtete er bei jedem Anruf Probleme.

»Guten Morgen, Herr Chefinspektor. Ich habe gestern nachgedacht und möchte mit Ihnen sprechen.«

»Was gibt es? Ist Ihnen etwas Neues zu Herrn Waberer eingefallen?«

»Nicht direkt zu ihm. Ich bezweifle, dass er der Täter ist, mir erscheint einiges unstimmig.«

»Herr Waberer ist nach wie vor bei uns. Er verwickelt sich weiter in Widersprüche. Unschuldig wirkt der keineswegs.« Der Kommissar räusperte sich. »Selbstverständlich gilt die Unschuldsvermutung. Wo orten Sie Ungereimtheiten?«

»Der Steckkamm und die Schachfiguren. Symbole zu verwenden, das passt nicht zu ihm, dazu ist er zu nüchtern und oberflächlich. Und ich finde beim besten Willen keinen Grund, warum er dem Wagner etwas Böses hätte tun sollen.«

»Vielleicht ist ihm der zufällig auf die Schliche gekommen. Aber was beabsichtigen Sie, mir mitzuteilen? Wieso rufen Sie an?« Müller klang genervt.

»Ich habe die Personalakten der Firma nochmals durchkämmt und interessante Fakten zutage gefördert.«

»Kommen Sie zum Punkt! Was haben Sie herausgefunden?«

»Wenn ich eine Familientragödie als Triebfeder vermute, drängen sich Namen auf. Ein persönliches Motiv wiegt für mich stärker als ein ehrgeiziger Mitarbeiter.«

»Auf welche Tragödie sind Sie gestoßen?«

»Im Detail müssen wir das erst klären, und da habe ich an Sie gedacht. Wir haben ehemalige Angestellte, deren weiteres Leben eventuell einen schlechten Verlauf genommen hat. Von denen arbeitet aber zumindest ein Verwandter aktiv in der Firma. Das Motiv könnte damit in Zusammenhang stehen.«

In der Leitung blieb es still.

»Herr Müller?«

»Ja«, kam gequält zurück. »Das waren haufenweise ›Wenn‹, nur Spekulationen. Von wie vielen Leuten reden Sie?«

»Von neun. Wir sind drei Jahre zurückgegangen, deshalb sind es so viele.«

»Was erwarten Sie von mir?«

»Dass Sie aufhören, sich auf Horst und Bert zu konzentrieren, und dem Verbleib dieser Personen nachforschen.«

Müller stöhnte. »Habe ich Ihnen schon einmal gesagt, dass Sie den falschen Beruf haben? Warum bewerben Sie sich nicht bei der Polizei, wenn Sie so viel Gefallen am Recherchieren finden?«

»Vielleicht tue ich das demnächst, damit was weitergeht.«

»Ganz schön eingebildet!«

»Sorry, war ein Witz. Ich spioniere nicht aus Langeweile. Lieber würde ich meine Arbeit erledigen. Stattdessen denke ich in einem fort an Herrn Wagner und Gerald. Und die Karriere von Bert hängt an einem seidenen Faden. Mein gesamtes Leben dreht sich nur mehr darum. Das muss endlich aufhören. Bitte!«

»Was?«

»Ich schicke Ihnen die Liste aufs Handy, werden Sie etwas unternehmen?«

Das Schweigen dehnte sich in der Leitung aus.

»Bitte! Falls Horst Waberer gesteht, erledigt sich das Thema eben. Sie können nicht ignorieren, dass ich Ihnen Motive aufzeige.«

»Jetzt hören Sie genau zu. Wir gehen vielen Spuren nach. Glauben Sie wirklich, dass wir uns nur auf einen Verdächtigen konzentrieren, halten Sie mich für beschränkt?«

Sie hatte Müller unbeabsichtigt beleidigt. »Tut mir leid, so habe ich das nicht gemeint. Bitte nehmen Sie mich ernst.« Ana legte sich ins Zeug, um Müller umzustimmen.

Ein lauter Seufzer ertönte als Antwort. »Schicken Sie mir Ihre Liste, wenn Sie sich dann besser fühlen. Ich werfe einen Blick darauf.«

»Danke! Schönen Tag noch! Besuchen Sie den Welcome-Event persönlich?« Ana wünschte sich seine Teilnahme. Er vermittelte ihr ein Gefühl von Sicherheit, das sie dringend benötigte.

»Das geht Sie eigentlich nichts an, aber ja, ich erscheine. Weil Ihre Firma trotz der Gefahrenlage so verbohrt ist, habe ich heute das Vergnügen, an der Party teilzunehmen. Wir sehen uns.« Er legte auf.

»Wie ist es gelaufen?«

Ana war so konzentriert gewesen, dass ihr entgangen war, dass Bert und Regina hinter sie getreten waren und zugehört hatten. »Halbwegs. Müller ist grantig, aber er überprüft die Namen. Das hat er versprochen. Ich sende sie ihm, bevor ich ins Spital fahre.«

»Weshalb verschweigst du ihm Leos Verhalten und seine Theorien?«

»Ich war zu feige, dem Kommissar eine zusätzliche Geschichte aufzutischen. Der schreibt mich demnächst als verrückt ab. Vielleicht bietet sich am Nachmittag eine Gelegenheit. Jetzt muss ich mich auf den Weg machen. Wenn es dir passt, chauffiere ich dich zu deiner Wohnung, Bert.«

Regina brach gleichzeitig zum Museum auf. Sie traf sich mit ihrem Agenten.

Eine Stunde später fuhr Ana mit ihrem Cabrio an der Pförtnerloge in das Areal der Klinik Ottakring ein. Um die Unfallstation im Pavillon 30 zu erreichen, kroch sie im Schritttempo über die schmalen Zufahrtswege an Krankenstationen vorbei. Jedes Gebäude hatte seinen eigenen Parkplatz, damit die Fußwege kurz waren. Beim Eingang erkundigte sie sich bei einer Schwester nach dem Weg zu Gerald. Der typische Spitalsgeruch aus Reinigern und Desinfektionsmitteln begleitete sie.

Vor dem Zimmer saß ein Wachbeamter in Uniform und stand auf, als er sie erblickte. Ana musste ihm einen Lichtbildausweis und ihren Dienstausweis zeigen. Er trug sie auf einer Liste ein und bestand auf ihre Unterschrift, bevor er sie durchließ.

Leise klopfte sie und betrat den Krankenraum. In einem Bett lag Gerald Kreis, angeschlossen an Schläuche und Kabel. Neben ihm stand ein Monitor, der Kurven zeichnete und kaum vernehmbar piepste. Auf einem Sessel lehnte, leicht vorgebeugt, eine Frau in Jeans und einem Sweater. Ihre Schultern hoben und senkten sich regelmäßig.

»Frau Kreis?«, wisperte Ana.

Die Frau sah auf und ein Lächeln erhellte ihr angestrengtes Gesicht. Sie war ungeschminkt und die Haare hingen ungebändigt über den Nacken, trotzdem wirkte sie attraktiv. Sie stand auf und streckte Ana die Hand entgegen. »Marilies Kreis. Sie sind bestimmt Ana Rubin. Ich freue mich sehr, dass Sie kommen.« Die Frau hatte eine angenehme Stimme.

»Ja, ich bin Ana. Schön, Sie kennenzulernen. Wie geht es Ihrem Mann?«

»Unverändert. Er ist stabil und die Ärzte schwören, dass Hoffnung besteht, dass er aufwacht und keine schwerwiegenden Folgen bleiben.«

»Er ist ein Kämpfer. Wir denken alle an ihn und hoffen das Beste.« Ana betrachtete Frau Kreis. Sie sah so verloren aus. »Trinken Sie einen Kaffee mit mir?«

Marilies Kreis lächelte. »Das wäre nett. Dazu ein Kipferl oder eine Buttersemmel. Gestern habe ich den ganzen Tag bei Gerald verbracht und nichts gegessen.«

Die Kantine des Spitals befand sich im übernächsten Pavillon und sie ergatterten ein Tischchen. Die Mehrheit der Gäste trug Schlafmäntel der Anstalt. Der Raum war in Regenbogenfarben ausgemalt und bunte Plastikstühle versuchten, eine positive Stimmung zu vermitteln.

Frau Kreis brauchte jemanden zum Reden. Ihre Schwiegereltern waren alt und nicht mobil. Die Strecke von Kärnten bis zu ihrem Sohn war für sie ohne Unterstützung unüberwindbar. Ihre eigenen Eltern waren frühzeitig verstorben. Sie und Gerald waren Einzelkinder und so fehlten auch Geschwister als Unterstützung. Marilies Kreis sorgte sich schrecklich um ihren kleinen Sohn. Wie würde es ihm ergehen, falls sein Vater nicht gesund werden sollte?

Ana brachte es nicht übers Herz, den Überfall auf ihren Mann anzusprechen. Sie beruhigte die verzweifelte Frau, soweit ihr das möglich war, und versprach, in Kontakt zu bleiben.

Als sie zurück zum Krankenzimmer spazierten, prallten sie um ein Haar mit einer Gestalt zusammen, die zu schnell um die Ecke bog.

»Peter, was machst du denn da?«

»Guten Tag, Frau Kreis, grüß dich, Ana. Was für eine Frage! Ich statte Gerald einen Besuch ab, so wie du.«

»Du warst gestern auch hier.«

»Richtig. Gerald ist mein Freund, sein Zustand erschüttert mich. Ich habe Ihnen frische Erdbeeren mitgebracht, Sie müssen bei Kräften bleiben.« Den letzten Satz adressierte der Finanzchef an Frau Kreis.

Diese war sichtlich gerührt, dass die Kollegen ihres Mannes an ihn dachten. Als sie gemeinsam beim Zimmer ankamen, versperrte ihnen eine Schwester den Eintritt, weil Arztvisite war.

»Können wir beide uns kurz unterhalten, Peter?«, platzte Ana heraus.

Er sah sie überrascht an. »Worüber, Ana? Du klingst geheimnisvoll.«

Das Thema war ihr unangenehm neben Frau Kreis. Sie hatte schneller gesprochen als gedacht. »Über deinen Bruder.«

»Über Andi? Soll ich ihn von dir grüßen? Das wird ihn sicher freuen.«

»Richte ihm gerne von mir Grüße aus. Was macht er denn zurzeit beruflich? Und hat er eine Familie?«

»Ich plaudere mit größtem Vergnügen über die Verwandten mit dir, allerdings muss ich das Gespräch auf Nachmittag verschieben. Es ist spät und ich habe eine dringende Erledigung. Aber diese Unterhaltung führen wir heute am Kahlenberg, ich bin schon gespannt.«

Peter verabschiedete sich herzlich von Frau Kreis, winkte Ana knapp zu und entfernte sich mit raschem Schritt.

Kurz darauf brach Ana ebenfalls auf und näherte sich ihrem Auto, als das Telefon läutete.

»Guten Tag, Frau Rubin, hier spricht Chefinspektor Müller. Ich dachte, es interessiert Sie, dass Ihr Kollege Horst Waberer soeben die Polizeistation verlassen durfte.«

»Hallo, Herr Müller. Ist er entlastet?«

»Das kann ich so bestätigen. Nachdem wir telefoniert haben, ist eine erzürnte Frau Lilo Marach aufgetaucht und hat lautstark verlangt, eine Aussage zu machen.«

»Lilo? Was hat die denn damit zu tun?«

»Frau Marach hat sich als Geliebte von Horst Waberer geoutet und ihm für den Mord an Mark Hafer ein Alibi gegeben. Er verbrachte den Nachmittag mit ihr im Zimmer. Das passt zeitlich auch mit Ihrer Schilderung zusammen, dass sie ihn beim Verlassen des Hotels in die verkehrte Richtung haben gehen sehen.«

Horst und die Marketingchefin hatten eine Affäre, darauf wäre sie nie gekommen.

»Danke für die Information, das ist eine Überraschung. Darf ich fragen, warum Sie mich benachrichtigen? Bitte nicht missverstehen, ich bin Ihnen dankbar, aber verblüfft.«

»Weil die Dame dermaßen wütend war, dass ich Sie vorwarnen wollte. Sie gibt Ihnen die Schuld, dass sich ihr kleines Geheimnis lüftet. Sie wurde ausfallend.«

Herrje. Gestern hatte sie sich gefreut, dass das Verhältnis zu Lilo nach der langen Zeit herzlicher wurde. Sie schätzte das eloquente Auftreten der Kollegin und dass sie von Marketing beseelt war. Trotzdem hatte Ana nie Gelegenheit gefunden, sich mit ihr anzufreunden. Dadurch, dass ihr Mitwirken Lilos Affäre aufgedeckt hatte, war ein kameradschaftliches Verhältnis in weite Ferne gerückt. Andererseits war eine Liebesbeziehung doch kein Weltuntergang. Das war ein internationales Unternehmen und kein Mädchenpensionat.

»Sind Sie noch dran?«, unterbrach der Kommissar ihre Überlegungen.

»Entschuldigung, ich war abgelenkt. Es ist mir unangenehm, dass sich Lilo Marach von mir vorgeführt fühlt.«

»Das braucht Sie nicht zu stören. Jeder muss zu seinen Handlungen stehen. Bis später am Kahlenberg.« Herr Müller hatte es eilig.

»Einen Moment noch! Haben Sie sich die Namensliste angesehen?«

»Sie sind eine echte Nervensäge!« Dann wurde das Gespräch unterbrochen.

KAPITEL 31

Ein Blick auf die Uhr trieb Ana zur Eile an, schließlich wollte sie nicht zu spät beim Event erscheinen. Sie musste sich umkleiden. Pat würde ihr unpassende Klamotten und eine Verspätung nachtragen.

Reginas Auto fehlte im Carport. Wieder überkam Ana ein schlechtes Gewissen. Seit ihre Schwester bei ihr auf Besuch war, drehte sich alles um Anas Probleme. Sie wollte endlich mehr über die Ausstellung erfahren. Diese war ein Meilenstein in Reginas Karriere, den mussten sie gebührend feiern.

Rasch tippte sie eine Nachricht an Regina: »Ab morgen gehört meine Zeit dir. Wir unternehmen etwas Nettes und du erzählst mir von der Ausstellung.« Sie fügte ein grinsendes Emoji hinzu und versendete die Nachricht. So, jetzt fühlte sie sich besser.

Als sie am Postkasten anlangte, überfiel sie Anspannung. Zögernd zog sie die Klappe auf. Leer. Sie empfand Erleichterung und empörte sich darüber. Der Briefschreiber hatte erreicht, dass sie nicht mehr unbelastet in ihrem Zuhause war. Das regte sie auf. Sie musste herausfinden, wer ihr das antat, und dann würde er was erleben. Dass diese Person Menschenleben auf dem Gewissen hatte, verdrängte sie rasch.

Verärgert suchte sie ein Outfit für die Welcome-Party aus. Die Mehrheit der Mitarbeiter würde in Bluejeans erscheinen.

Für Führungskräfte war dieses Kleidungsstück unerwünscht. Ihre Erscheinung sollte geschäftsmäßig sein. Da sie ihre Arbeitskleidung ohnehin gerne elegant, aber informell mochte, fiel ihr die Wahl leicht. Eine schwarze Jeans mit einer farbenfrohen Bluse und einem darauf abgestimmten Blazer.

Es stellte sich keine Vorfreude auf das Fest ein. Zu viele schlimme Dinge waren passiert. Herr Wagner war weiterhin unauffindbar und Gerald im Koma. Was, wenn der heutige Tag anders als geplant verlief und in einer neuerlichen Katastrophe endete? Dunkle Ahnungen zogen auf.

Ana schüttelte sich. Weg mit den schwarzen Gedanken und her mit der Konzentration auf ihre Aufgabe. Sie wollte bei der Feier einen gelungenen Auftritt hinlegen und dazu beitragen, dass sich die neuen Mitarbeiter wohlfühlten. Zusätzlich war ihr wichtig, ihre Kompetenz zu unterstreichen und damit ihre Beförderung abzusichern. Ihr Wunsch nach Normalität wuchs. Einfach die Party genießen und einen unbelasteten Nachmittag verbringen.

Doch sie hatte sich in den Kopf gesetzt, die Polizei zu unterstützen, und das würde sie durchziehen. Notfalls gegen den Willen von Kommissar Müller. Also startete sie ihren Plan, den sie sogar ihrer Schwester verschwiegen hatte. Provokation war angesagt, damit sich der Täter verriet.

Während der Fahrt nestelte sie in ihrer Handtasche, die am Beifahrersitz lag. Zaudernd heftete sie sich den Steckkamm ins Haar. Sie warf einen Blick in den Rückspiegel und auf einmal grinste sie. Diese Frisur erinnerte sie an ihre frühe Jugend, der Kamm sollte ihr Talisman sein.

Eine halbe Stunde vor Beginn der Veranstaltung traf Ana im Lokal ein. Sie schüttelte Pat und den Kollegen die Hand und stellte sich zu Anton an den Stehtisch. Der machte ihr ein galantes Kompliment zu ihrem frühlingshaften Aussehen. Dann sagte er mit ernster Miene, dass er von der Attacke auf den Personalchef gehört hatte. Ana winkte ab. Eine derartige Unterhaltung passte nicht an diesen Ort.

Daraufhin erkundigte sich Anton, ob eine Entscheidung hinsichtlich der Nachfolge des Vertriebschefs gefallen sei. Wieder kein Thema, das sie mit ihm erörtern wollte. Ihr Vorzug galt Karsten. Aber sie vermied lieber, das Anton auf die Nase zu binden. Sie fragte ihn, wie seine Anreise von Kärnten gewesen sei, und mit einem Stirnrunzeln stieg er auf das Thema ein. Lebhaft schilderte er, wie er am Herweg auf der Höhenstraße durch Neuwaldegg geirrt war.

Da sagte eine scharfe Stimme knapp bei Anas Ohr: »Die neugierige Ana! Na, bist du jetzt zufrieden?«

»Lilo! Es tut mir leid!«

»Was denn? Dass die Ehe von Horst deinetwegen auf der Kippe steht? Oder dass ich als Flittchen im Rampenlicht brate? Was mir übrigens wurscht ist.«

»Bitte hör auf! Ich wusste nichts von eurer Beziehung und die ist mir egal. Euer Liebesleben interessiert mich keinen Deut.«

»Warum schwärzt du dann Horst bei der Polizei an?«

»Ich will nur dazu beitragen, dass der Mörder rasch gefunden wird.«

»Dafür benutzt du Horst? Du bist ganz uneigennützig, stimmt's? Ana mit Heiligenschein. Du hast überhaupt keine Absicht, dich in den Mittelpunkt zu spielen, oder?« Lilos Stimme triefte vor Zynismus und sie sprach weithin hörbar.

Anton krümmte sich neben Ana vor Verlegenheit. Sie wäre am liebsten in den Erdboden versunken.

Da zischte eine andere Frauenstimme: »Ihr benehmt euch unmöglich, so geht das nicht! Ich will keinen Ton mehr von euch beiden hören. Am Montag sprechen wir uns um neun Uhr in meinem Büro.« Pats Stimme zitterte vor Zorn. Sie redete kaum hörbar und ihre Mimik blieb unbewegt. Einzig ihre Augen funkelten grimmig. In dieser Stimmung war ihr alles zuzutrauen.

Übergangslos wandte sich Pat an den Kollegen: »Anton, ich freue mich, Sie nochmals bei uns zu begrüßen. Wie war Ihre Anfahrt?«

Ana sah erleichtert, dass der Finanzchef auf die Gruppe zutrat. Um von dem Drama abzulenken, erkundigte sie sich eilig, ob er seine Besorgungen erfolgreich erledigt hatte. Als sie keine Antwort erhielt, blickte sie ihn an. Peter stand mit leicht geöffnetem Mund neben ihr und starrte ihr auf das Ohr.

Unsinn, der glotzte auf den Steckkamm!

»Ist irgendwas?«, fragte ihn Ana und lächelte ihn honigsüß an.

»Zieh den heraus!«

»Wie bitte?«

Peter atmete tief durch. »Verdammt noch einmal, Ana! Du provozierst den Mörder. Das ist so leicht zu durchschauen. Damit bringst du dich in Lebensgefahr, sei doch nicht so dumm!«

Pat warf einen scharfen Blick herüber. Peter sprach ein wenig lauter als üblicherweise. Ana trat unruhig von einem Bein auf das andere. Diese Feier fing mies an.

»Können wir miteinander in Ruhe reden?«, fragte sie ihn verzagt.

»Das machen wir. Das ist ohne Übertreibung überfällig. Aber erst nach den Ansprachen. Gib augenblicklich den Kamm aus den Haaren!«

»Frau Rubin, kann ich Sie bitte kurz sprechen?« Der Kommissar tauchte äußerst ungelegen auf, widerwillig folgte ihm Ana ein paar Schritte auf die Seite.

»Ich pflichte Ihrem Kollegen bei. Das war keine schlaue Idee«. Müller hob die Hand abwehrend in die Höhe, weil Ana zu Widerspruch ansetzte. »Ich weiß, dass Sie es gut meinen. Aber die Aufmerksamkeit eines Mörders auf sich zu lenken ist die falsche Lösung.«

»Beschützen Sie mich! Wenn er mir nahe kommt, verhaften Sie ihn.«

»Zu hohes Risiko. Die Location füllt sich allmählich. Bei so vielen Menschen ist es unmöglich, Sie ausreichend abzusichern. Wenn der Täter geschickt agiert, nimmt er Ihnen das Leben, bevor wir ihn bemerken.«

Resigniert zog sich Ana den Kamm aus den Haaren. »Ich fühle, dass er zuschlagen wird.« Sie schauderte. »Womöglich ist er schon da.«

»Diese verfluchte Party. Es sind zivile Polizisten vor Ort. Einer ist ausschließlich für die Bewachung Ihrer CEO abgestellt, der Rest beobachtet die Menge. Wenn sich alle vernünftig benehmen, bekommen wir den Abend hoffentlich ohne Zwischenfall hin.«

»Pat hat Sie also überzeugt, dass sie das nächste Anschlagsziel ist?«

»Sie glauben das nicht?«, kam postwendend retour.

»Möglich ist es. Genauso kann es den Finanzchef oder die Regionalchefin treffen.«

»Verschweigen Sie mir etwas?«

»Haben Sie die Namen auf meiner Liste überprüft? Ergeben sich neue Verdachtsmomente?«

»Hilft es Ihrem Seelenfrieden, wenn ich Ihnen versichere, dass wir begonnen haben, Ihren Hinweisen nachzugehen?« Das Wort »Hinweise« dehnte er übertrieben in die Länge.

»Ich danke Ihnen!«

»Am Montag vereinbaren wir ein Gespräch mit der Polizeipsychologin. Allenfalls kann die mit Ihnen die Erinnerung an den Attentäter schärfen.«

»Keine Hypnose!« Ana hatte eine negative Einstellung zu jeder Art von Trancezuständen.

»Haben Sie Sorge, unter Hypnose Schandtaten auszuplaudern?«, spottete Herr Müller augenzwinkernd.

Sie zog ihm eine Grimasse und trottete verdrossen zurück. Ihre Laune hellte sich erst auf, als sie an einem Tisch Manuela mit Bert und anderen Teamkollegen entdeckte.

»Wer ist dir denn über die Leber gelaufen?«, fragte Manuela neugierig. Ihre Stellvertreterin interpretierte ihren Gesichtsausdruck richtig.

»Nichts funktioniert wie gewünscht.«

»Das klingt nach Weltschmerz. Gesell dich zu uns, wir heitern dich auf!«

Wenig später eröffnete Lilo das Kuchenbuffet. Inzwischen waren auf der Terrasse alle Tische bevölkert und weitere Ankömmlinge drängten in die Innenräume des Lokals. Ana genoss ihren Espresso mit dem Team. Sie hörte den Scherzen und Geschichten der Kollegen zu. Während sie sich langsam entspannte, schaute sie sich immer wieder in der Menge um. Überall plauderten und lachten blendend gelaunte Menschen.

KAPITEL 32

»Schau, da kommt Karsten. Ich bin überrascht, dass er die Veranstaltung besucht.« Manuela winkte ihm entgegen.

»Einen wunderschönen Tag, die Damen!« Karsten strahlte sie an und platzierte sich zwischen Manuela und Ana. »Klarerweise auch an die Herren«, ergänzte er und grinste den Kollegen zu.

»Eh klar, unser Charmeur ist da. Irgendwelche Neuigkeiten von der Consultingfront?« Bert wirkte aufgeräumter als in den letzten Tagen. Er war jedoch nach wie vor auf Zwangsurlaub und Ana vermutete deshalb, dass er die fröhliche Stimmung vortäuschte.

»Ich muss euch leider Ana entführen. Die Chefin möchte, dass sie bei der offiziellen Eröffnung mit an ihrem Tisch steht«, sagte Karsten.

»Das ist ein Akt der Unfreundlichkeit, aber nachvollziehbar. Ana, die Hautevolee verlangt nach dir.« Bert verbeugte sich vor ihr.

»Aus welchem verstaubten Lexikon hast du diesen Begriff ausgegraben? Den habe ich ewig nicht mehr gehört. Gehen wir, Karsten, der Kollege ist neidisch.«

»Stimmt, ich versäume das Bullshit-Bingo«, raunte er ihnen hinterher.

Während sie sich durch die Leute schlängelten, sagte

Ana: »Das finde ich schön, dass du auch teilnimmst. Das hast du mir vorenthalten.«

»Sieht so aus, als ob ich dir die persönliche Einladung verdanken würde. Pat hat mich gestern Abend angerufen und gefragt, ob ich so flexibel bin und bei der Feier erscheine. Sie will mich näher kennenlernen.« Karsten zwinkerte ihr zu.

Ana blieb stehen. »Das ist mit Abstand die beste Nachricht heute. Das klingt vielversprechend. Ich gratuliere aber erst, wenn es fix ist, dass du Vertriebschef wirst.«

»Pst! Ich bin abergläubisch.«

Sie lachten sich an und gesellten sich zu Pats Tisch. Diese hatte Stehtische aneinanderreihen lassen. Offenbar war ihr Ziel, Leute um sich zu scharen. Im Moment plauderten neben ihr Lilo und Anton und am Ende der Tischreihe gesellten sich Horst und der andere GENIAL-Manager dazu. Ana grübelte, aber der Name war ihr entfallen. Wieder einmal ärgerte sie sich über ihr miserables Namensgedächtnis.

Sie grüßte freundlich und stockte. Wie würde Horst auf sie reagieren? Hoffentlich wiederholte er nicht Lilos Szene.

»Die liebe Ana, welche Freude. Wunderschön wie immer. Ich hoffe, du verbringst einen netten Nachmittag.«

Was war denn das? Horst war nicht bissig, sondern zuckersüß? Ana zwang sich zu einem breiten Lächeln. »Danke schön, das wird hundertprozentig ein wunderbares Fest.«

Erleichtert sah sie, dass ein Kellner mit einem Tablett voller Getränke erschien, und bediente sich vom Prosecco. Sie erhob ihr Glas und sagte: »Auf einen schönen Abend und danke für die Einladung, Pat!«

»Ja, lasst uns auf die Firma anstoßen! Auf eine gelungene Welcome-Feier!« Die Gastgeberin strahlte.

Ana prostete Horst zu und er erwiderte aufmerksam die Geste. Okay, er war anscheinend wirklich nicht böse auf sie. Einzig Lilo guckte unverändert finster und fixierte einen Punkt am Boden.

Ana beschloss, sie zu ignorieren, und vertiefte sich in das Gespräch mit Anton und Karsten. Die beiden unterhielten sich über gemeinsame Bekannte.

In einer Gesprächspause beugte sich Karsten zu ihr und sagte so leise, dass es ausschließlich Ana verstand: »Ist bei dir alles in Ordnung? Wartest du auf jemanden?«

»Was? Nein. War ich unkonzentriert?«

»Alle zwei Minuten hältst du nach irgendetwas oder irgendjemandem Ausschau.«

Ana lächelte ihn entschuldigend an. »Das war unbewusst. Ich bin noch ein wenig geschädigt von den Vorfällen.«

»Verständlich. Pat hat mir vorhin anvertraut, dass du mit dem Attentäter in Geralds Büro direkt im Kontakt warst.«

Sie schüttelte fast unmerkbar den Kopf und flüsterte: »Bitte vermeide dieses Thema hier.«

Karsten betrachtete sie aufmerksam, nickte und begann, eine Vertriebsanekdote zu erzählen. Da drängte sich Tim neben Ana. Der junge Mann hatte sich gestylt wie für einen Bühnenauftritt. Sie war überzeugt, dass die CEO den Assistenten nicht an ihren Tisch eingeladen hatte. Das störte sie nicht. Im Gegenteil, Tim ermöglichte es ihr, ihre Liste weiter abzuarbeiten.

»Du stammst auch aus einer Familie mit Firmenhistorie, stimmt's?«, fragte sie ihn.

Tim runzelte die Stirn und sah doof drein.

»Dein Vater war ebenfalls bei der Firma tätig, oder?«

»Ah so. Der arbeitet doch schon ewig nicht mehr hier.«

»Was macht er jetzt?«

Die Miene, die Tim aufsetzte, sprach Bände. Warum interessierte sie sich plötzlich für seine Verwandtschaft?

»Der ist mit seiner neuen Frau nach Florida übersiedelt.« Er zeigte keine Lust, die Umstände zu erörtern. Diese Information konnte sie überprüfen und wenn sie stimmte, würde sie den Namen von der Liste streichen.

Wo war Peter Flor hingekommen? Wiederum suchten Anas Augen die Umgebung ab. Sie erkannte ihn in der Nähe des Eingangs, wo er mit zwei Mitarbeiterinnen aus dem Finanzbereich plauderte. Die drei verstanden sich offenbar prächtig und brachen wiederholt in Gelächter aus.

Die Feier verlief unauffällig. Vielleicht sorgte sie sich unnötig. Sehnsüchtig wünschte sie sich, ihre Unbefangenheit wiederzugewinnen.

Da schallte aus den Lautsprechern eine Fanfare. Wie auf Befehl verstummte das muntere Stimmengewirr und die Köpfe reckten sich neugierig. Pat lief augenblicklich in Richtung Eingang los.

Ana beglückwünschte Lilo in Gedanken. Sie hatte häufig aufsehenerregende Einfälle. Niemand der Anwesenden vermochte so das Eintreffen der frischgebackenen Regionalchefin Maribel Kaiser zu verpassen. Zusätzliche Anerkennung verdiente die Marketingleiterin für die Auswahl der

Musik. Ana war kein Fan von Blasmusik, doch diese Fanfarenmusik klang modern. Der feierlichen Einleitung folgte ein rockiger Teil mit viel Esprit.

Augenblicke später stolzierten Maribel und Pat vereint durch die Menge. Als ob sie langjährige Freundinnen wären. Die Frauen grüßten pausenlos und Pat stellte beim Vorübergehen einige Personen vor, die geehrt aufstrahlten. Lilo schritt als Begleitung hinter ihnen und genoss die Aufmerksamkeit. Es wurden Hände geschüttelt, ein paar Sätze ausgetauscht und dann wurde weiterpromeniert.

»Hier findest du einen Teil meiner Führungsmannschaft.« Pat machte am Tisch alle mit Namen und Position bekannt. Kurz musterte sie Tim finster, stellte ihn jedoch höflich als Assistenten vor. Er begrüßte die Regionalchefin überschwänglich und begann über sich zu reden. Pat stoppte ihn mit einem Wink.

Maribel drückte jedem liebenswürdig die Hand, ihr Händedruck war kräftig. Auffallend war, dass sie alle ohne Kommentar duzte.

»Merci für den netten Empfang. Ihr habt es schön hier«, bedankte sich Maribel. »Bedauerlicherweise war es mir unmöglich, früher einzutreffen, der Flugplan von Zürich war heute ungünstig.«

»Das ist kein Problem, du bist für den offiziellen Teil rechtzeitig bei uns. Ich starte mit einer kleinen Begrüßung und dann ist deine Rede an der Reihe. Vorher stärke dich noch mit einem Getränk und einem Happen.« Pat war die Herzlichkeit in Person. Sie wollte den allerbesten Eindruck bei der Chefin erwecken.

»Habt ihr euren Mörder gefasst?« Maribel war von der direkten Sorte. »Warum starrt ihr mich so an? Ich gehe davon aus, dass alles sicherheitstechnisch geregelt ist.«

»Wir werden intensiv bewacht. Die Verbrechen sind leider noch ungeklärt, aber das dauert nicht mehr lange. Ich wette, es hat nichts mit der Firma zu tun. Es irren massenweise Verrückte durch die Welt.«

Das waren neuartige Töne von Pat. Ana spürte, dass Blicke sie durchbohrten. Lilo und Horst musterten sie. Hatte sie ihre Gedanken herausposaunt? Erwarteten sie Einspruch von ihr?

Maribel sagte: »Mich ängstigt das wenig, ich habe keine Feinde in Österreich. Es ist Jahre her, dass ich dieses Land besucht habe. Der Reputation der Firma können die Vorfälle allerdings schaden. Haben die Zeitungen darüber berichtet?«

»Natürlich. Die Medien überschlagen sich mit Artikeln. Bisher konnten wir sie davon überzeugen, den Namen unserer Firma herauszuhalten. Das ist im Sinne der Polizei. Diese will den Eindruck vermeiden, dass ein Serienmörder herumläuft.« Pat hatte alles fest im Griff.

»Gut gemacht.«

Ana fing einen betretenen Blick von Karsten auf. Ihn störte die oberflächliche Art, in der die Damen über die Grausamkeiten der letzten Tage redeten.

Neuerlich betrachtete sie ihre Umgebung. Viele Besucher sahen zu ihrem Tisch und beobachteten Maribel und Pat. Die beiden Frauen bildeten den Mittelpunkt der Party. Ein ungutes Gefühl beschlich Ana.

»Dann mache ich mich für die Begrüßung bereit«, verkündete die CEO. Lilo reagierte blitzartig und gab mit erhobenem Daumen ein Signal. Wieder brüllten die Fanfaren los.

KAPITEL 33

Auf der Bühne redete Pat wie ein Wasserfall. Das verstand sie also unter »einer kurzen Begrüßung«. Ana bewunderte ihre Bühnenpräsenz. Gestik und Mimik wie aus dem Lehrbuch. Üblicherweise sprach die CEO bei Präsentationen über finanzielle Ergebnisse oder über Kunden und Visionen. Heute veranschaulichte sie den Begriff »Familie« in allen vorstellbaren Varianten.

Ana sah sich unter den Zuschauern um. Der Großteil hing gebannt an Pats Lippen. Die Gesichter spiegelten Zustimmung und Stolz.

Schrieb Karsten ihre Rede mit? Verwundert betrachtete sie den Kollegen, der sich über einen Block beugte und emsig mit dem Stift arbeitete. Da erinnerte sie sich, dass Karsten ein begabter Zeichner war. Er fertigte beliebte Karikaturen an, die sein Büro schmückten. Später würde sie herausfinden, wen er verewigt hatte. Sie hegte eine Vermutung.

In diesem Augenblick kündigte Pat an, zum Abschluss ihrer Ansprache zu kommen. Sie breitete ihre Arme aus und ihre Stimme ertönte eindringlich: »Willkommen in unserer Familie! Ich freue mich, jeden Einzelnen als Mitglied begrüßen zu dürfen. Unsere Familie wird die Geschäfte zum Erfolg führen und sie wird wachsen. Wir wollen zufriedene Kunden und glückliche Mitarbeiter, die sich bei uns zu

Hause fühlen. Diese Philosophie hat uns Erfolg gebracht. Wir beschäftigen Kinder von pensionierten oder noch aktiven Angestellten sowie Geschwister, Neffen und Nichten. Das behalten wir bei und …«

Pat machte eine rhetorische Pause. Als ihr die Stimmung ausreichend erwartungsvoll erschien, rief sie: »Ich wünsche Ihnen allen einen vergnüglichen Abend und bitte jetzt unsere Regionalleiterin auf die Bühne. Einen lauten Willkommensapplaus für Maribel Kaiser!«

»So viel Familie macht mich schwindelig«, zischte Karsten zu Ana. Bevor sie antworten konnte, raunte Anton: »Schwestern und Brüder im Alkoholgeist.« Ana biss sich auf die Lippen, um nicht zu kichern. Applaus brandete auf und erstickte weitere freche Anmerkungen im Lärm.

Beim Tisch entstand Bewegung unter den Gästen. Lilo führte Maribel zur Bühne. Pat tauchte auf, in alle Richtungen wohlwollend nickend. Anton entschuldigte sich und verschwand hinter dem Nachbartisch. Dadurch rückten Peter und Horst neben Ana.

Ihre Gedanken schweiften ab. Den Begriff »Familie« so intensiv zu nutzen, hatte die Zuhörer spürbar in eine positive Stimmung versetzt. Teil von etwas Großem sein, gleichzeitig Wärme und Schutz bekommen, das wünschte sich jeder.

Ihr prickelte eine Gänsehaut und die Härchen stellten sich auf. Ein undefinierbares Unbehagen breitete sich in ihr aus. Das Gefühl intensivierte sich. Ihr Hals wurde eng und das Herz begann zu rasen. Sie spürte den Schweiß ausbrechen.

»Ana, ist bei dir alles in Ordnung?« Peter betrachtete sie besorgt. »Platzier dich in unsere Mitte, wir stützen dich, falls dir schlecht wird.« Er trat auf ihre andere Seite, wodurch sie zwischen Horst und ihm stand.

»Hast du Bühnenangst?«, fragte Horst und rückte näher. Ana fühlte ihr Herz rasen und die Schläfen pochen.

Mühsam krächzte sie: »Bestimmt kein Lampenfieber, das ist ja lächerlich. Ich habe heute zu trinken vergessen, deshalb ist mir schwindelig.« Das war gelogen, aber es half.

Es war Karsten, der ihr ein Glas Wasser entgegenhielt. »Komm, gehen wir ein wenig auf die Seite.«

Ana biss sich auf die Lippen und krallte die Nägel in ihren Handballen. Sie konzentrierte sich auf jeden Schritt, als sie hinter ihm aus dem Gedränge trat. Tief atmete sie durch und fühlte sich tatsächlich besser. Das kalte Wasser rann über den Gaumen.

»Jetzt kriegst du wieder Farbe auf die Wangen«, meinte Karsten, klang aber weiterhin beunruhigt.

»Frag mich nicht, was das war. Mit einem Schlag habe ich keine Luft bekommen und intensive Beklemmung gefühlt. Als hätte mir jemand die Rippen zusammengequetscht.«

»Du hattest vielleicht eine Panikattacke. Wodurch wurde sie ausgelöst?«

Ana schloss die Augen. Das Letzte, woran sie sich erinnerte, waren die Scherze rund um Familie. Welche Aussage hatte die Panik verursacht? Oder ihr setzte die immense Anspannung zu. Sofort schoss ihr ein, dass womöglich irgendwo jemand lauerte, der ihnen Böses wollte.

Sie hörte die Stimme von Maribel, mehrmals von schallendem Gelächter unterbrochen. Es war unüberhörbar, dass sie ebenfalls eine perfekte Bühnendame war, unterhaltsam noch dazu.

»Ich vermute, Maribel beendet demnächst ihren Vortrag, dann bist du an der Reihe. Packst du das?«

Gequält lächelte sie Karsten an. »Muss ich. Keine Sorge, das schaffe ich.«

Sie zwang sich, regelmäßig zu atmen, als sie sich der Bühne näherte. Maribel fand ihre Abschlussworte und Ana fiel auf, dass der Sonnenuntergang begann. Halbwegs gefasst trat sie zum Rednerpult und ergriff das Mikrofon. Der Druck auf das Gerät vermittelte ihr Halt. Sie kannte ihren Text und wusste, worauf sie hinauswollte.

Ab dem zweiten Satz entfaltete sie sich in der Rede. Das angenehme Prickeln bestätigte ihr, dass sie zu Bestform auflief. Selbstsicher erzählte sie von den Maßnahmen zur Integration und führte zum Abschluss. Als sie sich für den Applaus bedankte, begann es zu dämmern. Ihre Augen glitten über die Zuschauer und landeten bei Peter. Der Finanzchef hatte einen starren Gesichtsausdruck aufgesetzt, der sie an eine Maske erinnerte. Aber er schaute nicht zu ihr. Irritiert folgte sie seinem versteinerten Blick, der irgendwo in dem Gedränge endete. Was sah er, was ihn so aus der Fassung brachte? Sie musste schnellstens zum Tisch zurück.

Ana atmete nochmals tief durch, lächelte mit einer kleinen Verbeugung in die Menge und trat zum Abgang des Podests. Lilo stieg ihr entgegen und strahlte sie mit einem »Beste-Freundin-Lächeln« an, während sie nach

Anas Hand griff und sie fest umklammerte. Es kostete Ana Kraft, sich nicht loszureißen. Sie hörte Lilos Dankesworte an die Rednerinnen, und das Buffet wurde eröffnet. Livemusik setzte ein. Das klang erfrischend. Ana nutzte die Chance, entzog sich Lilos Griff und kletterte das Podest hinunter.

Als Ana endlich beim Tisch einlangte, gratulierten ihr die Kollegen zu dem gelungenen Auftritt. Sie vergaß, sich zu bedanken. Peter war weg.

»Wo ist Peter Flor?«, durchdrang ihre Stimme den Lärm.

»Keine Ahnung, gerade war er noch da. Er hat sich nicht abgemeldet. Vielleicht ist er für kleine Jungs?« Horst grinste sie an.

Zu ihrem Schrecken durchfuhr sie ein Gedanke. Ihr Blick suchte Maribel. Die war ebenfalls weg.

»Wo ist Maribel?«, schrie sie.

Überraschte Gesichter starrten sie an.

Pat war alarmiert. »Was ist los, Ana? Ich denke, sie ist zur Toilette gegangen.«

Ana schnappte nach Luft. Sie stieß heraus: »Ich glaube, sie ist in Gefahr.« Dann rannte sie los. Es war unglaublich mühsam, sich durch die dichte Menschenmenge zu drängen. Ständig rempelte sie jemanden an und sie murmelte Entschuldigungen vor sich hin. Zuletzt zwängte sie sich ins Haus und jagte den Gang nach hinten. Dort stellte sich eine Gruppe Frauen an. Sie bat um Verzeihung und quetschte sich durch den Spalt in den Waschraum. Auch hier warteten Frauen und blickten sie verwundert an.

»Ist Maribel Kaiser anwesend?«, fragte Ana atemlos.

»Das ist die Dame, die die Ansprache gehalten hat?«

»Ja. Ist sie da?«

»Nein, ich habe sie nicht gesehen.« Die Frau schüttelte bedauernd den Kopf.

Ana hörte sich keine weiteren Kommentare an und drängte hinaus.

»Habt ihr Maribel getroffen?«

»Hi, Ana, wo brennt's? Die Maribel war vor ein paar Minuten bei uns. Sie hatte keine Lust, sich zu uns in die Schlange zu stellen. Ich vermute, sie ist nach unten gegangen. Dort sind zusätzliche Toiletten. Aber es gibt keinen Aufzug hinunter. Ist alles in Ordnung?« Die Kollegin aus der Finanzabteilung streckte besorgt die Hand aus.

Ana schob sich mit einem gepressten Danke an ihr vorbei und rannte in die Richtung, in die die Frau gezeigt hatte. Auf der Seite des Flurs führte eine Treppe nach unten. Immer zwei Stufen auf einmal nehmend raste sie hinunter. Am Treppenende angelangt, blickte sie sich um. Rechts entdeckte sie am Ende des Ganges ein Exit-Zeichen, also stürmte sie nach links weg. Vor sich erkannte sie einen Damenschuh an der Wand, sie hatte die zweite Damentoilette gefunden.

Hier wartete niemand. Das einzige Geräusch war das gedämpfte Rattern eines Kompressors.

Der Puls klopfte in ihren Ohren. Weglaufen, nicht hineingehen. Sie ignorierte ihre innere Stimme und fuhr mit den Fingern in ihre Tasche. Erleichtert ertastete sie die runde Dose und zog ihren Pfefferspray heraus. Zufällig erwischte sie auch ihre Notfallpfeife. Die presste sie zwischen die Lippen.

Ana umfasste die kühle Türschnalle. Dann spannte sie ihren Körper an und zog die Tür kraftvoll auf.

KAPITEL 34

Ana blinzelte im grellen Licht. Die Neonröhren blendeten sie im hell verfliesten Raum. Eine Röhre zuckte und zischte. Drei weiße Waschbecken, darüber ein Spiegel, ein Handtuchspender und ein elektrischer Handtrockner. Ansonsten war der Raum leer. Gegenüber lehnte eine Tür halb geöffnet. Der Nebenraum war finster.

Mit winzigen Schritten schlich Ana zur Öffnung und schob sich zentimeterweise hinein. Mit Getöse flackerten Leuchtstoffröhren auf. Sie stand vor drei geschlossenen Türen. Sie zuckte zusammen, als ein Tropfen auf den Boden fiel.

Den Pfefferspray fest in die rechte Hand gepresst, zog sie die erste Schnalle. Die Kabine war leer. Weiter zum nächsten Abteil. Ebenfalls leer. Bei der letzten Kabine zitterten ihre Finger. Mit einem Ruck riss sie die Tür auf. Leer.

Erschöpft ließ sie ihre Arme sinken und lehnte sich an die Wand. Die Kälte der Fliesen drang durch den Blazer an ihre Haut. Sie fröstelte.

Sie hatte sich geirrt. Im besten Fall lehnte Maribel längst oben am Tisch und alle amüsierten sich über die Gespenster sehende Ana. Egal, sie war erleichtert. Hauptsache, es geschah kein weiteres Unglück.

Sie steckte den Pfefferspray und ihre Pfeife in die Tasche und ging zu einem Waschbecken. Das kalte Wasser tropfte über ihre Finger und sie benetzte ihre Schläfen. Als sie nach einem Papierhandtuch griff, fiel ihr Blick in die hinterste Waschmuschel. Drinnen lag ein glänzender Stift, aus dem knallrote Farbe herausragte.

Es war das Rot von Maribels Lippen. Das musste ihr Lippenstift sein. Sie war hier. Keine Frau verlor während des Schminkens ihren Lippenstift. Irgendetwas war passiert.

Die Anspannung holte sie blitzartig aufs Neue ein. Sie hörte sich selbst flach atmen. Ana brauchte dringend Unterstützung. Sie mussten Maribel suchen! Ihr fiel der verschwundene Paul-Egon Wagner ein. Bitte nicht auch noch Maribel.

Müller, sie wollte Müller hier haben. Der hatte versprochen, sie im Auge zu behalten. Wo war er dann jetzt? Wieso war er ihr nicht nachgelaufen? Hatten die Kollegen überhaupt mitgekriegt, dass sie den Platz wegen Maribel verlassen hatte?

Das Handy hatte sie im Blazer griffbereit und holte es heraus. Die Balken auf dem Display waren durchgestrichen, im Keller war kein Empfang. Sie bewaffnete sich erneut mit ihrem Pfefferspray und drückte die Tür des Vorraums auf. Der Gang lag einsam vor ihr. Hierher verirrten sich keine Gäste.

Zögernd sah sie sich um. Sollte sie zu Pat rennen und überprüfen, ob Maribel zurück war? Und von dort die Polizei alarmieren? Das würde Minuten kosten. Zeit, die ihr womöglich nicht mehr blieb. Ihr sprang das leuchtende Exit-Zeichen ins Auge und sie hastete darauf zu. Wenn jemand Maribel entführt hatte, hatten sie hier das Gebäude unbemerkt verlassen.

Eine steile Treppe führte nach oben, an ihrem Ende sah sie ein großes Tor mit Leuchtstreifen. Das war ein Notausgang. Sie stemmte ihren Körper gegen das Portal, so schwer war das Tor zu öffnen. Eine gefährliche Lösung für den Notfall, wenn Panik unter den Gästen ausbrechen sollte.

Kühle Luft traf sie, als sie ins Freie trat. Die Dunkelheit war in der Zwischenzeit dichter geworden, Ana nahm nur mehr Konturen wahr. Den Parkplatz erhellten Straßenlaternen halbwegs, auf dem Weg leuchteten Minilaternen in großem Abstand. Musik und Gelächter drangen leise an ihr Ohr. Die Gäste unterhielten sich bei Tanz oder Lilo hatte die Videoshow angeworfen. Ana befand sich wenige Meter entfernt, aber die Laute hörten sich wie aus einer anderen Welt an.

Es klingelte den Bruchteil einer Sekunde, dann rief die Stimme von Herrn Müller: »Frau Rubin, wo sind Sie?«

»Am Hinterausgang vom Restaurant. Ich befürchte, Maribel Kaiser ist entführt worden. Sie können noch nicht weit sein.«

»Warten Sie, wo Sie sind! Ich löse Alarm aus und komme zu Ihnen.« Der Anruf wurde unterbrochen.

Wie stellte er sich das vor? Sie stand herum und drehte Daumen, bis Maribel endgültig verschwunden war? So wie Herr Wagner? Von hier konnte sie nichts erkennen. Sie starrte in die Dunkelheit und versuchte sich zu erinnern, was sie am Vortag beim Spazierengehen gesehen hatte.

Die Gasse führte zu einem Hotel, das derzeit wegen Betriebsurlaub geschlossen war, und zu einer winzigen Aussichtsterrasse mit tollem Blick auf die Donau. Dort umgab alles Finsternis.

Vis-à-vis lag der kleine Parkplatz und daneben … Ana hielt den Atem an. Das konnte es sein! Dort erhob sich eine alte Kapelle.

Angestrengt stierte sie in die Dunkelheit. Sie bildete sich ein, die Umrisse der Kirche zu erkennen. Das waren höchstens 100 Meter Entfernung. Ohne weiter nachzudenken, hetzte Ana los. Wenige Atemzüge später stoppte sie und marschierte Schritt für Schritt voran. Sie durfte nicht stolpern und sich verletzen.

Ana fühlte sich trotz der Nähe des Lokals in der Dunkelheit isoliert. Sie wagte nicht, ihr Handylicht einzuschalten. Sonst würde sie die perfekte Zielscheibe abgeben.

Sie näherte sich der Kirche, es war kein Eingang zu entdecken. Vorsichtig schlich sie um die Ecke. Die Situation fühlte sich unwirklich an, wie in einem Traum. An der Mauer spiegelten sich Punkte. Sie erkannte das türkise Tor mit der eingeschnittenen Tür. Ob die um diese Zeit versperrt war?

Die gusseiserne Klinke lag kalt und hart in ihrer Faust. Zentimeterweise drückte Ana sie nach unten und ruckte leicht daran. Das Türblatt raschelte und schob sich langsam in ihre Richtung.

War das eine Falle? Wenn es gar nicht um Maribel ging, sondern um sie? Sollte sie wie befohlen auf die Polizei warten? Müller hatte sie eindringlich gewarnt.

Angsthase, schimpfte sie sich. Bis Müller mit seinen Leuten einlangte, war es vielleicht zu spät.

Zaghaft schob sie sich in die Kirche. Der Innenraum roch nach abgestandener Luft und Wachs. Auf der Seite flackerten Kerzen auf einem Metallständer vor einer Marienstatue. Die zuckenden Lichter tauchten den Kirchenraum in sich bewegende Grautöne. Ein dunkler Teppich führte zwischen Holzbänken nach vorn und endete bei Stufen. Darauf erkannte sie einen Altar, und ihr stockte der Atem. In Zeitlupe schob sie sich zentimeterweise vorwärts. Bloß kein Geräusch verursachen.

Eine Gestalt mit Kapuze hantierte am Altartisch. Was tat sie da? Immer näher zwang Ana ihre Beine. Da lag ein Bündel und der Kapuzenmensch machte sich daran zu schaffen.

Ein Gurgeln zerschnitt die Stille. Auf dem Altar streckte sich ein menschlicher Körper. Ana steckte ihre Notfallpfeife zwischen die Lippen und sprang vor.

Den Pfefferspray weit vor sich gestreckt, rannte sie. Schrilles Pfeifen hallte im Raum. Am Fuße der Stufen drückte ihr Zeigefinger den Auslöser des Pfeffersprays und verkrampfte sich.

Die Kapuze hob sich und Augen glotzten sie im Kerzenschein an. Ana sah das Vibrieren von Überraschung und Hass im Gesicht eines Mannes. Sie reckte den Arm mit der Sprühflasche noch weiter. Warum zum Teufel half das nicht? Panik durchfuhr sie, gleich griff er sie an.

Im nächsten Augenblick riss die Gestalt die Hände vor den Mund und stieß ein tiefes Stöhnen aus. Der Mann bäumte sich auf. Er erschien Ana riesengroß. Verzweifelt sprühte Ana ohne Unterbrechung. Die Pfeife rutschte ihr aus dem Mund und sie hörte sie am Boden zerbrechen.

Ächzend wankte der Kerl um den Tisch und rutschte über die Stufen. Mit einem animalischen Aufschrei landete er Zentimeter neben Ana auf dem Teppich. Sie stand wie hypnotisiert und wich keinen Millimeter zurück. Der Mann kroch auf allen vieren vorwärts und zog sich an einer Bank in die Höhe. Er torkelte weiter und begann zu laufen. Ana ersehnte den Knall des Eisentores, doch es folgte nur Stille.

KAPITEL 35

Ana lauschte. Ein Stöhnen weckte sie aus der Erstarrung und sie machte einen Satz. Unter ihrer Sohle knirschten die Bruchstücke der Pfeife. Sie ließ den leeren Pfefferspray fallen und kletterte die Stufen zum Altar hinauf. Vor ihr kauerte Maribel mit einem Band über dem Mund. Sie riss die Augen weit auf und ihre Arme und Beine zuckten. Maribel kämpfte gegen Fesseln an.

»Warte, ich befreie dich.« Ein Klebeband war eng um die Handgelenke gewickelt. Ana zerrte mit ganzer Kraft, aber das Band hielt eisern. Verzweifelt zupfte sie daran herum. Sie änderte die Taktik und biss mit den Zähnen auf das Band. Der hantige Geschmack des Klebers ekelte sie und sie würgte. Nach unzähligen Versuchen entstand ein kleiner Spalt und mit einem Ruck löste sich der Streifen. Das Stück um den Mund riss sich Maribel selbst ab und sie schnaufte tief auf. Sofort fing sie zu husten an und wischte sich über die tränenden Augen.

Ana machte sich an dem Klebeband auf den Beinen zu schaffen. Wiederum half sie sich mit den Zähnen, bis es zerfetzte. Sie zog Maribel am Oberarm in sitzende Stellung. »Bist du verletzt?«

Heftiges Kopfschütteln und ein neuerlicher Hustenanfall kamen als Antwort.

»Ich habe von dem Spray abgekriegt«, krächzte Maribel. »Ist er weg?«

»Zumindest für den Moment.« Ana zog ihr Handy hervor und drückte auf Wiederwahl.

»Wo zum Teufel stecken Sie?«, brüllte es ihr entgegen.

»In der Josefskirche. Maribel ist bei mir, ihr geht es gut. Der Mörder ist hinausgerannt.«

»Sie bleiben in der Kirche! Diesmal aber wirklich!«

Ana drehte sich zu Maribel. »Die Polizei ist sofort bei uns.«

Maribel saß mit baumelnden Beinen auf dem Altar und kämpfte weiterhin mit Husten. Zwischendurch hob sie die Hand und presste keuchend hervor: »So ein Hurensohn. Er hat gesagt: ›Diesmal spielen wir nach meinen Regeln.‹«

»Was heißt das?« Ana bekam keine Antwort.

Schweigend verharrten die beiden Frauen und horchten in die Stille, unterbrochen von Maribels stoßweisem Husten. Ana spürte Angst in sich hochsteigen. Was, wenn der Mann zurückkam? Sie besaß nicht einmal mehr einen Pfefferspray zur Abwehr. Ihre Augen tränten und die Arme wogen Tonnen. »Bitte lass Müller erscheinen.« Ana wünschte sich den Polizisten sehnlichst herbei.

Sie sah zu Maribel, die ruhiger atmete. »Ihnen hängt etwas im Haar.«

»Du kannst wirklich beim Du bleiben.« Maribel tastete mit den Fingern in ihrer Frisur. »Ekelhaft!«, schrie sie empört auf und schüttelte sich. Mit der Hand schleuderte sie einen Gegenstand in die Luft und er landete vor Anas Füßen.

Ein glitzernder Steckkamm lag auf dem Teppich. Ana vermochte den Blick nicht abzuwenden. Der Kamm zog sie wie ein Magnet an. Er schrie sie an, dass es haarscharf gewesen war. Wenn sie ein paar Momente später eingelangt wäre …

Ana fand keine Zeit, sich weiter hineinzusteigern. Die Tür flog mit einem Knall gegen die Wand und Scheinwerfer sprangen herein. Sie wurden von dunkel gekleideten Gestalten mit Schutzhelmen herumgefuchtelt. Die Typen verteilten sich blitzartig in der überschaubaren Kapelle. Befehle dröhnten, sie verstand kein Wort. Plötzlich verharrten alle regungslos. Vom Eingang stapfte Kommissar Müller auf sie zu.

»Sind Sie okay?« Er wartete keine Erwiderung ab, sondern trat zu Maribel und sprach sanft auf sie ein. Die antwortete laut: »Alles in Ordnung, vergeuden Sie keine Zeit mit mir. Fangen Sie lieber den Kerl!«

»Können Sie ihn beschreiben?«

»Wozu? Ich kenne ihn doch.«

»Was?«, stießen Müller und Ana gleichzeitig aus.

»Ja. Das war Andi. Mein ehemaliger Exec-Assi.«

Ana konnte es nicht fassen. Dieser alte Mann war der junge Andi?

»Andi und wie noch?«, bohrte Müller.

»Andreas Flor«, hörte sich Ana sagen. »Er steht auf der Liste, die ich Ihnen geschickt habe. Wir haben keine Informationen zu ihm gefunden. Als wäre er vom Erdboden verschluckt worden.«

»Unsinn, der ist nicht verschwunden. Ich habe gehört, der verrückte Teufel ist auf Psycho-Reha«, stellte Maribel fest. Die Frau wirkte hart. Kaum zu glauben, dass sie eben noch gefesselt auf dem Altar gelegen war.

»Auf Psycho-Reha?«, wiederholte Müller verwirrt.

»Er hatte angeblich ein Burn-out, das neumodische Wort für Überforderung. Das ist eine lange Geschichte, die erzähle ich besser später, wenn Sie ihn geschnappt haben.«

»Ich brauche eine Beschreibung!«, fuhr Müller sie an.

Maribel verzog ihr Gesicht missmutig. »Ist eine ganze Weile her, dass er für mich gearbeitet hat, aber ich habe ihn sofort erkannt. Er ist dünner geworden und wirkt ausgemergelt.«

Ana wandte sich an Müller. »Er ist der jüngere Bruder unseres Finanzchefs Peter Flor.«

»Verdammt. Wie schaut er aus? Welche Kleidung trägt er?« Jetzt brüllte der Kommissar.

»Schreien Sie nicht so!«, keifte Maribel retour. »Er ist über 1,80 groß. Früher hatte er dunkelblonde Haare, die sind jedoch unter der Haube versteckt. Und er ist recht dünn.«

»Alter?«

»Ungefähr 35, sieht aber bedeutend älter aus.«

»Welche Farbe hat die Kappe?«

»Grau?«

»Nein, dunkelgrün«, mischte sich Ana ein. »Er trägt einen dunkelgrünen Kapuzenpullover.«

Der Kommissar drehte sich weg und bellte Befehle ins Telefon. Einer der Einsatzmänner trat neben ihn. Ana schnappte aus dem Wortwechsel auf, dass Beamte die Kapelle sichern sollten. Der Rest musste die Suche unterstützen. Herr Müller ließ die Höhenstraße großräumig abriegeln und forderte Suchhunde an.

»Warum sind Sie vom Restaurant weggelaufen und haben dann das Handy ignoriert? Welchen Teil von ›warten‹ haben Sie nicht verstanden?«, keifte Müller Ana übergangslos an.

Ihre Anspannung war abgefallen. Sie unterdrückte ein Gähnen. Ihr fehlte die Kraft für die Wortgefechte mit dem Kommissar und sie flüsterte: »Wenn ich gezögert hätte, wäre es womöglich zu spät gewesen. Mein Telefon war noch von meiner Rede auf stumm geschaltet.«

Da unterbrach sie das Läuten von Müllers Handy. Wortlos hörte er minutenlang zu. »Nein, die Absperrungen bleiben, bis wir sichergestellt haben, dass es ein Einzeltäter ist. Die Spurensicherung soll sich beeilen. Fangt an, ich stoße bald dazu.« Er beendete den Anruf und schaute von Ana zu Maribel und retour.

»Ich bringe Sie zum Restaurant zurück. Dort untersucht Sie ein Arzt. Sie warten und rühren sich nicht von der Stelle. Beide!« Er warf Ana einen vielsagenden Blick zu.

»Jetzt hacken Sie doch nicht dauernd auf der Kollegin herum. Sie hat mir das Leben gerettet. Es geht nicht immer nach Ihrem Kopf, Herr Kommissar«, fauchte ihn Maribel an.

Ana prustete los. Müller zog die Augenbrauen in die Höhe, doch sein Mundwinkel deutete ein winziges Lächeln an.

»Ich sehe, Sie brauchen keine Unterstützung, Sie können aus eigener Kraft laufen. Folgen Sie mir.«

Der Polizist ging vor, die Frauen schlossen sich an. Maribel hängte sich wie selbstverständlich in Anas Arm ein. Ana irritierte diese Nähe. Im Freien gesellten sich Uniformierte an ihre Seiten und leuchteten den Weg aus.

Der Himmel blinkte blau. Neben dem Restaurant parkten Einsatzfahrzeuge kreuz und quer. Die waren prompt eingetroffen oder hatte die Geschichte länger gedauert, als sie glaubte?

Personen liefen ihnen entgegen.

»Mensch, Ana, du hast uns einen Riesenschreck eingejagt! Was ist passiert?« Karsten erreichte sie als Erster. Dicht hinter ihm erkannte sie Pat und Lilo.

Bevor ihr eine Antwort einfiel, ertönte Maribel: »Ich muss extra aus der Schweiz einfliegen, damit ihr euren Mörder zu fassen kriegt. Sie haben ihn doch erwischt, oder etwa nicht?« Resolut packte sie den Kommissar am Oberarm.

Müller schüttelte sie ab. »Eins nach dem anderen.« Er zeigte auf Pat. »Sie lösen sofort diese unselige Party auf! Die drei Kollegen begleiten Sie. Die Beamten nehmen von jedem Gast die Personalien auf und danach sollen die Leute das Areal verlassen.«

Er winkte zwei andere Polizisten herbei.

»Sie«, er deutete auf Karsten, »kennen Herrn Peter Flor?« Karsten nickte mit verwundertem Gesichtsausdruck. »Dann holen Sie ihn mit diesen beiden Beamten her.«

Dem herbeigeeilten Sanitäter, der die Szene schweigend beobachtete, trug er auf: »Sie untersuchen die Damen und sorgen für warme Getränke und Decken. Sie sind dafür verantwortlich, dass die beiden nicht abhauen.«

Der Rettungshelfer schüttelte den Kopf und setzte zu einer Erwiderung an. Herr Müller schnitt ihm mit einer herrischen Handbewegung das Wort ab. Er rückte dicht an Ana heran. Sie spürte seinen Atem auf ihrem Hals.

»Sie bleiben hier, bis ich wiederkomme, das dauert eine Weile.« Er warf ihr noch einen durchdringenden Blick zu und eilte dann mit großen Schritten in die Dunkelheit. Sie folgte ihm mit den Augen, bis sie nur mehr das Licht seiner Taschenlampe hüpfen sah.

Minuten später saßen Maribel und Ana, versorgt mit Tee, im geräumten Restaurant. Ana schlang die weiche Decke enger um ihre Schultern.

»Der ist entweder der geborene Despot oder er ist in dich verliebt, Ana.« Maribel grinste sie an.

Ana ersparte es sich, zu fragen, wen sie meinte. Sie schüttelte den Kopf. »Was tut er denn so lange? Das dauert ja ewig!«

KAPITEL 36

»Jetzt lassen Sie mich endlich durch, die Dame ist nicht verhaftet.« Ana erkannte Berts kräftige Stimme und hörte, dass er sich ärgerte. »Es reicht!« Atemlos baute er sich vor ihr auf. »Bin ich froh, dass dir nichts zugestoßen ist. Ich habe mir vorgenommen, auf dich achtzugeben. Aber du warst so schnell weg, ich wusste einfach nicht, wo du hin bist.«

»Wieder ein Mann, der sich um die Ana Sorgen macht«, spottete Maribel, »tauchen noch mehr auf?«

Ana rollte mit den Augen. »Darf ich vorstellen, Bert Ulram, ein kompetenter Mitarbeiter. Er wurde von der Polizei verdächtigt, der Täter zu sein.«

Bert strahlte sie an. Maribel murmelte: »Der schaut doch nicht wie ein Mörder aus.«

Bleierne Müdigkeit breitete sich in Anas Körper aus. Sie gähnte und legte ihren Kopf auf die Arme. Endlich ausrasten. Sie hörte das Rücken eines Stuhls und von fern Bert sagen: »Ruh dich aus. Ich passe auf dich auf.«

Die Geräusche um sie wurden leiser und verstummten schließlich. Bis eine Tür zuschlug und sie in die Höhe fuhr. Mitten im Raum stand der Kommissar, neben ihm Pat. Die CEO hatte die Hände über den Mund gelegt und strahlte Entsetzen aus. Mit einem Mal war Ana hellwach.

»Haben Sie ihn erwischt?« Sie wünschte sich sehnlichst, dass dieser Albtraum jetzt ein Ende fand.

»Ja, aber …«, Kommissar Müllers Miene war todernst. Sein Schweigen breitete sich fühlbar aus.

Irgendwie brachte es Ana nicht fertig, weiterzufragen. Sie schaute von einem zum anderen, aber die betroffenen Gesichter wandten rasch die Augen ab.

»Herr Chefinspektor!«, das helle Organ eines jungen Polizisten unterbrach die morbide Stimmung. »Herr Flor wartet im Nebenraum auf Sie.«

Müller folgte ihm mit versteinerter Miene.

»Was ist passiert?«, flüsterte Ana Bert zu.

»Peters Bruder ist von der Terrasse gestürzt und auf einen Betonsockel gefallen. Er ist tot. Ich bin vollkommen von den Socken, dass Andi der Killer ist.«

»Grauenhaft.« Anas Gedanken rasten. Die Geschehnisse drangen in ihr Bewusstsein. Sie hatte Peter verdächtigt, dabei hatte sein Bruder diese Gräueltaten begangen. Jetzt hatte er Andi für immer verloren und musste damit leben, dass sein Bruder ein Mörder war.

»Kanntest du Andi?«

»Befreundet waren wir nicht, aber ich bin ihm begegnet. Andi war eine Art Jungstar. Er arbeitete erst wenige Jahre in der Firma und war bereits unheimlich erfolgreich.«

»Was ist dann geschehen?«

»Er ging zu Maribel als Exec-Assi in die Schweiz. Dass er der Protegé von Mark war und deshalb den Job bekam, hat Pat soeben erzählt.«

Obwohl sich Bert zu ihr beugte und seinen Bericht murmelte, spürte Ana, wie sich Maribel aufrichtete.

»Fangen Sie jetzt mit diesem Schauermärchen an?«, fragte sie scharf, »hören Sie damit auf!« Ihre hellen Augen stierten ihn an. Jetzt duzte sie nicht mehr.

»Ich, äh …« Bert zog leicht die Schultern in die Höhe. Die Luft zischte, als er tief einatmete. Maribel erwischte ihn am falschen Fuß. Das Wort ließ er sich von niemandem verbieten.

Unüberhörbar sagte er: »Ich weiß ansatzweise, was vorgefallen ist. Die Kollegen haben damals berichtet, dass Andi erkrankt war und aufhören musste zu arbeiten. Nach einem halben Jahr kehrte er zurück. Nicht mehr als Exec-Assi, sondern wie ursprünglich als Verkäufer.«

»Und?«, fragte Ana atemlos. Es war ihr egal, dass Maribel grimmig herübersah.

»Ein paar Monate später verließ er die Firma. Er akzeptierte ein einvernehmliches Trennungsangebot.«

»Ja«, stieß Maribel aus. »Wir unterbreiteten ihm ein hervorragendes Angebot. So viel Geld schlug er nicht aus. Wir sind sozial, wenn ein Mitarbeiter krankheitsbedingt Probleme bekommt.«

»Deshalb wird doch keiner zum Mörder«, flüsterte Ana.

»Eben, das sage ich auch«, stimmte ihr Maribel kräftig zu. »Der Andi, der war begabt, aber psychisch labil. Der Druck der Privatwirtschaft hat ihn überfordert. Er wäre besser Gärtner oder Beamter geworden.«

»Du bist ein Monster. Ihr habt ihn fertiggemacht!«

Ana fuhr vor Schreck zurück, als eine Gestalt brüllend gegen ihren Sessel prallte. Sie drückte ihre Hände schützend vor ihr Gesicht. Ein Stoß traf sie an der Schulter und sie kippte beinahe vom Stuhl. »Au!«, schrie sie auf und blinzelte durch ihre Finger.

Der Angriff galt nicht ihr. Bert sprang vor ihren Augen auf Peter Flor und ein Uniformierter warf sich ebenfalls auf ihn. Der Finanzchef strampelte und fluchte, während er von ihnen umklammert wurde. Um alles in der Welt wollte er sich auf Maribel stürzen. Immer wieder entkam seinen Bändigern ein Arm oder ein Bein und Peter schlug in ihre Richtung. Ordinäre Schimpfwörter flogen durch die Luft.

Am Ende brachten die Männer ihn unter Kontrolle. Die Handschellen klickten auf den Handgelenken. Das tierische Gebrüll war in ein leises Stöhnen übergegangen, das nach und nach in Schluchzen abglitt.

Bert stand mit fassungsloser Miene neben dem Finanzchef.

»Du hast Andi auf dem Gewissen!«, krächzte Peter. »Du bist ein Ungeheuer!«

»Das ist nicht wahr! Ich hätte gerne auf ihn verzichtet, der war so ein Weichling.« Maribel sprach eiskalt. Sie zeigte keinerlei Mitgefühl mit dem verzweifelten Mann.

»Dann hättest du ihn nach Hause geschickt. Aber du hast ihn Tag für Tag drangsaliert und ihm das Leben zur Hölle gemacht.«

»Schwachsinn. Es war gelogen, wenn er das behauptet hat. Das Bubi hatte ständig Sonderwünsche. Nicht ich habe ihn gequält, sondern seine hysterische Frau.« Maribel hatte sich vor Peter aufgebaut. Ihr Blick war voller Abscheu.

»Seine Frau war schwanger!«, stöhnte Peter und spuckte ihr ins Gesicht.

Maribel wich einen Schritt zurück und wischte sich über die Wange. »Dafür kann ich nichts. Der einzige Fehler, den ich begangen habe, war, Mark nachzugeben und seinen ungeeigneten Schützling unterzubringen. Andi war unbrauchbar.«

Peter wimmerte vor sich hin.

»Sanitäter! Bitte hilft jemand rasch!«, rief Kommissar Müller.

Die nächsten Minuten liefen wie ein Film vor Anas Augen ab. Rettungshelfer in roten Jacken drängten sich um Peter. Eine Tragbahre rollte herein und sie hievten ihn hinauf. Schon hing er an einem Tropf. Müller folgte der Bahre, als sie eilig hinausgeschoben wurde.

»Bist du in Ordnung?« Pat ging auf Maribel zu. »Hat er dich verletzt?«

»Nein, die Herren haben mich gerettet. Das also ist Andis Bruder?«

»Der arme Peter! Du musst ihm verzeihen. Das ist so schrecklich mit Andi, er hat nicht gewusst, was er tut. Er ist völlig ausgerastet.«

»Der ist genauso verrückt wie sein Bruder. Können wir jetzt verschwinden? Mir reicht es für heute endgültig.« Als niemand antwortete, setzte sich Maribel mit finsterem Ausdruck auf ihren Platz zurück. Mit nach unten verzogenen Mundwinkeln tippte sie auf ihr Handy ein.

Die Minuten zogen sich in die Länge, während sich die Gruppe schweigend geduldete. Lilo, Horst und Karsten waren sitzen geblieben und sahen bedrückt vor sich hin. Nach all der Aufregung kehrte nun Ernüchterung ein.

Ana war geschockt von Peters Ausbruch und von der gefühllosen Reaktion Maribels. Dennoch fühlte sie Erlösung, dass Schluss mit dem Albtraum war. Nach dieser Nacht würde das Leben endlich normal weitergehen.

Sie fing einen Blick von Horst auf. Er nickte ihr zu und seine Miene drückte Anerkennung und Freude aus. Ach so, sein Hochgefühl hatte nichts mit Peters Ausraster zu tun, sondern mit der Befreiung von Maribel.

Schließlich kehrte Kommissar Müller zurück. Er bestand auf einem Gespräch unter vier Augen mit Maribel Kaiser und blieb von ihrem herrischen Gehabe unbeeindruckt. Ana ersuchte er höflich um Geduld.

Enttäuscht willigte Ana ein. Der Vorfall mit Peter hatte sie aufgewühlt, die Schläfrigkeit war verflogen. Doch sie sehnte sich nach ihrem Heim und ihrer Schwester.

»Ich organisiere uns allen Kaffee«, vernahm sie Bert.

»Gute Idee, vielen Dank.« Pat nickte ihm wohlwollend zu.

»Gehe ich recht in der Annahme, dass ich keinen Urlaub konsumieren muss?« Bert zog ein unschuldiges Gesicht.

Ana entkam ein quietschendes Geräusch, als sie ihr Lachen unterdrückte. Typisch Bert, er nahm seine kleine Rache bei erstbester Gelegenheit.

KAPITEL 37

Pat lächelte Bert an, sie wurde spielend mit der Situation fertig. »Ich habe stets an dich geglaubt. Erstklassige Arbeit! Wenn du Urlaub nehmen möchtest, gerne. Aber von Zwang ist keine Rede.«

So einfach war das für sie. Erledigt und vergessen. Hoffentlich war Bert nicht nachtragend. Momentan grinste er vor sich hin.

Wenig später stand ein Tablett voll dampfender Kaffeebecher auf dem Tisch. Die Küche schickte zusätzlich eine Schüssel mit Backwaren. Vanilleduft breitete sich aus. Die Stimmung besserte sich spürbar und Gespräche kamen in Gang.

Ana nutzte die Gelegenheit und erkundigte sich leise in Richtung Bert und Karsten: »Wann hat sich das alles abgespielt? Ich habe Andi vage in Erinnerung, aber seine Geschichte ist mir entgangen.«

»Lass mich nachdenken.« Bert trank einen Schluck Kaffee. »Ich schätze, er ist vor drei bis vier Jahren in die Schweiz gegangen.«

»Nach einem Jahr nahm er eine Auszeit«, ergänzte Karsten. »Ich erinnere mich, er hatte ein kleines Kind und seine Frau war zum zweiten Mal schwanger.«

»Hat er mit der Familie in der Schweiz gelebt?«

»Puh, wir hatten keinen Kontakt. Aber ich denke, er ist ohne Anhang dort gewesen.«

»Das stelle ich mir unerfreulich vor.« Ana schüttelte verständnislos den Kopf.

»Ich auch. Aber wenn er durchgehalten hätte, wäre er jetzt unser Boss«, merkte Bert an.

Karsten nickte. »Das war wohl sein Plan, hat aber nicht funktioniert. Ob er tatsächlich eine psychische Krankheit hatte? Ein Jahr Exec-Assi kann doch nicht so schlimm sein, dass man deshalb Menschen umbringt.«

Ana schauderte es. Das war eine scheußliche Geschichte. An diesem Abend hatten zwei Kinder ihren Vater verloren. Bedrückt saß sie da und nippte am Kaffee.

Kommissar Müller und Maribel kehrten nach einer Weile zurück. Pat lief sofort zu ihrer Chefin, aber die steuerte ohne Umweg auf Ana zu.

»Herr Flor hat sich erholt und für seinen Angriff auf Frau Kaiser entschuldigt. Ein Beamter bringt ihn nach Hause. Frau Kaiser erstattet keine Anzeige gegen ihn«, verkündete Müller.

»Ich bin kein Unmensch. Der Mann hat seinen Bruder verloren. Das ist schrecklich, auch wenn der ein Scheusal war.« Maribel war vollständig regeneriert. Sie strahlte vor Selbstvertrauen und kostete ihre Großzügigkeit aus.

»Ana, mich benötigt die Polizei nicht mehr. Ich möchte dir nochmals in aller Form Dank ausdrücken, dass du mich in der Kirche befreit hast. Ich lade dich morgen Mittag zum Lunch ein. Pat nehmen wir mit, sie reserviert uns ein tolles Restaurant. Du sagst doch zu?«

Ana schluckte. Ein Mittagessen mit Maribel und Pat war nicht, was sie sich für den Sonntag vorgestellt hatte. Sie wollte mit ihrer Schwester relaxen und Pizza essen.

»Natürlich komme ich gerne. Danke für die Einladung«, presste sie heraus und zwang sich, zu lächeln.

»Dann fahr ich jetzt ins Hotel. Wir treffen uns morgen. Die Adresse schicken wir dir aufs Handy. Ich wünsche euch allen nach diesen Ereignissen eine ruhige Nacht.« Maribel grüßte in die Runde und verschwand nach draußen.

Ana erhob sich und sah den Kommissar erwartungsvoll an. Der signalisierte ihr, ihm in den angrenzenden Raum zu folgen.

Müller hinterfragte jedes Detail ihrer Erzählung. Gegen Ende ihres Gesprächs fühlte sich Ana wie ein ausgewrungener Schwamm. »Ich habe Ihnen echt alles geschildert.«

Der Kommissar betrachtete sie mitleidig. »Das ist aufreibend für Sie, tut mir leid. Wir müssen sichergehen, dass alle Enden zueinanderpassen, wenn wir den Fall abschließen. Heute Abend ist die Erinnerung frisch. Eines interessiert mich noch: Glauben Sie Herrn Peter Flor, wenn er behauptet, nichts vom Treiben seines Bruders gewusst zu haben?«

Was war da jetzt die richtige Antwort? Ana mochte Peter. Er war ein ruhender Pol in der hektischen Firma. Nie im Leben hatte dieser Mann gemeinsam mit seinem Bruder gemordet. Andererseits, als Vertrauter hatte er die Probleme hautnah miterlebt und mitgelitten. Hatte ihm die Tragödie so zugesetzt, dass er Andi untätig zugesehen hatte?

»Nun? Wie lautet das Ergebnis Ihrer Überlegung?«, drängte Müller.

Ana schüttelte den Kopf. »Leider habe ich keine Antwort. Egal, was ich mir vorstelle, es fühlt sich falsch an. Mir geistern zu viele Gedankensplitter durch das Hirn.«

»Gedankensplitter? Beunruhigt Sie etwas?«

»Irgendetwas fühlt sich komisch an. Das muss nichts mit Peter zu tun haben.«

»Sie sind übermüdet. Das ist verständlich. Überschlafen Sie die Erlebnisse und kommen Sie zur Ruhe. Wenn Ihnen etwas einfällt, rufen Sie mich an. Ansonsten treffen wir uns nächste Woche zum Abschluss der Protokolle.«

»Ich möchte auch eine Frage stellen.« Ana schaute ihn treuherzig an. »Verraten Sie mir endlich, wie Mark umgebracht wurde?«

»Wieso ist das so wichtig?«

»Weil ich einen Schlussstrich unter die Geschichte ziehen möchte und dazu gehört, dass mich keine offenen Fragen quälen. Bitte!«

Herr Müller schluckte. Leise und blitzartig zischte er ein einziges Wort. »Gift.«

»Mark hat mit Andi gegessen und der hat ihn dabei vergiftet?« Ana stöhnte fassungslos über so viel Kaltblütigkeit. »Mark hat so friedlich ausgeschaut. Überhaupt nicht nach Krämpfen und ich habe kein Erbrochenes gerochen.«

»Das haben Sie richtig beobachtet. Die Substanz wurde ihm anders verabreicht. Es war ein sehr spezieller Wirkstoff. Im Detail darf ich das nicht erklären, ich erzähle Ihnen bereits zu viel.«

»Was für ein Gift es war, können Sie mir doch sagen. Ich will das unbedingt wissen. Ich verrate es niemandem.«

Müller griff sich in einer übertriebenen Geste an den Kopf und grinste sie wie ein Hutschpferd an. »Suchen Sie im Internet nach Pfeilgiftfrosch und überlegen Sie sich eine Geschichte dazu. Sie sind doch immer so erfinderisch.«

»Hat mich die Meinhart deshalb zu Südamerika befragt?«

Als Müller sie zu den Kollegen zurückbrachte, überkam Ana ein Hochgefühl. Das war es jetzt, es war vorbei. Ab sofort genoss sie das Leben. Sie freute sich. Den Lunch mit Maribel und Pat würde sie für ihre Karriere nutzen und danach rückte ihre Schwester in den Mittelpunkt. Sie würde sich was Nettes für Regina ausdenken. Ihr Blick fiel auf Pat, die ihr entspannt entgegensah und lächelte.

Ana erstarrte. Sie blieb so ruckartig stehen, dass Kommissar Müller auf sie prallte und einen überraschten Ausruf ausstieß. Alle Augen waren auf sie gerichtet.

»Was ist mit Herrn Wagner?«

»Ja, was ist mit dem Paul-Egon?«, wiederholte Lilo.

»Die Fahndung läuft auf Hochtouren. Ich dachte, Sie haben alle Ihren Kollegen vergessen«, sagte Herr Müller. Da war er wieder, sein trockener Humor.

Ana verging das Lachen, es war zum Verzweifeln. Der Horror war erst vorüber, wenn das Schicksal von Herrn Wagner geklärt war.

»Hoffentlich finden Sie ihn jemals. Jetzt, wo Andi tot ist, kann der nicht mehr helfen. Paul-Egon kann überall sein.« Eine ausgesprochen schlaue Wortmeldung von Horst. Ana fühlte Ärger in sich aufsteigen. Besser, er schwieg.

»Er verhungert womöglich eingesperrt in einem Keller«, entsetzte sich Lilo.

Ana verkrampfte sich bei dieser Vorstellung.

»Wir finden Herrn Paul-Egon Wagner samt Fahrzeug.« Kommissar Müllers gereizter Tonfall unterband jede weitere Diskussion.

Eine halbe Stunde später lehnte Ana erschöpft neben Bert in ihrem Auto. Er hatte während ihres Gesprächs mit dem Kommissar Regina angerufen. Ihre Schwester wollte auf der Stelle losfahren und Ana abholen. Doch dann hatten sie sich darauf verständigt, dass Bert sie nach Hause kutschieren und nochmals eine Nacht bei ihnen verbringen würde.

Die Verabschiedung von den Kollegen verlief herzlich. Horst klopfte ihr auf die Schulter und lobte ihren Mut, und sogar Lilo nickte ihr freundlich zu. Pat bedankte sich gleich dreimal für die Rettung von Maribel.

Auch wenn Ana sich über die positive Aufmerksamkeit freute, irgendwie erschien ihr die Situation falsch. Sie bekam Gänsehaut und seufzte erleichtert, als sie mit Bert abfuhr.

Die Straßenlaternen standen weit auseinander, dazwischen war es finster. Unter ihnen funkelten die Lichter Wiens. Der Ausblick verbreitete friedvolle Stimmung. Bert hatte das Autoradio eingeschaltet, und leise Klaviermusik erfüllte die Kabine. Ana starrte vor sich hin.

»Irgendwas stimmt nicht.« Das war ihr unbeabsichtigt herausgerutscht.

»Was sagst du?« Bert sah besorgt zu ihr herüber.

Ana ächzte und schwieg.

»Was ist denn? Rede mit mir!«, drängte er.

»Tut mir leid, ich habe laut gedacht. Ich habe keine Erklärung, aber irgendetwas kommt mir verkehrt vor.«

»Meinst du, weil Wagner weiterhin verschwunden ist?«

»Möglich. Es fällt mir nicht ein.«

»Deine Nerven spielen verrückt. Du gehörst ins Bett, damit sie sich ausgiebig entspannen. Hör auf zu grübeln.« Bert legte seine Hand auf ihre. Erst da merkte sie, dass sie Fäuste gebildet hatte.

KAPITEL 38

Zu Hause lief ihnen Regina entgegen. Sie schlang ihre Arme um Ana und hielt sie fest. Die gemurmelten Worte erinnerten Ana an die Kindheit, als ihre Mutter sie getröstet hatte, wenn etwas schiefgegangen war. Sie genoss die Wärme und Ruhe, die ihre Schwester ausstrahlte. Im Wohnzimmer wartete eine Tasse Tee auf sie. An ihr klammerte sich Ana fest, während Regina und Bert sich unterhielten.

»Wie hat Andi herausgekriegt, wo ich wohne? Und warum hat er mir eine Drohung geschrieben?«

»Herrje, Ana, du zermarterst dir noch immer das Hirn. Deine Wohnadresse herauszufinden schafft jedes Volksschulkind.«

»Okay, aber warum schrieb er die Warnungen? Andi konnte nicht wissen, dass ich herumsuche.«

»Kann ihm das jemand gesteckt haben?« Regina schaute sie besorgt an.

»Fang nicht du auch noch damit an! Ana steigert sich in etwas hinein. Da Andi tot ist, werden wir niemals alles erfahren. Wesentlich wichtiger ist, dass das Drama vorbei ist.« Bert sprach eindringlich.

Er meinte es gut mit ihr. Das Geschehene war nicht mehr zu ändern, also konnte sie mit der Grübelei ohne schlechtes Gewissen aufhören. Schlafen war angesagt.

Wenig später schlüpfte sie unter ihre Tuchent. Unruhig drehte sie sich hin und her. So oder so fand sie keine angenehme Schlafposition. Die Schulter drückte. Jetzt schmerzte der Nacken. Legte sie sich auf den Rücken, bekam sie schwer Luft. Sie versuchte, sich Schafe vorzustellen und begann zu zählen. Das kam ihr im nächsten Moment so lächerlich vor, dass sie ärgerlich stöhnte. Ihre Arme und Beine kribbelten.

Sie setzte sich auf und lehnte sich an die hölzerne Rückwand. Was war los mit ihr?

Siedend heiß kehrte der Gedanke zurück. Irgendetwas widerstrebte ihr. Aber was? Dass Andi der Mörder war? Maribel hatte ihn in der Kirche einwandfrei identifiziert, daran brauchte sie nicht zu rütteln.

Sie stellte sich die vorbeihuschende Gestalt im Personalzimmer vor. Waren das die Umrisse von Andi gewesen? Möglich. Sie hatte zu wenig gesehen, um sich festzulegen.

Trotzdem stand es für sie fest: Irgendetwas war ihr entgangen, aber was?

Um doch noch zu einer Nachtruhe zu gelangen, versuchte sie eine neue Strategie. Sie redete langsam auf sich selbst ein. »Es ist vorbei. Die Polizei findet Wagner und es gibt keine weiteren Opfer. Gerald wird sich erholen und mit seiner Familie glücklich weiterleben. Der arme Peter hat seinen Bruder verloren, um den kümmerst du dich.«

Wer weiß, wen Andi noch alles auf seiner Liste gehabt hatte! Ana fuhr in die Höhe. Kurz hatte sie geglaubt, sich zu beruhigen. Doch das Gefühl ließ sich nicht unterdrücken. Irgendetwas an der Geschichte schien unrichtig.

Obwohl es mitten in der Nacht war, gab sie die Hoffnung auf Schlaf auf. Um sich abzulenken, schnappte sie sich ein Buch vom Bettkästchen und begann zu lesen.

Nach einer Viertelstunde stellte sie fest, dass sie ständig die erste Seite betrachtete, ohne den Sinn des Textes zu erfassen. Ein Gedanke bohrte sich in ihr Bewusstsein durch. Vielleicht war in der Kirche wer anderer gewesen als im Personalbüro. Hatte diese Vorstellung sie die ganze Zeit gequält?

Sie zwang sich, weiterzudenken. Hieß das, es liefen zwei Mörder herum? Hatte jemand Andi geholfen?

Wie kam sie darauf, dass der Schatten jemand anderer als Andi gewesen war? Ihr fiel keine vernünftige Antwort ein.

Da schoss ihr ein neuer Gedanke ein. Falls sie recht hatte, war sie die einzige Zeugin dafür, dass außer Andi noch jemand beteiligt war. Dann verkörperte sie eine Bedrohung und war weiterhin in Gefahr. Ana schluckte die aufkeimende Furcht hinunter. Solange sie niemandem verriet, dass sie Zweifel hatte, war alles in Ordnung. Hoffentlich.

Als es vor dem Fenster dämmerte, befragte sie den Wecker. Er zeigte knapp nach fünf Uhr. Sie gab die Schlafversuche auf und krabbelte aus dem Bett. Leise schlich sie durch das Haus, um Regina und Bert nicht zu wecken. Nach einer eiskalten Dusche zog sie ein Sportleibchen und eine lange Radhose an.

Sie hielt inne. Obwohl sie nur eine kleine Tour plante, schrieb sie eine Mitteilung. Es wäre unfair, ihrer Schwester unnötige Sorgen zu bereiten.

Als sie ihr Rad aus der Gartenhütte schob, war die Dämmerung den ersten Sonnenstrahlen gewichen. Die

Gasse lag friedlich vor ihr. Ana atmete die frische Brise bewusst ein und genoss die Stille.

Sie trat kräftig in die Pedale, bis die Beine zu brennen begannen. Sie wollte die bleierne Müdigkeit aus den Knochen verjagen. Die Luft stieß sie in kurzen Atemzügen aus. Ihre Kondition war schon besser gewesen, diese Woche und die schlaflose Nacht hatten ihren Tribut gefordert.

Während sie zwischen Dörfern radelte, beruhigten sich ihre Muskeln. Der Atem wurde regelmäßig und ihre Gedanken begannen wieder zu kreisen. Vielleicht half ihr die Bewegung, sich Klarheit zu verschaffen.

Ohne dass sie ihn bewusst ausgewählt hatte, führte sie ihr Weg auf die Burg Kreuzenstein. Die letzten Meter kämpfte sie sich den steilen Pfad hinauf. Der Ausblick lohnte. Um diese Zeit war das Burgtor verschlossen und sie die einzige Besucherin. Sie lehnte ihr Rad an die Steinmauer und betrachtete die Donau. Ein Schleppkahn kämpfte sich stromaufwärts. In einiger Entfernung breitete sich Korneuburg aus, unverkennbar mit dem rot-weißen Schornstein des Heizkraftwerks.

Bevor die Muskeln auskühlten, schwang sie sich wieder auf das Bike. Die nächste Station machte sie in der alten Werft. Frühe Fußgänger führten ihre Hunde an der Leine und eine Joggerin winkte ihr fröhlich zu.

Nach einer schweißtreibenden Etappe über den Bisamberg bremste sie zufrieden am Hauptplatz Korneuburg. Direkt neben dem historischen Rathaus war das Kaffeehaus geöffnet. Die meisten Tische waren unbesetzt und sie ließ sich auf einem Fensterplatz nieder. Die Angestellte grüßte sie freundlich und brachte ihr ohne Aufforderung einen kleinen Espresso und ein großes Glas kaltes Soda. Ana begutachtete die Glasvitrine. Topfengolatschen und Zimtschnecken reihten sich an Blechkuchen. Das Wasser lief ihr im Mund zusammen und sie zeigte grinsend auf einen Marmeladekrapfen.

Während sie in die Mehlspeise biss und mit der Zunge die herunterrinnende Marmelade aufschleckte, setzte sich ein Mann in einem dunkelgrauen Anzug zum Nebentisch. War der frühmorgens so elegant unterwegs oder war er vom Vortag übrig geblieben?

Im nächsten Moment spannte sich Anas Körper an und ihr Herz begann zu rasen. In den Ohren klingelte es. Sie machte eine abwehrende Bewegung und der Mann verzog das Gesicht und starrte sie an.

Furchtbare Angst lähmte sie. »Bitte«, stieß sie heraus. Der Kerl schaute erstaunt.

»Bitte, was ist das für ein Geruch?«

»Was?« Der Typ glotzte perplex mit leicht geöffnetem Mund.

Sie musste sich zusammennehmen. »Ich meine Ihr Parfum, was ist das?«

»Meinen Sie mein Rasierwasser?« Ein Tropfen bildete sich auf seiner Unterlippe. Er hielt sie für eine Spinnerin, die ihn anmachte.

Ana sammelte ihre Konzentration und legte ihre Hände betont langsam auf den Tisch. Sie zwang sich, ihn anzulächeln. »Entschuldigen Sie, ich will Sie nicht belästigen. Würden Sie mir sagen, welches Parfum Sie tragen? Ich suche das schon so lange.«

Da er keine Antwort gab, fügte sie hinzu: »Als Geschenk für meinen Partner.«

Ihre Finger zitterten, als sie »The One for Men, Dolce & Gabbana« in ihr Handy tippte. Noch immer reizte sie der intensive Duft nach Tabak und Zedernholz. Der Typ am Nebentisch beobachtete sie neugierig. Deshalb bedankte sich Ana nochmals und wandte sich von ihm ab.

Es war der Geruch! Dieses Aroma hatte sie im Personalbüro eingeatmet, als die Gestalt an ihr vorbeigelaufen war. Und gestern hatte sie den gleichen Duft wahrgenommen. Auf der Welcome-Party, als die Panik in ihr hochgekrochen war.

Ana wurde immer aufgeregter. Wer hatte dieses Parfum getragen? Sie holte sich jeden Mann vor Augen, der am Vortag in ihrer Nähe gestanden war. Frustriert schüttelte sie den Kopf. Als Einzigen schloss sie Bert aus. Dieser Geruch hätte sie bei der Heimfahrt in der Enge des Autos überwältigt.

Während sie bezahlte, vibrierte ihr Handy im Radleibchen. Es war die Nummer von Frau Kreis, der Ehefrau ihres Personalchefs. Sie ging ins Freie, um ungestört telefonieren zu können, und rief zurück.

KAPITEL 39

»Danke für den Rückruf, Frau Rubin. Bitte entschuldigen Sie den frühen Anruf am Sonntag. Ich hoffe, ich störe nicht.« Frau Kreis redete hastig.

Anas Magen verkrampfte sich. Was war mit Gerald?

»Haben Sie gehört, dass die Polizei den Mann, der Gerald attackierte, gefasst hat?«

»Guten Morgen, Frau Kreis, kein Problem, ich bin schon unterwegs. Die Polizei hat tatsächlich jemanden …« Ana zögerte, wie sollte sie das ausdrücken? »Gefunden.«

»Das bedeutet, die Gefahr für meinen Mann ist vorbei.« Frau Kreis seufzte erleichtert ins Telefon.

»Hoffentlich«, rutschte Ana heraus.

»Heißt das, Sie zweifeln?«

Ihre Überlegungen sprangen hektisch durcheinander. Sie hatte sich vorgenommen, niemandem von ihren Bedenken zu erzählen. Um Zeit zu gewinnen, stellte sie eine Gegenfrage: »Woher wissen Sie das?«

»Der Beamte, der vor der Tür Wache hielt, hat sich von mir verabschiedet und gemeint, der Einsatz hat sich erübrigt. Ich habe dann sofort Kommissar Müller angerufen und der hat mich informiert, dass der Fall gelöst ist.«

Ana schwieg. Sie hatte gedacht, dass nur sie in Gefahr war. Das war falsch. Wenn Gerald seinen Angreifer erkannt hatte, fürchtete der Attentäter ihn heftiger als sie.

Ohne Polizeibewachung lag er hilflos wie auf einem Präsentierteller.

»Frau Rubin? Bitte sagen Sie etwas, Sie machen mir Angst!«

»Das war keine Absicht. Wahrscheinlich bin ich überbesorgt. Ich dachte spontan: Falls die Polizei den Falschen geschnappt hat, könnte Gerald in Gefahr sein.«

»Also bezweifeln Sie, dass die Polizei den Richtigen verhaftet hat.« Frau Kreis sagte das klar heraus.

»Ich bin nicht absolut überzeugt und ich möchte kein Risiko eingehen.«

»Was soll ich tun? Der Polizist ist weg und ich schließe aus, dass ich Kommissar Müller dazu bringe, nochmals wen zu schicken.« Verzweiflung klang aus ihrer Stimme.

Mitgefühl überflutete Ana. Die arme Frau hatte ein Übermaß zu verkraften und hielt sich tapfer.

»Sind Sie im Moment im Spital?«

»Klar, wo denn sonst? Heute Abend wollte ich mich um unseren Sohn kümmern. Ich kann nicht länger rund um die Uhr im Krankenhaus bleiben.«

»Geben Sie mir bitte ein paar Stunden, ich suche eine Lösung und besorge Hilfe.«

»Hilfe? Denken Sie an einen Wachdienst?«

Ana fiel ihr Freund Ronald ein. Er machte häufig Personenschutz. Falls er ausgebucht war, empfahl er einen Kollegen. »Das wäre für einige Tage eine Lösung. Bis gesichert ist, dass dem Richtigen das Handwerk gelegt wurde.«

»Wenn sie jetzt den Falschen haben, dauert das aber.« Die Begeisterung von Marilies Kreis hielt sich in Grenzen.

»Deshalb lasse ich mir Alternativen durch den Kopf gehen. Ich verspreche, ich melde mich verlässlich bei Ihnen. Sie brauchen sich keine Sorge zu machen, dass ich es vergesse. Bis dahin bleiben Sie bei Ihrem Mann. Solange Sie anwesend sind, greift ihn niemand an.«

Während Ana auf dem kürzesten Weg nach Hause radelte, sortierte sie ihre Gedanken. So rasch hatte die Polizei die Bewachung abgezogen? Sie war anscheinend überzeugt, dass mit Andi die Bedrohung ausgeschaltet war. Oder sie hatte Personalprobleme und beeilte sich, den Fall umgehend abzuschließen.

Unruhe schlich sich ein, während Ana sich ihrem Haus näherte. Wenn der Attentäter noch frei herumlief und Gerald beobachtete, würde er bald entdecken, dass dieser nicht mehr von der Polizei überwacht wurde. Die Zeit drängte, sie musste handeln.

Wem traute sie die Unterstützung von Andi zu? Niemandem. Wer hatte sich merkwürdig verhalten? Etliche. Sie stöhnte. Mit welchem von ihnen sollte sie anfangen? Geralds Leben hing davon ab, dass sie schnell den Richtigen identifizierte.

Sie entschied sich für Andis Bruder. Peter war ein feiner Kerl, aber aus Bruderliebe konnte er etwas Verheerendes angestellt haben.

In ihrem Haus war es nach wie vor still. Ihre beiden Mitbewohner schliefen fest. Diesmal gönnte sich Ana eine warme Dusche. Danach ergänzte sie die Mitteilung an Regina. Beinahe hätte sie ihren Businesslunch vergessen. Eilig zwängte sie sich in ein elegantes Kleid und in Stöckelschuhe. Einen hübschen Blazer dazu, passt. Für Extravaganzen nahm sie sich keine Zeit. Kurz darauf startete sie ihr Cabrio.

Während der Fahrt überfielen sie Bedenken. Peter würde ihr die Unterstellung unter keinen Umständen verzeihen. Wenn sie sich irrte, musste sie sich einen anderen Job suchen. Sie verabscheute diesen Gedanken. Sie hatte in den letzten Jahren überdimensional viel Zeit und Energie in ihre Karriere investiert. Oft blieben dafür private Interessen auf der Strecke. Die Firma ermöglichte ihr, sich weiterzuentwickeln, und sie fühlte sich wohl. Die Menschen, mit denen sie arbeitete, waren nett, mit einigen entwickelte sich eine Freundschaft. Sie wollte ihren Job behalten.

Ein lautes Hupen unterbrach ihre Überlegung. Unbewusst war ihr Fuß vom Gaspedal gegangen und sie gondelte aufreizend langsam auf der Autobahn. Sie hob entschuldigend ihre Hand und drückte auf das Pedal.

Sollte sie umdrehen? Zurück zu Regina und Bert und ein fröhliches Frühstück genießen? Sehnsüchtig schaute sie die Ankündigung der nächsten Abfahrt an. Der Gedanke verlockte, doch sie wusste, dass sie nicht umkehren würde.

Weiterzuleben, als ob alles in Ordnung wäre, war keine Option, solange sie einen Mörder unter ihren Kollegen vermutete. Wenn Gerald ihretwegen etwas zustieß, könnte sie niemals mehr in den Spiegel schauen.

Sie würde mit Peter sprechen, ihm ihr Beileid ausdrücken und im Badezimmer sein Parfum überprüfen. Wenn es ein anderer Geruch war, was sie innigst hoffte, würde sie sich rasch verabschieden und er würde nie von ihren Zweifeln erfahren.

In der Nähe des Wohnhauses der Familie Flor stellte sie ihr Fahrzeug an der Straße ab. Das Haus befand sich in einem Randbezirk in einer Wohnsiedlung. Ana kannte es, weil Peter und seine Gattin einige Male Kollegen zu Festlichkeiten eingeladen hatten.

Um es sich nicht anders zu überlegen, ging sie mit raschen Schritten zum Eingang.

»Wen haben wir denn da? Und so elegant gekleidet.«

Was für ein Pech! Sie war dem Müller in die Arme gerannt.

»Guten Morgen, Herr Kommissar. Was machen Sie hier? Ich dachte, der Fall ist für Sie gelöst.« Herausfordernd betonte Ana jede Silbe.

»Es gab noch Kleinigkeiten zu klären, aber Sie haben recht: Der Mordfall wird abgeschlossen. Die Fahndung nach Paul-Egon Wagner läuft parallel, das ist ab sofort ein offizieller Vermisstenfall.«

Ana blickte ihm forschend in die Augen. Sollte sie ein letztes Mal versuchen, ihn zu überzeugen? »Ich habe Zweifel, dass Andreas Flor im Alleingang der Täter war. Können Sie wenigstens die Bewachung von Gerald Kreis im Krankenhaus noch eine Zeit lang aufrechterhalten?«

Der Kommissar räusperte sich. »Ich dachte mir bereits, dass Sie Peter Flor verdächtigen, mit seinem Bruder gemeinsame Sache gemacht zu haben. Der Gedanke ist naheliegend. Uns alle irritiert, dass Herr Kreis schwer verletzt wurde, aber die Schachfigur und der Steckkamm fehlen.«

»Trotzdem schließen Sie den Fall ab?«

»Wir haben soeben eine Hausdurchsuchung bei der Familie Flor durchgeführt. Es gibt keinen Hinweis auf Mittäterschaft.«

»Wie erklären Sie das Fehlen der Symbole?«

»Dass die Tatorte voneinander abweichen, ist darauf zurückzuführen, dass der Angreifer gestört wurde. Ihr Erscheinen hat ihn unterbrochen, bevor er den Tatort nach seinen Vorstellungen schmücken konnte.«

»Ich wünschte, ich könnte das glauben.« Ana fühlte eine schwere Last auf sich.

»Lassen Sie es gut sein. Ich schätze Ihre Hartnäckigkeit, aber Sie dürfen keine fixe Idee entwickeln. Fahren Sie nach Hause, nehmen Sie sich frei. Die Firma bricht ohne Sie nicht unmittelbar zusammen. Sie haben viel Aufwühlendes erlebt, das verarbeiten Sie nur mit ausreichend Ruhe.« Herr Müller meinte es ehrlich. Er sah sie so besorgt an.

»Sie suchen ernsthaft nach Herrn Wagner? Mir hat sich das Bild eingebrannt, dass er in einem Keller verdurstet, weil Andi kein Wasser mehr bringt.«

»Wir fahnden intensiv nach Herrn Wagner. Verdrängen Sie diese Vorstellung, so ein Szenario halte ich für unwahrscheinlich.«

»Möglich, dass ich mir das alles einrede.« Ana sprach ihre Gedanken leise aus. Niedergeschlagen nickte sie Müller zu. »Danke für Ihre Mühe. Auf Wiedersehen.« Langsam drehte sie sich um und trottete ein paar Schritte. Dann blieb sie nochmals stehen.

»Besser, wir treffen uns nicht bald wieder.« Sie genoss seinen verständnislosen Blick. »Na ja, weitere Treffen bedeuten weitere Leichen, oder? Darauf verzichte ich liebend gerne.« Das entlockte ihm ein Schmunzeln.

Im Auto zeigte ihr das Handy eine Mitteilung von Pat. »15 Uhr im Steirereck. Bis gleich.« Wow! Maribel ließ sich die Einladung einiges kosten. Vermutlich schrieb sie es von der Steuer ab.

Seit wann war Ana zynisch? Die Frau zeigte sich bei ihr erkenntlich und sie sollte das freundlich annehmen. Den Frust über die Situation musste sie anders verarbeiten. Sie bedankte sich mit einer SMS und versicherte, dass sie kommen würde.

So. Jetzt war genug Zeit vergangen. Ana kletterte aus dem Cabrio. Ein Rundblick bestätigte, dass die Polizei abgezogen war, und sie läutete an Peters Haus.

Der Finanzchef schaute sie finster an. Er wirkte kleiner und älter an diesem Tag. Die grauen Strähnen hatten sich über Nacht vermehrt.

»Guten Morgen, Peter.« Ana streckte ihm die Hand hin, die Peter zögerlich ergriff. Weich und klebrig fühlte sich sein Händedruck an. »Ich möchte dir mein Beileid aussprechen.«

»Danke, Ana.«

Sie schnupperte, roch aber kein Parfum. »Darf ich auf einen Sprung hereinkommen?«

»Ich weiß nicht recht. Bis vor Kurzem hat die Polizei das ganze Haus auf den Kopf gestellt. Meine Frau habe ich mit den Kindern weggeschickt. Die sollen von diesem Chaos so wenig wie möglich mitbekommen. Schlimm genug, dass ich ihnen mitteilen musste, dass ihr Onkel Andi tot ist.«

»Lass mich bitte kurz hinein. Mir tut das alles leid, ich bin total durcheinander.« Ana sah ihn flehend an. Sie wollte auf keinen Fall unverrichteter Dinge abziehen.

Peter zuckte die Schultern und hielt ihr die Tür auf. »Dann komm. Du trinkst sicher einen Kaffee, ich kann auch einen gebrauchen.«

KAPITEL 40

Ana folgte dem Finanzchef in die Küche. Sie sah sich um, während er an der Espressomaschine hantierte. Gedankenverloren las sie die aufgedruckte Marke der Maschine, ein sündteures Stück. Diesen Raum hatte die Polizei ordentlich verlassen, oder Peter hatte bereits zusammengeräumt.

Wie gelangte sie unauffällig ins Bad? Es lag am Ende des Flurs. Sie überlegte sich gerade eine Ausrede, als Peter zwei Kaffeetassen auf den Tisch stellte. Dankbar nippte Ana an der kräftigen Brühe und zog den Bohnenduft ein.

»Worüber möchtest du sprechen?«, sagte Peter reserviert und sie fühlte, dass er sie rasch loswerden wollte.

»Wegen Andi. Ich kann noch immer nicht glauben, dass er etwas Schlimmes gemacht hat, er war doch so ein lieber Mensch.«

»Nett, dass du das sagst, aber es ändert nichts an den Tatsachen.«

So kam sie nicht weiter, er wollte nicht sprechen. Ana musste klarer werden, um ihn zum Reden zu bringen. »Was ist, wenn es wer anderer gewesen ist?«, platzte sie heraus. Das war jetzt plump, sie hatte doch diplomatisch vorgehen wollen.

»Was? Ana, das bringt nichts, wenn du das sagst. Es ist außer Zweifel, dass er der Täter ist. Ihr habt ihn selbst in der Kirche gesehen.« Seine Stimme war heiser.

»Wenn das Andi war, wen habe ich dann im Personalbüro überrascht? Das war ein anderer Mann.« Warum konnte sie ihren Mund nicht halten?

»Hör auf, du redest Unsinn! Mark hat meinem Bruder böse mitgespielt, und das hat er nie überwunden. Ich wusste, dass es ihm schlecht geht. Aber mit so einem Wahnsinn habe ich nicht gerechnet.« Leise fügte er hinzu: »Ich mache mir entsetzliche Vorwürfe, dass ich diesen Rachefeldzug nicht verhindert habe. Ich habe es nicht kommen sehen.«

»Was hat Mark deinem Bruder angetan und was hat das mit Wagner und Gerald und Maribel zu tun?«

»Mark war der Mentor von Andi und hat ihn überredet, als Exec-Assi zu Maribel zu wechseln. Er hat ihm die Zukunft in leuchtenden Farben ausgemalt. Mein Bruder erwärmte sich anfangs wenig für die Idee. Seine Tochter war zu jung und seine Frau ging wieder arbeiten und lehnte es ab, ins Ausland zu übersiedeln. Sie wurde kurz darauf wieder schwanger und verlangte, dass er in Wien blieb. Andi willigte ein und entschuldigte sich bei Mark.« Peter sog hörbar Luft ein. »Ein Nein hat Mark nie akzeptiert.«

»Was hat er gemacht?«

»Den Druck erhöht. Die Versprechen wurden noch fantastischer, und sollte sich Andi weigern, drohten Nachteile. Welche, hat Mark verschwiegen, das hat die Drohung verstärkt. Andi gab nach und sagte zu.«

»Was ist dann passiert?«

»Maribel ist passiert. Der nette Andi hat ihr von Anfang an widerstrebt. Umso mehr hat sie ihn rumkommandiert und ausgenutzt. An den wenigsten Wochenenden durfte er zur Familie heimfliegen, weil ständig Wichtiges für sie zu erledigen war. Sie war unerbittlich. Als seine Ehe anfing, den Bach runterzugehen, entschied er zurückzukehren. Maribel war außer sich und Mark unmissverständlich, was die Konsequenzen anging.«

»Und weiter?«

»Andi war zu schwach. Er hat zurückgezogen und weitergemacht. Seine Frau hat ihm die Scheidung angedroht. Irgendwann ist er zusammengebrochen, da durfte er heim. Allerdings wurde er mit schwerem Burn-out in ein medizinisches Zentrum eingeliefert.«

»Welche Rolle haben Herr Wagner und Gerald gespielt?«

»Andi kehrte nach Monaten im Krankenstand zurück, Paul-Egon war dann sein Vorgesetzter. Ich habe auf meinen Bruder eingeredet, dass er sich einen anderen Arbeitsplatz suchen soll. Er hat nicht auf mich gehört und hat im Vertrieb gearbeitet. Das funktionierte eine Weile halbwegs.«

»Und?«

»Bis er einen großen Deal anarbeitete und Mark als verantwortlicher Sales Executive auftauchte. Mark hat Andi das Leben zur Hölle gemacht und ihn zum Rücktritt gedrängt. Es verging kein Tag ohne Streit. Damals hatte ich Riesensorge, dass sich Andi etwas antut. Er verbiss sich in den Wunsch, in der Firma zu bleiben.«

Peter verlor sich in der Erinnerung. Nach langer Pause fragte Ana sanft: »Was ist geschehen?«

»Mark hat keinen Millimeter nachgegeben. Die Lösung war schlussendlich eine einvernehmliche Kündigung, die

Paul-Egon vorgeschlagen hat. Er hat behauptet, er will einem weiteren Zusammenbruch zuvorkommen, und hat Andi überredet, anzunehmen. Am Papier war es eine einvernehmliche Kündigung, mental keine Spur.«

»Und den Personalchef plante Andi zu beseitigen, weil der dieses Kündigungsangebot ausgearbeitet hat?«

Er zuckte mit den Schultern. »So auf die Art war es wohl. Jetzt weißt du alles, mehr gibt es nicht zu erzählen. Andi hat die Morde begangen, aber die wahre Schuld tragen andere.«

»Was ist mit seiner Tochter?«

Er zog den Mund zu einem Strich zusammen. »Er hatte zwei Mädchen, eines ist gestorben.«

»Das ist tragisch.« Ana erkannte an Peters Körperhaltung, dass sie mit dem Bohren aufhören sollte. Alles an ihm schrie danach, sich nicht erinnern zu müssen. Doch es war ihre letzte Möglichkeit, die ganze Wahrheit herauszufinden. »Was ist ihr zugestoßen?«

Seine Sprechweise war rau und hart: »Sie starb an Leukämie.«

»Es tut mir leid.«

Die Stille hing zwischen ihnen. Ana quälte eine Frage, aber sie hatte keine Ahnung, wie sie sie stellen sollte. Ihre Stimme klang fremd, als sie flüsterte: »Und du?«

»Was ich?«

»Nichts. Darf ich die Toilette benutzen, dann bist du mich los.«

»Du kennst dich aus.« Peter machte eine müde Handbewegung in Richtung Flur.

Ana schlich am Gang an der Toilettentür vorbei und öffnete zaghaft das Badezimmer. Sie horchte. Aus der

Küche hörte sie kein Geräusch. Sie kratzte ihren Mut zusammen und klickte den Lichtschalter. Auch hier waren keine Spuren der Durchsuchung zu erkennen. Die weiße Badewanne, die Dusche und der Waschtisch glänzten sauber und die gespiegelten Fliesen warfen Bilder. Oberhalb des Waschbeckens hing ein Spiegelschrank. Auf Zehenspitzen schlich sie auf ihn zu und drückte an einer Schiebetür, die mit leichtem Surren öffnete. Als sie anstieß, klirrte es. Ana erstarrte und hielt den Atem an.

Sekundenlang wartete sie. Als sich nichts rührte, durchsuchte sie die Fächer. Ordentlich standen die üblichen Toilettenartikel aufgereiht.

An der rechten Schiebetür zog sie behutsamer. Dahinter fand sie Sprays und Fläschchen. Nirgends war ein Artikel von Dolce & Gabbana zu entdecken. Trotzdem schraubte sie ein Flacon mit der Aufschrift »Parfum pour Homme« auf. Aromatischer Duft nach Kräutern breitete sich aus.

Da flog hinter ihr die Badezimmertür auf und knallte gegen die Badewanne. Ana riss die Arme zur Abwehr in die Höhe und das Rasierwasser krachte auf den Fliesenboden. Mit einem hellen Klirren sprang das Glas in Scherben und das Duftwasser lief über die Kacheln. Beißender Kräutergeruch breitete sich aus.

»Was zum Teufel denkst du dir? Schleich dich aus meinem Haus!«

»Peter, bitte! Ich habe nichts Böses im Sinn!«

»Suchst du etwas? Oder schiebst du mir was unter, was dann die Polizei bei mir findet?« Peter redete leise mit spitzen Lippen und zugekniffenen Augen. Er trat einen

Schritt näher und stand wenige Zentimeter vor ihr. Er war unwesentlich größer als Ana und sie spürte seinen stoßweisen Atem. Sein Körper verströmte aus jeder Pore Zorn.

Der rechte Arm bewegte sich auf sie zu. Bevor sie sich ducken konnte, packte er den Kragen ihres Blazers und zog sie an sich.

KAPITEL 41

Ana stand versteinert. Ihre Beine und Arme gehorchten ihr nicht. Peters Pupillen waren Zentimeter vor ihr und durchbohrten sie. Abrupt drehte er sich weg und zerrte sie am Sakko nach vorn. Steif wie eine Statue ließ sie sich von ihm zur Haustür ziehen und ins Freie schieben.

Frischer Wind blies ihr entgegen und auf einmal kehrte ihre Sprache zurück. »Hast du Andi geholfen? Hast du Gerald niedergeschlagen?« Sie riss sich aus seinem Griff und stellte sich vor ihm auf.

Seine regungslose Miene wechselte von Grau auf Rot und Äderchen traten am Hals hervor. Einen Moment dachte sie, dass er zuschlagen würde, und duckte sich.

»Ana, um Himmels willen! Ist es das, was du glaubst?« Er sah fassungslos drein. »Du verdächtigst mich ernsthaft, Gerald angegriffen zu haben?«

»Bitte, Peter, sag, dass du das nicht gemacht hast!«, bettelte Ana.

Unvermittelt sackte der Finanzchef in sich zusammen. Er legte die Hände vor das Gesicht und ließ sich die Wand nach unten gleiten, bis er auf der Eingangsschwelle saß. Seine Schultern begannen zu zucken.

Überfordert wippte Ana mit den Beinen. Sie griff in seine Richtung, zog aber wieder zurück. Was sollte sie unternehmen? Ein Teil von ihr drängte, sich rasch in Sicherheit zu bringen. Der andere Teil fühlte tiefes Mitleid mit dem Mann, der sonst überlegt handelte und jetzt hemmungslos schluchzend vor ihr auf dem Boden kauerte.

Sie hockte sich neben ihm hin und drückte behutsam seinen Arm. »Was hast du getan?«, fragte sie sanft.

»Nichts. Ich habe buchstäblich nichts getan. Zuerst habe ich meinen Bruder im Stich gelassen und dann euch. Dabei habe ich mitbekommen, dass ihn die Situation fertigmacht. Ich hätte ihn unterstützen müssen, aber ich war zu feig, einen Krieg mit Maribel und Mark zu führen. Wieso hat mich Andi verschont? Ich habe es viel mehr verdient, bestraft zu werden, als Paul-Egon und … Gerald.«

Den Namen Gerald keuchte er heraus, dann schüttelte ihn ein heftiger Weinkrampf. »Er ist mein Freund, er vertraut mir.«

»Hast du Andi bei den Morden geholfen?«

Seine Arme glitten nach unten und ruhten kraftlos auf den Schenkeln. Tränennasse Augen schauten sie an.

»Das darfst du nicht denken, Ana. Vor allem du nicht.« Die Wörter wurden durch Schluchzen unterbrochen. »Aber ich …, ich hatte Ahnungen und habe trotzdem nichts unternommen. Diese verdammten Symbole. Ich glaube, die hat Andi für mich bestimmt.«

»Du meinst als persönliche Mitteilung an dich?«

»Mhm. Andi hat mir damals irgendwann erklärt: Ich bin bloß der dumme Bauer, der auf dem Feld herumgeschoben wird. Das Spiel beherrschen andere.« Erneut brach er in Schluchzen aus. »Ich habe nur blöd gelacht und die Aussage verdrängt. Im Verdrängen bin ich Weltmeister.«

»Wieso hat er beim Portier auch Schachfiguren platziert?«

»Damit ich es wirklich begreife, denke ich. Das war jetzt sein Spiel, es lief nach seinen Regeln. Diesmal konnte er entscheiden, wer ausscheidet.«

»War er Schachspieler?«

»Er war der beste Spieler im Klub. Er hat uns alle weggefegt.« Peter klang sogar jetzt stolz auf seinen Bruder.

»Und was bedeutet der Steckkamm?«

Peter hörte ihr nicht zu. Er war in seinen Erinnerungen gefangen. Ana hatte ihre Angst verloren. Dieser Mann war am Ende, der tat ihr nichts zuleide.

»Hast du Andi gestern am Kahlenberg entdeckt?«

Er weinte mit zuckenden Schultern, gab ihr aber keine Antwort.

»Bist du ihm gefolgt? Hast du mit ihm gesprochen?«

»Was ist denn hier los?«, unterbrach eine scharfe Frauenstimme.

Ana sah auf und erkannte Peters Ehefrau. Die stämmige Frau stand mit erbostem Gesichtsausdruck vor ihnen. Dahinter mit einigem Abstand zwei Teenager, die sie neugierig musterten.

Sie rappelte sich in die Höhe. »Darf ich auch Ihnen mein Beileid aussprechen, Frau Flor? Ich wollte ohnehin gerade aufbrechen.«

Die Frau ignorierte sie. Sie kniete sich zu ihrem Mann und redete leise auf ihn ein. Dann half sie ihm beim Aufstehen.

Ana ging zögernd an den beiden Jugendlichen vorbei, die jede Bewegung beobachteten. Da hörte sie die Frau rufen.

»Frau Rubin, bitte bleiben Sie hier. Ich habe Sie zuerst nicht erkannt und gedacht, es hat sich eine Journalistin eingeschlichen.«

Unschlüssig kehrte Ana um. Die Frau lud sie ins Haus ein, und bevor sie sich versah, saß sie auf der Couch im Wohnzimmer. Peters Frau platzierte ein Tablett mit Kirschkuchen auf dem Tisch und begann, Kaffeetassen herzuräumen. Vorsichtigen Protest von Ana wischte sie weg. Sie strahlte Unerschütterlichkeit aus und Ana vermutete, dass sie sich um Normalität in ihrer Familie bemühte.

Die beiden Jugendlichen setzten sich zu ihnen. Der Sohn spielte mit gelangweiltem Gesichtsausdruck auf seinem Handy, was ihm eine Rüge seiner Mutter einbrachte. Die Tochter, die Ana auf elf Jahre schätzte, musterte sie unverblümt. Ihr Vater saß wie ein Häufchen Elend daneben.

Ana nahm sich vom Kuchen und nippte am Kaffee, in der Hoffnung, dass sie bald diese morbide Stimmung verlassen durfte.

»Hast du Onkel Andi gekannt?«

Das Mädchen schaute sie aufmerksam an.

»Wir haben in derselben Firma gearbeitet, ich habe ihn ein bisschen von der Kantine gekannt.«

»Und Emma?«

Mhm, vermutlich meinte sie Andis Tochter. Bevor Ana antwortete, folgte sie dem Blick des Mädchens, das sich vorbeugte, um an ihr vorbeizusehen. Ana drehte sich um. Auf einem Regal hinter ihr stand ein brennendes Teelicht. Daneben zwei Fotos. Das eine zeigte Andreas Flor, wie sie sich dunkel an ihn erinnerte. Auf dem anderen strahlte ein ungefähr achtjähriges Mädchen in einem weißen Spitzenkleid. Es hielt eine Kerze und deutete stolz mit der anderen Hand auf einen glitzernden Steckkamm in ihren Haaren.

»Das ist Emma, meine Cousine. Sie ist auch tot.« Die Tochter sprach emotionslos.

Ana schnappte nach Worten. »Feierte sie Erstkommunion, als sie fotografiert wurde?«

»Das ist ein Fakefoto.«

»Was?« Sie starrte das Kind entgeistert an.

»Karoline, du redest Blödsinn«, sagte ihre Mutter. »Sie müssen entschuldigen, die Ereignisse sind schwer zu verarbeiten für die Kinder.«

»Was meinst du mit Fakefoto?« Wie eine Fotomontage wirkte dieses Foto nicht.

Frau Flor seufzte. »An diesem Tag kauften wir gemeinsam mit Andi das Erstkommunionskleid samt Schuhen, Strümpfen, Haarschmuck und die Kerze. Ich war ihre Patin und wollte ihr ein schönes Fest schenken. Emma war unheimlich stolz und hat sich riesig auf die Feier gefreut. Man sieht ihr auf dem Foto kaum an, wie krank sie war. Die Aufnahme wurde vier Wochen vor der Kommunion geschossen, 14 Tage später ist sie gestorben.«

»Das ist schrecklich«, flüsterte Ana.

Peters Frau erzählte leise weiter. »Andi hat für das Einkaufen extra die Reha verlassen, am Abend musste er zurück. Es war das letzte Mal, dass er Emma lebend gesehen hat.«

Das hatte ihn wohl in den Abgrund gestoßen. Die zerbrochene Ehe, die tote Tochter, die zerstörte Karriere. Der Schmerz hatte den sensiblen Andi überwältigt und einen tödlichen Rächer aus ihm gemacht. Zweifellos gab er Mark und Maribel und wer weiß, wem noch, die Schuld an seinem ruinierten Leben.

»Am Dienstag war Emmas Todestag.« Peter hauchte den Satz in die betretene Stille.

Ana fehlten die Worte. Fieberhaft suchte sie nach mitfühlenden Worten. »Emma sieht hübsch und glücklich auf dem Foto aus. Wo hätte denn die Kommunion stattgefunden?«

»In der St.-Josef-Kirche nahe ihrer Wohnung. Danach hatten wir ein wunderschönes Familienfest geplant, natürlich auch mit Wurstelprater für die Kleine.«

»Wie bei meiner Erstkommunion«, kommentierte ihre Tochter. »Aber da war nicht die Mama die Patin, sondern Onkel Leo. Er ist gar nicht mein richtiger Onkel, aber er ist superlieb und hat mir eine coole Uhr geschenkt.«

Sie streckte Ana ihren Arm mit einem pinkfarbenen Armband und Gehäuse hin. Ana bewunderte die Uhr. Als Peters Telefon klingelte, nutzte Ana die Gelegenheit und verabschiedete sich schnell. Peter ignorierte ihre Hand. Würde er ihr den Auftritt je verzeihen? Sie fröstelte beim Gedanken an mögliche Konsequenzen.

Zurück in ihrem Cabrio sperrte sie sich ein und starrte minutenlang aus dem Fenster. Der Besuch hatte ihr Andis Leid hautnah veranschaulicht und wie sehr Peter mitlitt. Sie hoffte, dass ihr Mentor kein Mörder war, aber ihre innere Stimme mahnte zu Vorsicht.

Sie nahm ihr Handy und suchte »St.-Josef-Kirche Wien«. Es erschienen einige Suchergebnisse und sie hatte nicht nach dem Bezirk gefragt. Sie ergänzte ihre Suchanfrage um »Erstkommunion«. Diesmal wurde sie fündig. In der Pfarre St. Josef im 14. Bezirk hatte im Vorjahr die Erstkommunion am 26. Mai zu Christi Himmelfahrt stattgefunden. Fast auf den Tag vor einem Jahr.

Sie hatte keine Minute zu verschwenden, aber einen kleinen Umweg auf der Fahrt in die Klinik Ottakring wollte sie einlegen.

Es überraschte sie, dass sie auf der Karte drei Garagen fand, von denen aus die Kirche zu Fuß erreichbar war. Wenn sie einen Parkplatz benötigte, war nie einer in der Nähe.

Die erste Tiefgarage lag an der Hauptstraße. Ana zog ein Ticket und fuhr die Rampe hinunter. Es war eine moderne Garage, gut beleuchtet und übersichtlich. Es dauerte weniger als zehn Minuten, bis Anas Auto aus dem Parkhaus rollte.

Die nächste Parkgarage war in einer Seitenstraße, keinen Kilometer von der Kirche entfernt. Ana war positiv überrascht, dass sie sich wiederum in einer großzügigen und hellen Anlage befand. An die 250 Plätze waren abzusuchen, ihr lief die Zeit davon.

Sie sprang auf die Bremse und vergaß auszukuppeln. Ihr Fahrzeug ruckte und starb ab. Neben ihr schaute das Heck von Wagners silbergrauem Mercedes aus der Parklücke.

Und jetzt? Aussteigen? Die Polizei verständigen? Müller anrufen?

Auf einmal wirkte die Halle erschreckend einsam. Sollte sie lieber die Ausfahrt suchen? Ana überwand sich und parkte ihr Auto auf dem gegenüberliegenden Abstellplatz. Sie hatte freie Sicht auf Wagners Wagen.

Beim zweiten Klingeln meldete sich Müller. »Frau Rubin, Sie haben schon wieder Sehnsucht nach mir? Ich fühle mich geschmeichelt.«

»Guten Tag, Herr Kommissar. Ich fürchte, ich zerstöre Ihnen den restlichen Sonntag.«

»Was haben Sie diesmal angestellt?«

»Mhm. Nichts angestellt, stattdessen aufmerksam zugehört. Ich stehe in der Parkgarage hinter der St.-Josef-Kirche im 14. Bezirk und schaue auf den Mercedes von Herrn Wagner.«

»Aha.«

»Ist das alles, was Sie sagen?«, fragte Ana.

»Wie schaffen Sie es immer aufs Neue, mich zu überraschen?« Herr Müller sprach leise, dann räusperte er sich und fuhr laut fort: »Danke für Ihren Hinweis. Warten Sie bitte, bis wir ankommen.«

»Ja, Herr Kommissar. Ich bin bisher nicht aus dem Wagen ausgestiegen, deshalb weiß ich auch nicht, ob Wagner drinnen sitzt.«

»Tun Sie mir den Gefallen und bleiben Sie in Ihrem Auto. Damit retten Sie uns Spuren. In spätestens einer halben Stunde sind wir bei Ihnen.«

KAPITEL 42

Ana nutzte die Zwangspause, um die Neuigkeiten durchzudenken. Sie notierte, was ihr Peter und seine Frau erzählt hatten. Falls Herr Wagner lebte, konnte er die Puzzleteile zu einem Ganzen zusammenfügen? Andernfalls blieben der Personalchef und sie in Gefahr und sie musste ihren Plan durchziehen. In einem fort blickte sie auf ihre Uhr. Bisher war kein Wagen an ihr vorbeigekommen. Wo steckten die Kommissare so lange?

Endlich trafen Polizeiautos ein. Ana machte sich mit der Lichthupe bemerkbar. Sekunden später eilten Herr Müller und Frau Meinhart auf sie zu. Er hörte ihre Erzählung an und ersuchte sie anschließend höflich, die Garage zu verlassen. Frau Meinhart fixierte Ana mit verkniffenen Lippen und schwieg beharrlich.

Der Bitte des Kommissars folgte Ana liebend gerne. Sie wollte weit weg sein, wenn Wagners Wagen geöffnet wurde. Außerdem drängte die Zeit. Sie verabschiedete sich eilig und war erleichtert, fortzukommen.

Zehn Minuten später hastete sie in den Pavillon, in dem Gerald im Tiefschlaf lag. Seine Frau lief ihr entgegen. »Ich bin gleich zurück, ich habe mich nicht einmal aufs Klo getraut.«

Ana erklärte ihr den Plan. Frau Kreis zögerte. »Ich muss an unseren Sohn denken, wenn mir etwas zustößt, hat er niemanden mehr. Wer kümmert sich dann um ihn?« Ana bedrängte sie nicht. Ihr war die Verantwortung bewusst, die die Frau auf sich lud. Leider hatte sie keinen besseren Vorschlag.

»Glauben Sie mir, ich habe endlos Zeit zu grübeln. Ich zermartere mir das Gedächtnis, ob mir Gerald von Schwierigkeiten erzählt hat. Mir fällt absolut nichts ein.« Marilies Kreis wirkte verloren. »Er ist meist einsilbig, wenn es um Firmenthemen geht. Kündigungen und Restrukturierungen setzen ihm jedes Mal zu, aber die sind glücklicherweise selten. Sie arbeiten doch mit ihm, können Sie sich erklären, wieso ihn jemand hasst?«

Ana schüttelte den Kopf. »Die Polizei vermutet, dass ihn eine lang zurückliegende Kündigung zum Ziel gemacht hat.«

»Aber Sie bezweifeln das.« Frau Kreis sprach Anas Gedanken aus. »Sie glauben, dass etwas anderes dahintersteckt. Was ist Ihr Verdacht?«

»Ich vermute, dass Gerald jemanden in seinem Zimmer ertappt hat. Derjenige ist aufgeschreckt und hat ihn in Panik niedergeschlagen. Das muss kein geplanter Überfall gewesen sein.«

»Was hat der Täter in seinem Büro gesucht?«

»Ein Personalbüro ist voller Geheimnisse.«

»Und Sie stellen infrage, dass der Richtige von der Polizei ausgeschaltet wurde?«

Statt etwas zu erwidern, kaute Ana auf ihrer Lippe.

»Wenn Sie recht haben, beabsichtigt der wahre Täter nach wie vor, meinen Mann zu töten, weil Gerald ihn identifizieren kann«, schlussfolgerte Frau Kreis.

Hilflos schaute Ana die Frau an. Sie hätte sie liebend gerne beruhigt.

»Verstehe. Dann machen wir es, wie Sie vorschlagen. Mit dieser Angst will ich nicht leben. Er ist der Vater meines Sohnes.«

Die Frauen sprachen den Plan mehrmals im Detail durch. Gemeinsam sahen sie sich im Krankenzimmer und im Bad um. Ana öffnete sogar die Balkontür und trat hinaus. Der Balkon verlief über die Hausfront, etwa einen Meter über dem Erdboden. Ein schmiedeeisernes Gitter sollte verhindern, dass man herunterfiel, es reichte Ana aber gerade bis zum Nabel und bot keinen Schutz gegen einen Eindringling.

Vor der Veranda erstreckte sich eine frisch gemähte Wiese, es duftete herrlich nach Frühling. Gelbe Forsythien begrenzten den Gehweg. Dahinter erblickte sie ihr Cabrio als einziges Fahrzeug auf dem Parkplatz.

Ana klappte die Balkontür zu und begutachtete das Schloss. Diese uralte Holztür hielt keinen Einbrecher ab. Wenigstens quietschte sie bei jeder Bewegung laut.

»Wenn Sie es sich anders überlegen, lassen Sie es mich wissen.«

»Die Alternative ist, ich heuere einen Wachschutz an und fühle mich weiterhin bedroht. Das führt zu nichts, ich bleibe dabei.« Nun klang Frau Kreis überzeugt und zuversichtlich.

Ana verabschiedete sich bald. Schließlich wollte sie pünktlich zu ihrem Lunch mit Maribel erscheinen. Während ihrer Fahrt zum Stadtpark rief sie ihre Schwester an und bat sie um Hilfe.

Regina reagierte gelassen, sie war immer schon die Coole von ihnen beiden gewesen. Doch sie stellte eine Bedingung: Sie akzeptierte keinen Alleingang von Ana und wollte Bert einweihen, damit sie im Notfall Unterstützung holen konnten. Ana willigte ein, er durfte sich allerdings auf keinen Fall einmischen. Regina übernahm es, mit ihm zu reden. Dann wünschte sie ihrer Schwester einen exquisiten Aufenthalt in dem Gourmetrestaurant.

Mit ehrwürdiger Miene geleitete ein eleganter Oberkellner Ana zu ihrem Tisch. Sie war als Erste eingetroffen und setzte sich so, dass sie Ausblick auf die Bäume des Stadtparks hatte. Eine grüne Oase mitten in der Großstadt.

Den Tisch schmückte ein exotisches Blumengesteck und seitlich war ein stylisher Weinkühler angeschoben. Ambiente de luxe, freute sich Ana.

Maribel und Pat wurden gemeinsam zu ihr geführt. Zwei attraktive und weltgewandte Frauen, denen anerkennende Blicke der männlichen Gäste folgten. Sie hatten bereits eine dienstliche Besprechung hinter sich. Am Sonntagvormittag hatten sie Firmenstrategien gewälzt, trotz der Ereignisse am Vorabend.

Ana genoss es, verwöhnt zu werden. Als Aperitif verkostete sie einen trockenen Sherry und ließ sich bereitwillig von Maribel überreden, das fünfgängige Tagesmenü zu wählen. Meerestiere, Fisch und Wild, Ana lief das Wasser im Mund zusammen.

Während des Essens redete Maribel pausenlos. Von ihrer Karriere und den Prominenten, mit denen sie Umgang pflegte. Ana lauschte den Ausführungen höflich und drückte regelmäßig ihre Anerkennung aus. Die Unterhaltung passte zu dem Ambiente und den kunstvoll angerichteten Speisen.

Als Maribel den Gesprächsverlauf zur Firmenstrategie lenkte, stieg Anas Interesse. Die erfahrene Managerin hatte in den wenigen Tagen seit ihrer Ernennung ein ambitioniertes Konzept erarbeitet. Die Ideen klangen Erfolg versprechend und wurden von ihr überzeugend argumentiert.

»Im Bereich des Vertriebs führen wir eine umfassende Modernisierung durch. Pat hat mir den Kollegen Karsten Fuchs nähergebracht. Du hast ihn als Vertriebsleiter vorgeschlagen. Sein Profil klingt interessant, ich traue ihm die Aufgabe zu.«

Ana jubelte innerlich. Sie freute sich auf die Zusammenarbeit mit Karsten. Das würde abwechslungsreich und lustig werden.

»Nun beschäftigen wir uns mit dir. Weshalb hast du dich nicht selbst für den Vertriebsleiterjob beworben?« Maribel schaute sie forschend an.

Ana warf Pat einen Hilfe suchenden Blick zu, aber die betrachtete interessiert ihr Weinglas.

»Du bist gar nicht auf die Idee gekommen? Dabei hat mir Pat erzählt, dass du vorwärtskommen willst.« Die hellblauen Augen von Maribel schienen ihr bis in ihre Gehirnwindungen zu schauen.

Ana richtete sich auf und atmete durch. Sie hatte gelernt, für sich zu sprechen. Jetzt ergriff sie die Gelegenheit. »Ja, ich möchte demnächst meinen nächsten Karriereschritt setzen. Ich warte seit Längerem darauf. Wissen und Erfahrung habe ich ausreichend erworben.«

Als Ana merkte, dass Pat ihr Gesicht verzog, fügte sie schnell hinzu: »Es war bisher keine geeignete Position frei.«

Maribel deutete mit ihren Lippen ein Lächeln an. »Neben Pat zähle ich in Österreich definitiv zu wenig weibliche Führungskräfte, das ändern wir. Dein Lebenslauf ist attraktiv und dass du dich durchsetzt, habe ich erlebt. Willst du den Vertriebsleiterjob?«

Anas Gehirn ratterte. Tausend Gedanken stürmten auf sie ein. Sie öffnete den Mund. Schloss ihn nochmals, um auf einmal energisch zu sagen: »Nein. Die Position des Vertriebschefs übernehme ich nicht, da bin ich keine ideale Besetzung. Karsten kann das definitiv besser. Aber ich habe mir Folgendes überlegt.«

In den nächsten Minuten unterbreitete sie Maribel und Pat zwei Vorschläge, abhängig davon, wie die Neuorganisation aussehen würde. Während sie konzentriert vortrug, fühlte sie Energie durch ihren Körper fließen. Ihr bereitete diese Unterhaltung großen Spaß. Sie merkte, dass die Frauen aufmerksam mitdachten und wiederholt zustimmend nickten. Als Ana zu sprechen aufhörte, schaute sie Maribel gespannt an.

Diese schmunzelte und diesmal wirkte das Lächeln echt. »Das hast du gut vorgebracht. Schlaue Überlegungen, exakt durchdacht. Du hast meine Unterstützung. Wir führen gemeinsam das Integrationsprojekt zu Ende. In den nächsten Wochen entscheiden wir, ob wir den Projektbereich abspalten oder integrieren. Damit entsteht dein neuer Verantwortungsbereich. Bist du einverstanden, Pat?«

Die CEO nickte.

Ana strahlte sie an. Auf einen sofortigen Beschluss bei einem Mittagessen hatte sie nicht gehofft. So also liefen Karriereentscheidungen. Sie wollte die Welt umarmen. Ihr Einsatz hatte sich gelohnt.

Da läutete das Telefon von Pat. Sie zog es genervt dreinschauend aus ihrer Handtasche. »Das ist die Frau unseres Personalchefs, die hat vielleicht Neuigkeiten von ihm. Das Gespräch muss ich annehmen.«

Maribel antwortete: »Kein Problem. Ich bestelle uns einstweilen Champagner, damit wir auf die Zukunft anstoßen können.«

Ana beobachtete Pats Mienenspiel während des Telefonats. Verstärkt wurde dieses durch Einwürfe von »ah«, »gut« und »fein«. Als sie sich nach ein paar Minuten verabschiedete, leuchtete ihr Gesicht.

»Es gibt einen weiteren Grund zum Feiern. Unser Personalchef Gerald Kreis ist auf dem Weg der Besserung. Die Ärzte erwarten, dass er im Laufe des Montags aufwacht.«

»Das ist wunderbar!«, jubelte Ana. »Da werden sich alle Kollegen unheimlich freuen. Sollen wir es ihnen sagen, damit sie ebenfalls einen schönen Sonntag genießen?«

»Gute Idee«, fand Pat. »Ich schicke die Nachricht an meinen Verteiler. Danach erheben wir das Glas auf diese fabelhaften Anlässe.«

Es würde sich weisen, ob der Tag hielt, was er versprach. Eigentlich hatte Ana geplant, keinen Alkohol zu trinken. Zu wichtig war es, dass sie trotz der unruhigen Nacht einen klaren Verstand behielt. Für das Glas Champagner bedankte sie sich dennoch. Als Muntermacher bestellte sie sich einen doppelten Espresso.

Mit einem Blick auf ihre glitzernde Armbanduhr verkündete schließlich Maribel: »Es hat mir Freude bereitet, mich mit euch auszutauschen. Das waren nützliche Gespräche und ich bin überzeugt, wir werden eine fruchtbare Zusammenarbeit haben. Ich rufe mir jetzt ein Taxi zum Flughafen.«

Vor dem Lokal verabschiedeten sich die Frauen. Ana fühlte sich hin- und hergerissen zwischen ihrem Stimmungshoch und der Beunruhigung über den weiteren Verlauf des Tages. Gedankenverloren schlenderte sie durch den Park. Ob sie jemand beobachtete?

Gemächlich flanierte sie zum Wetterhäuschen mitten im Stadtpark. Um noch Zeit totzuschlagen, bummelte sie zum Teich. Dort leistete sie Kindern beim Entenfüttern Gesellschaft, bevor sie zu ihrem Auto spazierte.

KAPITEL 43

Ihr Weg führte sie in die Garage an der Kärntner Straße, wo Ana in das unterste Geschoss fuhr und neben einem Ausgang einparkte. So schnell es ihre eleganten Schuhe zuließen, lief sie zwei Stockwerke hinauf und betrat dort die Parkfläche. Auf Anhieb erkannte sie den Kombi und stieg hinten ein. Sie legte sich sofort auf die Rückbank, um neugierigen Blicken zu entgehen.

»Alles bestens, Ana. Hierher ist dir niemand gefolgt. Halte deinen Kopf unten, ich düse los.«

Das Fahrzeug setzte sich mit einem Ruck in Bewegung.

»Bitte sanft fahren. Mir wird übel.«

»Das kommt vom Schlemmen im Gourmettempel. War es nett?«

»Nett ist kein treffender Ausdruck. Es war beeindruckend, aber diese gespreizte Noblesse ist trotzdem nicht ganz mein Fall.«

»Du meckerst auf höchstem Niveau«, lachte Regina. »Soeben verlassen wir die Garage und biegen in die Straße. Das ist eine Sackgasse, wir merken sofort, falls uns wer nachfährt. Schlau ausgesucht von dir.«

»Schau dich sicherheitshalber um. Aber den Leihwagen und dich kennt keiner, wir sollten etwaige Verfolger los sein.«

»Zwanzig Minuten laut Navi. Das geht flott am Wochenende.«

»Hast du mir Kleidung zum Wechseln gebracht?«

»Klar. Jeans, Sweater, Socken und Turnschuhe.«

»Du bist meine beste Schwester! Ich setze mich jetzt auf, ansonsten wird mir wirklich schlecht.«

Kurz vor ihrer Ankunft brach Regina das Schweigen. »Wie sicher bist du, dass dein Plan aufgeht? Je gründlicher ich darüber nachdenke, desto riskanter klingt er.«

»Mir ist nichts Gescheiteres eingefallen und jetzt ist es zu spät, um das Ganze noch abzubrechen.«

»Da bin ich anderer Meinung, noch kannst du aussteigen. Wenn das Vorhaben misslingt, wird jemand verletzt. Oder ärger: Jemand verliert sein Leben.«

»Wenn ich nichts unternehme, müssen wir ebenso mit dem Schlimmsten rechnen. Heute, morgen oder in Wochen.« Ana wollte keine Bedenken mehr hören. »Hast du eine Decke dabei?«

»Ich hab alles mitgebracht. Sogar zwei Thermoskannen mit Kaffee. Sag nichts! Ich weiß, ich bin die allerbeste Schwester. Weil du nur eine hast.«

Sie verabschiedeten sich mit einer Umarmung. Sie hielten sich einen Moment länger als üblich. Anas Leichtigkeit war verschwunden. Sie vibrierte vor Anspannung und ein bleiernes Gewicht lag ihr auf den Schultern.

Marilies Kreis saß mit geballten Fäusten am Krankenbett ihres Mannes. Ihre zerzausten Haare verdeckten ihr Gesicht. Als sie ihren Kopf hob, traf Ana ein verzweifelter Blick.

»Ist alles in Ordnung?«, fragte sie sanft.

»Mein Sohn darf seine Eltern nicht verlieren.«

Ana legte ihr die Hand leicht auf die Schulter. »Wir schaffen das gemeinsam.«

Sie zog ihre bequemen Kleidungsstücke an und richtete sich auf die Wartezeit ein. Einen Sessel schob sie ins angrenzende Badezimmer, die Tür ließ sie offen. Der Stuhl war weder vom Eingang noch von der Balkontür aus zu entdecken.

»Wenn mich eine Krankenschwester erwischt, erzähle ich was von privaten Problemen, die ich mit Ihnen besprechen wollte. Dann werde ich mich entschuldigen und verabschieden. Keine Sorge, ich komme nach ein paar Minuten zurück. Ist Ihr Handy aufgeladen?«

Das Abendessen brachte eine Pflegerin auf einem Tablett. Frau Kreis nahm es ihr beim Eingang ab und bedankte sich. Ana blieb unbehelligt auf ihrem Sessel im Badezimmer.

Als es dunkelte, drehten sie einzig das Nachtlicht auf. Dieses erzeugte eine schummrige Atmosphäre. Ana war in der Lage, die Konturen im Raum zu erfassen. Das reichte, um sich zurechtzufinden. Die Frau des Personalchefs richtete es sich auf dem zweiten Bett bequem ein und versprach, munter zu bleiben. Die Klingel für das Schwesternzimmer legte sie neben den Kopfpolster.

»Mich quält mein schlechtes Gewissen.«

Erschreckt zuckte Ana in die Höhe und ein kleiner Laut entfuhr ihrem Mund, bevor sie sich auf die Lippen biss. Ihr Herz klopfte. Bemüht gleichmütig sagte sie: »Wegen Ihres Anrufs bei Pat?«

Sie erhielt keine Antwort.

»Der Zweck heiligt die Mittel. Mir ist klar, dass das ein blödes Sprichwort ist, es ist mir gerade eingefallen. Wir ziehen das nur durch, um Ihren Mann zu schützen. Außerdem stimmt es, dass die Ärzte erwarten, dass er aufwacht«, sprach Ana beruhigend auf sie ein.

»Aber wann das sein wird, darüber halten sie sich bedeckt. Mir ist es so peinlich, dass etliche Ihrer Kollegen Glückwünsche per SMS geschickt haben und für morgen die Daumen drücken.«

»Das Daumendrücken können wir heute schon gebrauchen.«

Unruhig rutschte Ana auf dem Sessel herum und versuchte eine halbwegs bequeme Stellung einzunehmen. Dieses endlose Sitzen reizte ihre Muskeln, sie begannen an vielen Stellen zu zwicken. Mühsam fand sie eine entspannte Sitzhaltung. Die Frauen hingen ihren Gedanken nach und horchten in die Nacht.

Es knarrte. Ana presste ihre Augenlider zusammen und lauschte. Ihre Schläfen vibrierten.

Leichtes Tappen verriet Schritte auf dem Holzbalkon. Ein Schaben an der Tür. Ein leiser Plopp. Kühle Luft streifte ihre Unterarme und sie spürte, wie sich die Härchen aufrichteten.

Strahlen flitzten über den Boden, dann die Wand entlang und verharrten auf Gerald.

Unerwartet keifte die Stimme von Frau Kreis: »Hau ab! Geh von meinem Mann weg!«

Ana beugte sich nach vorn. Der Lichtstrahl richtete sich auf das Bett, in dem sich Frau Kreis aufsetzte.

»Bleib, wo du bist!«, keuchte eine Männerstimme.

Marilies Kreis ignorierte die Anweisung und stand auf. »Du Schwein hast Gerald verletzt!«

Verdammt, was tat die Frau? Wieso drückte sie nicht wie vereinbart den Alarmknopf? Wie gelähmt starrte Ana auf die Szene.

In ihrem Blickfeld erschien eine Gestalt, die Taschenlampe blendete an die Decke. Der Mann hechtete vor und holte mit der Lampe aus.

Frau Kreis riss blitzartig die Arme in die Höhe. Doch es war zu spät. Getroffen sank sie mit einem leisen Stöhnen auf die Polster.

Ana sah sich selbst aufspringen und mit zwei Sätzen zur Wand stürmen. Sie drückte auf den Lichtschalter. Im grellen Licht stand sie Auge in Auge mit einem Mann in schwarzer Kleidung. Er hatte eine Kapuze über die Haare gezogen und das Gesicht mit einer Skimaske verhüllt.

Was war der Plan? Ihn umreißen, ihn niederringen? Sie starrten sich an. Da drang dieser unbeschreibliche Geruch in ihr Bewusstsein. Dieses Parfum. Wie in Geralds Büro und wie neben jenem Mann im Kaffeehaus.

»Keinen Millimeter weiter und mach keinen Lärm, sonst stirbt sie!« Er stand direkt neben der zusammengesunkenen Frau.

»Bitte tu ihr nichts! Ihr Kind braucht sie.«

Schweigen. Überlegte er, was er mit ihr anstellen sollte?

»Was hast du vor? Du stürzt dich ins Unglück, wenn du uns umlegst.«

Ein unterdrücktes Kichern schlug ihr entgegen. Bösartig. Es schwoll zu einem lauten Gelächter an. Hatte er die Angst verloren, erwischt zu werden? Er krümmte sich vor Lachen. Frau Kreis setzte sich auf und kicherte vor sich hin. Da reizte Ana ein Lachkrampf und sie begann zu zucken, bis sie lauthals losprustete.

Ana schreckte in die Höhe, mit einem Krach kippte der Sessel um. Von draußen drang Licht durch die Fensterscheiben. Es war Morgen und sie hatte bis jetzt geschlafen. Sie warf einen angsterfüllten Blick zu Frau Kreis.

Die lag zusammengerollt und schlummerte unbeeindruckt von dem Lärm, den Ana gemacht hatte. Die Maschine neben Geralds Bett tuckerte. Der Personalchef ruhte unverändert, es erschien alles unauffällig.

Die Uhr ihres Handys zeigte kurz vor fünf. Im Spital begann demnächst die Morgenroutine. Sie rüttelte Frau Kreis leicht am Arm. Die stieß einen spitzen Schrei aus und schreckte in die Höhe.

»Oh, mein Gott, was ist passiert?«

»Wir sind beide eingeschlafen. Ihrem Mann geht es gut, es war niemand hier.«

»Das darf nicht wahr sein! Es war alles umsonst.« Die Enttäuschung stand Marilies Kreis ins Gesicht geschrieben. »Was machen wir jetzt?«

KAPITEL 44

»Sie trifft keine Schuld, Frau Kreis. Das war meine Idee, eine saublöde, wie sich herausgestellt hat.« Ana erfasste die Erkenntnis mit Wucht. Sie ließ sich auf das Bett fallen und rollte sich ein. Das war zu viel. Wann nahm dieses Chaos ein Ende?

»Muss ich um Geralds Sicherheit fürchten?« Die Stimme von Frau Kreis zitterte. »Was soll ich nur tun?«

Ana war zum Heulen zumute. Sie hatte es gut gemeint, aber sie hatte es verbockt. Redete sie sich die ganze Geschichte nur ein?

Wie hatte Lilo geklagt? »Willst du dich in den Mittelpunkt stellen?« Das hatte sie perfekt hinbekommen. Sobald die Kollegen erfuhren, dass sie hinter der Falschmeldung über die Genesung steckte, war sie bis auf die Knochen blamiert. Pat würde außer sich sein. Vermutlich konnte sie die Beförderung vergessen. Vielleicht sollte sie besser gleich kündigen.

Frau Kreis beobachtete sie, während Ana mit ihrem Gedankenstrudel kämpfte. Geralds Frau zog ihr die Hände aus dem Gesicht und schaute sie mit weichen Gesichtszügen mitfühlend an. Dieser einfühlsame Blick trieb Ana die Tränen in die Augen. Frau Kreis nahm sie in den Arm und wisperte leise: »Beruhigen Sie sich. Sie wollten mir bloß zur Seite stehen. Es ist nichts Schlimmes passiert.«

»Wir haben uns komplett lächerlich gemacht«, schluchzte Ana.

»Na und? Wir haben niemandem geschadet. Helfen Sie mir bitte, für meinen Mann eine professionelle Bewachung zu organisieren. Ich riskiere nichts. Und Sie nehmen sich einen Tag frei und erholen sich von der Aufregung.« Ihr beschwichtigender Tonfall zeigte Wirkung.

Marilies Kreis hatte recht. Die Aktion war schiefgelaufen, aber es war nicht das Ende der Welt. Tapfer wischte sich Ana das Gesicht trocken. »Ich muss dringend mit meiner Schwester reden. Sie hat im Auto übernachtet. Als Unterstützung im Notfall und um die Polizei zu alarmieren.«

Als sich Regina nicht beim ersten Läuten meldete, überkam Ana Beklommenheit. Ihre Schwester hatte die Nacht ohne Hilfe im Freien verbracht, womöglich war sie vom Täter überrascht worden. Wieder klingelte es. Ihr fiel ein Stein vom Herzen, als Regina verschlafen ihren Namen flüsterte. Auch sie war eingedöst. Sie vereinbarten, dass Regina heimfuhr und ihnen ein kräftiges Frühstück zubereitete. Ana würde mit einem Taxi ihr Auto abholen und nachkommen, sobald sie Bewachung für Gerald besorgt hatte.

Ana schluckte. Ihr lag die heftige Reaktion Ronalds vom letzten Gespräch im Magen. Sie hätte auf ihn hören sollen. Sie überwand sich und rief ihn an.

»Was ist passiert?«, vernahm sie Ronald.

»Guten Morgen, bitte entschuldige die frühe Störung. Es ist alles halbwegs in Ordnung bei mir, aber ich brauche deine Hilfe.«

Ana schilderte die Ereignisse seit ihrem Treffen. Sie erzählte ihre Gedanken und beschönigte nichts. Ronald hörte ohne Unterbrechung zu.

»Jetzt stehe ich als Vollidiot da.«

»Halb so schlimm, du überlebst es. Dein Bauchgefühl sagt dir noch immer, dass dem Personalchef Gefahr droht? Obwohl der Täter identifiziert und tot ist?«, fragte Ronald in sanftem Ton.

Ana war erleichtert, dass er ihr keine Vorhaltungen machte. Wie schon oft bewies er, dass er ein Freund war, auf den sie sich verlassen konnte.

»Ehrlich gesagt bin ich momentan so durch den Wind, dass mir jegliche Überzeugung fehlt. Eventuell weigere ich mich einzugestehen, dass ich mir alles ausgedacht habe?«

»Erklär mir, was dich belastet.«

»Wenn ich mir vorstelle, dass Gerald ungeschützt im Krankenbett liegt, kriege ich panische Angst um ihn. Er ist ein Zeuge und irgendwem im Weg.«

»Wir hören lieber auf deine innere Stimme. Du hattest schon öfter den richtigen Instinkt.« Ronald murmelte leise vor sich hin. »So kurzfristig schaffe ich es unmöglich, alle Verpflichtungen loszuwerden. Aber ich verspreche dir, ich treibe euch einen seriösen Kollegen im Laufe der nächsten Stunden auf. Geht das für seine Ehefrau in Ordnung?«

Ana unterbreitete Frau Kreis seinen Vorschlag. Diese zeigte sich dankbar, dass eine kurzfristige Lösung gefunden war. Selbstverständlich würde sie bei ihrem Mann warten, bis der Bodyguard erschien, und sie bestand darauf, dass Ana nach Hause fuhr.

In der Zwischenzeit klapperte es auf dem Gang des Krankenhauses. Der Frühstückswagen näherte sich. Ana verabschiedete sich rasch und versprach, später von sich hören zu lassen. Um Diskussionen mit dem Krankenhauspersonal zu vermeiden, verschwand sie über den Balkon. Ein Blick über die Schulter verriet ihr, dass ihr filmreifer Abgang Frau Kreis ein Schmunzeln entlockte.

Wie vermutet warteten beim Spitaleingang Taxis. Für die Strecke in die Innenstadt benötigten sie im Morgenverkehr doppelt so viel Zeit wie am Vortag. Der Taxifahrer knurrte, dass Wien aus Baustellen bestehe, und presste ständig zwischen den Spuren hin und her.

Als Ana mit ihrem Cabrio aus der Tiefgarage bog, steckte sie endgültig im Stau. Die Fußgänger kamen schneller voran als sie.

Das passte zu ihrer Stimmung. Sie schauderte beim Gedanken an das Geständnis, das sie in wenigen Stunden vor Pat ablegen musste. Sie begann laut zu üben, was sie ihrer Chefin sagen würde. Wie sollte sie ihr die Notlüge über Geralds verbesserten Gesundheitszustand erklären, ohne das mühsam aufgebaute Vertrauen zu zerstören? Ihr fiel der Finanzchef ein. Sie war dabei, sich die beiden mächtigsten Personen in der Firma zu Feinden zu machen.

Nach einer Viertelstunde kroch sie, nach wie vor zwischen Fahrzeugen eingekeilt, auf der Ringstraße. Sie war bestenfalls einen Kilometer weitergekommen. Sie beschloss, Regina Bescheid zu geben, dass das Frühstück noch eine Weile warten musste.

Es läutete, bis sich Reginas Sprachbox meldete. Ana fehlte die Lust, ihr eine Nachricht zu hinterlassen, und sie beendete den Anruf. Während sie auflegte, klingelte ihr Handy, Regina rief zurück.

»Hallo, liebstes Schwesterchen, hier spricht Regina.«

»Hi. Ich wollte dir sagen, ich stecke im Stau und brauche noch mehr als eine halbe Stunde.«

»Das tut mir oberentsetzlich leid für dich. Stell dir vor, ich habe die Stimme verloren, ich bin total heiser.«

Was war denn das für eine Antwort? In Anas Ohren begann es zu klingeln. »Hast du unser Frühstück schon hergerichtet?«, fragte sie zögernd nach.

»Ich kenne mich mit deinen Maschinen insgesamt nicht aus. Die gehorchen mir keine Spur. Da musst du mir unbedingt dabei helfen. Bussi.«

»Kein Problem, liebstes Schwesterchen, das mache ich gerne für dich. Wir sehen uns demnächst. Tschüss.« Ana brach das Telefonat ab und krallte sich ans Lenkrad.

Wann hatte sie ihren Geheimcode das letzte Mal vernommen? Vor 15 Jahren oder mehr? Er weckte die Erinnerung an eine glückliche Kindheit und die Spiele mit ihrer Schwester. Sie hatten eine Geheimsprache erfunden, die weder die Eltern noch der Bruder verstanden. Der Kindergeheimcode gehörte nur ihnen und sie nutzten ihn häufig.

Ana betätigte den Blinker und stoppte – zum Ärger der anderen Autofahrer – auf der ersten Spur. Sie ignorierte das Dröhnen der Hupen und die erbosten Gesten der Autolenker. Aus dem Handschuhfach schnappte sie sich einen Notizblock und schrieb die Unterhaltung Wort für Wort auf. Sie las den Text laut.

Es gab keinen Zweifel: Regina befand sich in einer Notlage und benötigte Hilfe. Jemand bedrohte sie.

Ana musste einen kühlen Kopf bewahren und die richtigen Dinge tun. Als Erstes kontrollierte sie ihre Handtasche und die Mittelkonsole ihres Wagens. Alles in Ordnung. Dann griff sie ins Handschuhfach und schob ein paar Kabelbinder samt dem Taschenalarm in ihre Jeans. Der alte Elektroschocker, der lag schon ewig im Auto. Ob der noch funktionierte? Es knisterte hörbar, als sie den Knopf drückte, also steckte sie ihn zusätzlich in die Handtasche.

Konzentriert ordnete sie sich in den Verkehr ein. Sie durfte keinen Unfall bauen. Sollte sie die Polizei einschalten, oder gefährdete sie damit Reginas Leben? Konnte ihr Ronald helfen?

Sie atmete tief ein und drückte auf den Wählknopf.

KAPITEL 45

Den Stau wurde Ana erst los, als sie die Donau überquert hatte und auf der Autobahn Richtung Korneuburg fuhr. Obwohl sie am liebsten Vollgas gegeben hätte, hielt sie sich eisern an alle Verkehrsvorschriften. Sie durfte keine Polizeikontrolle riskieren. Ihre Arme kribbelten, als sie sich ausmalte, was sie daheim erwartete. Regina. Sie hatte ihre Schwester in Gefahr gebracht.

Langsam bog sie in die Sackgasse, an deren Ende ihr Zuhause lag. Die Nachbarn waren bereits zur Arbeit unterwegs und ihr Haus stand friedlich vor ihr. Nichts schien diesen Frühlingsmorgen zu stören und ein Unheil anzukündigen. Wie sehr wünschte sie sich, dass sie sich nur hineingesteigert hatte. Aber sie wusste, dass das Wunschdenken war. Der Hilferuf ihrer Schwester war glasklar gewesen. Sie parkte neben dem Mietauto und zwang sich ihrer Routine zu folgen und den Postkasten auszuräumen. Nichts durfte auf Reginas Warnung hinweisen. Eine winzige Sekunde zögerte sie, als sie den Schlüssel ins Türschloss schob und umdrehte. Dann drückte sie energisch die Tür auf und rief: »Schwesterchen, ich bin zu Hause!«

»Das ist schön, liebstes Schwesterchen, ich bin im Wohnzimmer und kann dich bedauerlicherweise nicht in Empfang nehmen«, antwortete ihr Regina. Da war er wieder, ihr Kindercode. Der Tonfall ihrer Schwester verriet Angst, aber sie lebte.

Ana schlüpfte im Vorraum aus ihren Schuhen. Im Haus hörte sie kein Geräusch. Normalerweise stand ein Türflügel zum Wohnzimmer offen. An diesem Tag war er verschlossen. War sie stark genug, der Gefahr dahinter gegenüberzutreten?

Sie schob die Tür langsam auf. Ihr Magen zog sich zusammen. Eine Nuance von Tabak und Zedernholzduft schwebte in der Luft.

Schritt für Schritt zwang sie sich ins Wohnzimmer. Regina saß verkrümmt auf der Couch und blickte ihr mit Riesenaugen entgegen. Der Mund stand weit offen und die Lippen zitterten, aber kein Laut drang heraus. Ihre Arme waren mit einem Strick an ihren Körper gebunden. Die Beine waren mit Klebeband von den Oberschenkeln bis zu den Fesseln verschnürt. Sie sah wie ein verunglücktes Paket aus.

»Regina …«

Ana spürte einen Luftzug und im selben Moment einen Stich in den Hals. Instinktiv griff sie danach und schrie auf, als ein brennender Schmerz ihre Hand durchfuhr.

»Ganz ruhig. Mit deinem Herumschlagen verletzt du dich selbst.« Die Worte wurden ohne Ton geraunt. Anas Kehle schnürte sich zu. Ein heller Klang tönte in den Ohren und ihre Körperhaare richteten sich auf. Im Magen drückte Übelkeit. Der Geruch. Sie musste sich zusammenreißen.

»Was wollen Sie? Ich habe wenig Geld im Haus. Aber das bisschen überlasse ich Ihnen.«

»Setz dich neben deine Schwester. Keine falsche Bewegung und keine Tricks, kapiert?«

»Ich brauche einen Verband, ich blute.«

»Da.« Neben ihrem Gesicht erschien ein Papiertaschentuch.

Ana drückte das Tuch auf ihre Handfläche und wagte einen Blick darauf. Ein Schnitt verlief über den Handteller, aber er war oberflächlich, nichts Schlimmes. Vorsichtig tupfte sie auf ihren brennenden Hals. Ein kleiner Blutstropfen, auch hier keine ernste Wunde.

»Was wollen Sie von uns?«

Sie bekam einen Stoß in den Rücken.

Ein maskierter Mann sprang an ihr vorbei zu Regina und drückte ihr einen Fetzen in den Mund. Regina riss die Augen noch weiter auf und versuchte etwas zu sagen. Das nutzte er, um den restlichen Stoff in ihren Rachen zu stopfen. Sie stieß ein gurgelndes Geräusch aus und die Augen begannen zu rinnen. Der Mann zog eine Rolle Klebeband aus seiner Hosentasche, trennte ein Stück ab und klebte es ihr über den Mund. Ana sah, dass seine Hand zitterte.

Der Knebel reizte ihre Schwester so stark, dass Tränen über das Gesicht liefen. Regina wurde gequält.

»Ziehen Sie ihr den Knebel heraus, sie kriegt keine Luft, sie erstickt!«, bettelte Ana.

»Ob sie erstickt, liegt an dir«, raunte der Mann. »Setz dich endlich neben sie!«

Ana nahm blitzartig Platz. »Sagen Sie mir, was Sie wollen, aber bitte machen Sie ihr den Rachen frei!«, flehte Ana. »Ich verspreche, wir sind beide ganz leise.«

»Du vergeudest ihre Zeit. Deine Schwester bleibt so lange verschnürt, bis du erledigt hast, was ich dir befehle.«

Der Mann trat vor sie. Er trug eine dunkelgrüne Sturmhaube. Ähnlich der Haube, die sie vor ein paar Stunden geträumt hatte. Sie verdeckte das Gesicht und die Haare, die Augenhöhlen und die Lippen waren frei.

»Was soll ich tun?« Ana prägte sich seine Kleidung ein. Ein schwarzer Trenchcoat ohne Gürtel, der bis zu den Knien reichte und graue Jeans. Körperbau und Größe normal. Es kamen nur mehr wenige Menschen infrage, aber noch war sie sich nicht völlig sicher, wer hinter der Maskierung steckte.

»Hör zu, ich sage es nur ein einziges Mal. Wir besuchen Gerald Kreis und du verabreichst ihm eine Spritze.«

Ana schnappte wie ein Fisch nach Luft. Eine Spritze. Er wollte, dass sie den Personalchef tötete.

»Ich kann das nicht!«

»Ich zeige es dir.«

»Warum bringen Sie ihn nicht selbst um? Ich schaff das nicht!«

»Du kriegst das für deine Schwester hin. Ihr geht bald die Luft aus, du verschwendest ihre Zeit. Halt die Klappe und hör zu!«

Sie nickte, dass sie verstanden hatte.

»Wir nehmen dein Auto und du lenkst. Wenn du alles bis zum Ende brav erledigst, darfst du heim und befreist deine Schwester vielleicht rechtzeitig.« Sein Raunen wurde lauter. »Wenn du einen Blödsinn machst, lasse ich sie elendiglich zugrunde gehen. Verstanden?«

»Ja«, schluchzte Ana auf.

»Her mit dem Beutel!« Der Mann griff Anas Handtasche und leerte sie auf den Boden. Heraus rollten ihre Geldtasche, das Handy, Schminkutensilien, Taschentücher, ein Schlüsselbund und der Elektroschocker. Den steckte er in seinen Trenchcoat, den Rest schob er zurück in die Tasche.

»Komm jetzt!«

Die Haustür klappte zu. Außer dem Gurren einer Taube hörte sie keinen Laut. Ana sah sich um, aber entdeckte keinen Menschen.

»Da ist niemand. Sei froh darüber, das wäre fatal für euch.«

Im Auto schlang der Mann einen Kabelbinder um Anas linke Hand und verband sie mit dem Lenkrad. Damit hatte sie nicht gerechnet. Jetzt war sie ihm ausgeliefert.

Unglücklich schaute sie ihre Fessel an, traute sich aber nichts zu sagen. In der Faust presste sie noch immer das Taschentuch, das sich feucht anfühlte. Die Handtasche warf er auf den Rücksitz, damit war ihr Handy außer Reichweite. Das Messer legte er auf seinen Schenkel, den Griff hielt er fest in der linken Hand.

Schweigend näherten sie sich Wien. Ana lenkte das Auto betont sanft. Der Verkehr war nach wie vor dicht, wenigstens hatten sich die Staus aufgelöst.

»Fahr schneller!«, zischte er sie an.

»Ich möchte nicht auffallen«, antwortete sie verzweifelt und drückte das Gaspedal hinunter. Mittlerweile war sie sich über die Identität ihres Entführers fast sicher, aber war es klug, ihm das zu verraten?

Während sie auf den Wiener Gürtel einbogen, flüsterte Ana: »Sie sind der Mann, den ich im Personalbüro überrascht habe.«

Sie wartete minutenlang, es gab keine Reaktion.

»Das funktioniert nicht. Ich kann nicht am helllichten Tag in das Krankenzimmer spazieren und Gerald umbringen, ohne dass mich jemand aufhält.«

»Denk an deine Schwester. Es ist deine Entscheidung. Gerald oder deine Schwester. Du wirst das Richtige tun.«

Der Mann drehte das Messer in seiner Hand. »Es ist ein winziger Stich, den er kaum spürt. Wenn du dich bemühst, bemerkt es kein Mensch.«

»Soll ich Gerald töten, damit Sie sich die Finger nicht schmutzig machen? Das ergibt doch keinen Sinn!«

»Du bist unverdächtig und du wirst schweigen wie ein Grab. Du gehst auf seine Beerdigung und dann vergisst du alles.«

»Bitte hören Sie auf. Wenn Sie sich jetzt ergeben, geht es nur um Körperverletzung. Regina und ich erstatten keine Anzeige.«

»Geht nicht.«

»Doch! Geben Sie mir mein Telefon und wir rufen die Polizei an. Sie stellen sich freiwillig, das wird bei Gericht angerechnet.«

Der Mann reagierte mit höhnischem Gelächter. Wie konnte sie zu ihm durchdringen? Sie beschloss weiterzusprechen.

»Haben Sie mit Andi Flor gemeinsame Sache gemacht?«

Ein leises Zischen erklang vom Beifahrersitz.

»Denken Sie an Geralds Sohn. Er ist so winzig. Der braucht seinen Vater.« Sie quatschte gegen eine Wand. »Haben Sie Kinder? Eine Frau?«

Bildete sie sich das ein oder spannte er sich an? Erreichte sie seine Vernunft?

»Aus welchem Grund sind Sie zu mir nach Hause gekommen statt ins Spital?« Keine Reaktion. »Sie wussten, dass ich bei Gerald bin? Oder hatten Sie Glück?«

»Du hältst dich für oberschlau.« Er vergaß, seinen Tonfall zu verstellen. »Ein Anruf im Krankenhaus und mir war klar, dass die Geschichte von der wundersamen Heilung gelogen war. Das war sicher deine Idee, mir eine Falle zu stellen.«

Ana hörte die Bitterkeit in seiner Äußerung. Jetzt nicht nachlassen! Sie musste sich beeilen, bevor Regina qualvoll erstickte. Sollte sie ihm verraten, dass sie ihn identifiziert hatte? Oder würde er durchdrehen?

Ana wägte ihre Optionen ab. Momentan schien es weniger gefährlich, wenn sie mitspielte. Das Risiko stieg, dass sie ins Spital gelangten und er mit der Spritze Ernst machte. Jede Sekunde erhöhte die Lebensgefahr für Regina. Wie viel Zeit blieb ihr? Eine Stunde oder nur zehn Minuten?

Sehnsüchtig schaute sie zur Mittelkonsole, verwarf die Idee aber rasch. Sie durfte keine Kurzschlussreaktion auslösen.

»Hat Ihnen Gerald etwas angetan? Oder war es ein Unfall? Wenn es ein Unglück war, passiert Ihnen gar nichts.«

»Für wie blöd hältst du mich? Zuerst Mark, dann Gerald und jetzt du. Ihr habt mir alles zerstört.« Die Sätze brachen lautstark aus seinem Mund.

Ana zuckte bei seinem Ausbruch so heftig zusammen, dass sie das Lenkrad verriss und über den Fahrstreifen kreuzte. Empörtes Hupen war die Reaktion des Autofahrers, dem sie erschreckend nahe kam. Sie lenkte schnell zurück auf ihre Fahrbahn.

Ihr Herz klopfte zum Zerspringen, als sie mit zitternder Stimme sagte: »Das ist nicht richtig, das warst du selbst. Ich möchte verhindern, dass du zum Mörder wirst. Gerald wacht auf und er wird gesund. Er lebt, verdammt noch mal! Beende diesen Wahnsinn, bevor noch Schlimmeres passiert!« Sie hatte sich in einen Wirbel hineingesteigert, ihr Ton war schrill geworden.

Der Mann neben ihr stieß ein Gebrüll aus. »Du wagst es, mir die Schuld zu geben? Du bist … scheinheilig … und saudumm!« Frust und Hass schleuderten ihr entgegen.

»Ich weiß, wer du bist.«

»Halt dein Maul! Noch einen einzigen Satz, und das ist deine letzte Reise.«

Bis zur Einfahrt der Klinik wagte es Ana nicht mehr, etwas zu sagen. Der Mann neben ihr atmete schwer. Als sie zum ersten Gebäude gelangten, riss Ana, ohne zu blinken, das Lenkrad herum. Mit einem Ruck blieb das Auto auf dem Parkplatz stehen.

»Bitte lass uns reden.«

»Fahr sofort zum richtigen Pavillon!«

Er schoss nach vorn und schlug ihr mit der flachen Hand ins Gesicht. Ihr Kopf prallte hart gegen die Kopflehne. Ana schrie auf und griff sich auf die Nase. Der Mann beugte den Oberkörper zu ihr, das Messer rückte bedrohlich nahe. Ohne zu überlegen, verkrallte sie sich in seine Mütze, und als er zurückfuhr, blieb die Sturmhaube in ihrer Hand.

Sie starrten sich an. Anas Finger umklammerten die Maske.

KAPITEL 46

»Bitte tu mir nicht weh! Es kann noch alles gut werden!«

»Nichts wird gut!«

Der Mann war ihr fremd. Verschwunden war jede Ähnlichkeit mit dem charmanten, polternden Kollegen, der mit seinen Späßen die Leute für sich einnahm. Dieser Mann schaute irre drein. Seine Augen zuckten herum, die Finger zitterten. Würde er sie verletzen oder sogar umbringen?

»Bitte rede mit mir. Wieso bist du auf Gerald losgegangen? Hat er dir etwas getan?« Sie sah, wie er die Hand zur Faust ballte. Einen Augenblick fürchtete sie, dass er nochmals zuschlagen würde. Schnell sprach sie weiter: »War es wegen des Jobs?«

Horst ließ sich im Autositz zurückfallen. Er atmete schwer. Bei jedem Atemzug hob und senkte sich der Brustkorb. Seine Arme lagen auf den Beinen und die Finger bewegten sich pausenlos, während sie den Messergriff umklammerten.

»Dieser Scheißkerl hat mir im Workshop mitgeteilt, dass er einen Nachfolger für mich sucht. Ich habe mein Leben lang alles für die Firma gegeben, aber für ihn war ich minderwertig.«

»Meinst du Gerald?«

»Mark!«

Das Keuchen verstärkte sich. Als würde er demnächst explodieren. Ana saß starr und wagte kaum zu atmen.

»Als Mark aus heiterem Himmel tot war, war das die perfekte Lösung. Mein Problem war mit ein wenig Glück mit ihm gestorben. Ich wollte im Personalbüro nur herausfinden, ob Gerald von der Kündigung wusste.«

»Warum hast du ihn nicht geradeheraus gefragt?«

»Und ihn mit dem Kopf darauf gestoßen?«

»Hast du die Antwort gefunden?« Ana sprach sanft, um jede Provokation zu vermeiden.

»Die Akte von Bert ist mir zufällig in die Hände gefallen, die habe ich herausgezogen. Falls Gerald gemerkt hätte, dass jemand in seinen Unterlagen gewühlt hat, wäre Bert in Verdacht geraten.«

Ana saß bewegungslos und hoffte, dass Horst zur Besinnung kam. Die Fessel reduzierte ihre Möglichkeiten drastisch. Sie hatte ihre Abwehrkraft überschätzt und musste nun auf eine günstige Gelegenheit warten.

»Plötzlich stand Gerald im Büro. Mitten in der Nacht, wo er doch immer verlässlich als Erster heimgeht. Was für ein Scheißzufall.«

Die Finger von Horst arbeiteten intensiver. Es sah aus, als würde er auf seinen Beinen Klavier spielen. Auch der Oberkörper begann zu zucken.

»Ich bin an seinem Schreibtisch gesessen, Berts Akte vor mir, und habe seine Unterlagen durchstöbert. Gerald ist ausgerastet. Er hat mich angebrüllt, dass Mark recht hatte. Er hat mich Mörder geschimpft. Am Schluss hat er mich fristlos gekündigt.«

»Er dachte, du bist Marks Mörder?«

»Keine Ahnung, wie er auf diese Scheißidee verfallen ist. Vielleicht hat ihm das der Peter eingeredet.«

Ana verkrampfte ihre Muskeln, um jede Bewegung zu unterdrücken. Sie spürte ihre Nägel ins Fleisch schneiden.

»Ich hatte das nicht geplant. Als er mich gekündigt hat, habe ich auf einmal den Locher in der Hand gehalten und ihn Gerald über den Kopf gezogen. Oh, mein Gott!« Er stöhnte tief.

»Warum hast du nicht die Rettung geholt?«

»Dann hätte ich alles verloren.«

»Stattdessen hast du ihn auf den Tisch platziert.«

»Ich habe geglaubt, er ist tot.« Horst legte die Faust vor den Mund. »Er hat mich doch erst auf die Idee gebracht, dem Killer die Schuld in die Schuhe zu schieben. Ich habe Berts Akte in die Hose gesteckt und das Licht abgedreht. Gerald habe ich ins Besprechungszimmer getragen und zurechtgelegt, wie du es uns von Mark geschildert hast. Natürlich habe ich keinen Steckkamm und keine Schachfigur dabeigehabt.«

Ana lauschte konzentriert. Die Erzählung war schwer verständlich, weil Horst den Mund bedeckte. Erzählte er ihr so viel, um sein Gewissen zu erleichtern, oder führte er etwas im Schilde?

»In dem Augenblick hast du draußen seinen Namen gerufen. Ich habe mir das Sakko vom Kleiderständer geschnappt und beim Hinauslaufen vor das Gesicht gedrückt.« Die Faust öffnete sich und fiel kraftlos auf seinen Schenkel. »Seit dem Moment frage ich mich ständig, ob du mich erkannt hast.«

»Habe ich nicht.« Ana sprach sanft wie mit einem Kind.

»Und plötzlich kam Wunder Nummer zwei. Andi entpuppte sich als der gesuchte Killer und er war tot. Es war überstanden. Mehrere Anschläge, alle gingen auf sein Konto. Fall erledigt. Ich habe mich unendlich befreit gefühlt. Am liebsten hätte ich laut gejubelt, während ihr Trübsal geblasen habt. Die Welt war in Ordnung.«

»Für Gerald nicht.«

Das Schnaufen wurde unregelmäßig. Ana knüllte sich noch kleiner im Sitz zusammen.

»Das konnte niemand mehr ändern. Alle anderen hätten in Ruhe weitergetan. Aber du hörst nicht auf. Du machst wie eine Besessene weiter und zerstörst mein Leben. Ich habe die SMS von Pat bekommen und die Hölle ist ausgebrochen.«

Ana stützte sich mit dem Arm ein wenig in die Höhe. »Bitte stell dich. Ich sage für dich aus.«

Sie wusste augenblicklich, dass sie einen Fehler begangen hatte. Horst stieß ein unmenschliches Geheul aus. Er beugte sich zu ihr und packte sie am Sweater. Er schüttelte sie so heftig, dass ihr Kopf mehrmals gegen die Kopfstütze schleuderte. Unverhofft ließ er sie los.

Mit geschlossenen Augen verharrte Ana und hörte dem Pochen ihrer Schläfen zu. Sie hatte ihre Chance vermurkst, sich heil aus seinen Händen zu retten.

Da läutete ihr Handy in der Handtasche. Im nächsten Augenblick bimmelten die Lautsprecher der Freisprecheinrichtung mit. Wieder und wieder klingelte es, schließlich erstarb der Lärm. Unheimliche Stille breitete sich im Auto aus.

Erneut schrie die Freisprecheinrichtung los. Ana zuckte zusammen, als ihre Tasche schwer auf ihrem Schenkel landete.

»Schalt es aus, sonst werfe ich es hinaus!«

Als sie es aus der Tasche zog, erkannte Ana den Namen des Anrufers auf dem Display. Sie drückte auf den Annahmeknopf und sofort brüllte ihre Freisprechanlage: »Hier spricht Chefinspektor Müller von der Kriminalpolizei. Hören Sie mir bitte zu. Wir wissen, dass Sie Frau Rubin entführen, und wir kennen Ihren genauen Standort.«

Horst riss den Kopf hektisch in alle Richtungen.

»Verschwinden Sie! Ich meine es ernst!«, schrie er auf und schlug mit der Faust auf die Verkleidung der Tür.

»Bewahren Sie Ruhe und machen Sie nichts Unbedachtes. Ich möchte Ihnen mitteilen, dass Herr Kreis auf eine andere Station verlegt wurde und unter Polizeischutz steht.«

Ein paar Sekunden lang herrschte Grabesstille. Dann erklang Müllers Stimme erneut. »Die Entführung von Ana Rubin bringt Ihnen nichts. Lassen Sie sie frei!«

»Den Teufel werde ich tun. Ihr macht, was ich will, nicht umgekehrt!«, brüllte Horst. Spucke rann ihm über das Kinn. Das Messer tanzte auf und ab.

Vor ihrem Wagen tauchte ein ältliches Paar auf und spazierte aufreizend langsam vorbei. Beide schauten neugierig zur Windschutzscheibe herein und die alte Dame schüttelte missbilligend den Kopf.

»Bitte verzieht euch, solange ihr noch könnt«, dachte Ana. Erleichtert atmete sie aus, als die beiden auf die Seite traten und wegmarschierten.

Horst hatte aufgehört zu brüllen und das Paar angespannt beobachtet. Kaum waren sie aus dem Blickfeld verschwunden, schrie er Ana an: »Abschalten, sofort!«

»Retten Sie meine Schwester!«, brüllte Ana. Horst entriss ihr das Handy.

Seine Worte überschlugen sich, so schnell stieß er sie heraus: »Sie bleiben weit weg vom Auto! Ich will keinen Polizisten sehen. Sie rufen mich in exakt 15 Minuten an, dann nenne ich Ihnen meine Forderungen.« Er drückte auf den Aus-Knopf.

»Was hast du vor? Bitte lass mich frei.« Ihre Stimme piepste. Was hatte sie über Entführungen gehört? Sollte sie ihre Angst zeigen oder verbergen? Sie konnte sich nicht erinnern.

Ana sah das Messer auf sich zukommen. Wie hypnotisiert blickte sie der glänzenden Spitze entgegen. Gleich würde diese eindringen. Sie fühlte den Stich auf ihrer Wange. Horst machte Ernst.

»Wenn du mich noch einmal betrügst, schneide ich dir ein Muster in dein hübsches Gesicht. Danach schaut dich keiner mehr an. Höchstens aus Mitleid.«

Beim nächsten Stich zuckte sie zusammen. Mit Gewalt unterdrückte sie den Schrei.

»Und jetzt halt die Klappe, du hast Sendepause! Ich muss nachdenken.«

Sie glaubte ihm. Seine Lage war so ausweglos, er würde sie entstellen. Ana versuchte, sich in ihn hineinzuversetzen. Welche Optionen blieben Horst? Im Spital konnte er nichts mehr erreichen. Also blieb sich ergeben oder fliehen. Hier aussteigen war keine Alternative, weil die Polizei ihren Standort kannte. Somit würden sie weiterfahren. Während der Autofahrt konnte ihnen pausenlos etwas zustoßen.

Ihr lief die Gänsehaut über den Rücken. Womöglich wählte Horst diese Lösung. Oder er brachte sie in ein Versteck, wo keiner sie finden würde. Diese Vorstellung jagte ihr die schlimmste Angst ein. Alleine eingesperrt verrotten. Lieber verhindern, dass sie wegfuhren, und hier ein Ende erzwingen.

Wenn er sie bloß nicht ans Lenkrad gebunden hätte. Sollte sie ihn anbetteln, die Fessel zu lockern? Sinnlos, das machte ihn höchstens misstrauisch.

Ein neues Geräusch ließ sie aufhorchen. Schwere Tropfen fielen auf die Windschutzscheibe. Der Regen trommelte lauter. Das lange vorhergesagte Gewitter brach aus.

Im Innenraum des Fahrzeuges roch die stickige Luft nach seinem Schweiß.

»Können wir bitte ein Fenster öffnen? Mein Kreislauf spielt verrückt. Das habe ich öfter und dann kann ich nicht Auto fahren.«

»Du gehst mir auf den Geist. Ständig quatschst du.« Er zischte bösartig. »Schieb auf deiner Seite ein paar Zentimeter hinunter.«

Ana nickte, griff mit ihrer freien Hand zur Fensterkurbel und drehte sie rasch.

»Zurück! Sofort halb zu!«, herrschte Horst sie an.

Ana senkte den Kopf und wandte sich wiederum der Kurbel zu. In der Bewegung riss sie den Autoschlüssel aus dem Zündschloss und schleuderte ihn durch das geöffnete

Fenster. Nicht schlecht, er war meterweit geflogen und lag mitten auf der Fahrbahn. Der Regen bildete kleine Rinnsale rund um ihn.

»Ich bring dich um, du elendigliches Weib!«, kreischte Horst.

KAPITEL 47

In dem Moment begann Anas Handy auf seinem Schoß zu läuten, die Freisprechanlage blieb stumm. War die Viertelstunde vorbei? Horst hielt sich das Handy ans Ohr.

Trotzdem hörte sie Müller aus dem Telefon brüllen. »Ich setze Sie davon in Kenntnis, dass wir Frau Regina Rubin unversehrt befreit haben.«

Regina lebte! Sie brauchte keine Rücksicht mehr zu nehmen. »Es ist Horst Waberer!«, schrie Ana aus Leibeskräften.

Er schlug mit der geballten Faust zu. Glücklicherweise riss ihn der Gurt zurück, sodass Ana nur ein Hieb am Ohr traf.

»Geben Sie auf, Herr Waberer. Das führt zu nichts.«

Fieberhaft verrenkte sich Horst, um aus jedem Fenster zu schauen. »Bleiben Sie weg! Wenn ich wen von euch sehe, steche ich sie ab.«

Jetzt oder nie! Anas Finger glitten zum Deckel der Mittelkonsole und rissen ihn auf. Sie zog den Pfefferspray heraus und drückte den Knopf. Ein Strahl traf Horst, der sich überrascht zu ihr gedreht und den Mund leicht geöffnet hatte, auf der Nase.

Ana schloss die Augen und drückte die Lider fest zu. Ein unmenschlicher Laut durchfuhr die Kabine und sie hörte Horst würgen. Er versetzte ihr einen Schlag auf die Schulter und Ana kreischte vor Schmerz auf. Sie schaffte es, ihre

Hand nochmals zu heben und ihn anzusprühen. Im nächsten Moment begannen ihr Gesicht und die Augen zu brennen. Ein Stoß traf sie auf der Stirn. Sie flog auf die Türverkleidung und prallte mit dem Kopf ans Fenster.

Hektisch griff sie nach dem Öffner des Sitzgurts. Sie erwischte ihn, der Gurt sprang auf. Dann tastete sie nach der Türschnalle. Horst brüllte aus Leibeskräften und prügelte auf sie ein, diesmal traf er ihre Hüfte. Verzweifelt schrie sie auf. Mit letzter Kraft riss sie an der Schnalle.

Als die Tür nachgab, fiel sie aus dem Sitz auf die Erde. Ihre linke Hand klemmte am Lenkrad, der Rest ihres Körpers hing über das Trittbrett auf den Boden. Ihr Kopf glühte und Tränen rannen ihr über die Wangen. Husten schüttelte sie.

»Ich bin blind! Schlampe!« Horst keuchte und würgte, er war kaum zu verstehen.

Das war gut, wenn er nichts sehen konnte. Wo zum Teufel blieb die Polizei? Ihr eingeklemmter Arm brannte wie Feuer. Die Fessel schnitt ihr das Handgelenk ab. Eine Flüssigkeit tropfte auf ihre Stirn. Es war Regen, der auf sie prasselte. Ihre Kleidung saugte das Wasser auf. Sie zwang sich, ruhig zu atmen, und lauschte angestrengt. Einmal glaubte sie ein Knirschen zu hören, dann war es wieder still.

Ein warmer Gegenstand legte sich auf ihre Schulter und sie zuckte vor Schmerz zusammen. »Polizei. Alles in Ordnung, Sie sind in Sicherheit«, sagte eine tiefe Stimme zu ihr.

»Ich hänge am Handgelenk, das tut so weh! Und ich trau mich die Augen nicht aufmachen wegen des Pfeffersprays.«

»Das haben wir sofort. So.« Das Reden des Mannes wirkte beruhigend. Noch angenehmer war, dass der pulsierende Schmerz im Handgelenk abebbte. Sie spürte, wie kräftige Hände sie an den Ellenbogen packten und behutsam aufhoben. Ihre Beine fühlten sich schwabbelig an und knickten willenlos ein.

»Ich helfe Ihnen ein paar Schritte auf die Seite, dort dürfen Sie sich ausrasten. Lassen Sie die Augen noch geschlossen.«

Teils taumelte Ana, teils schleppte sie der Mann. Sie hörte das Tuckern eines Motors und Autotüren sprangen auf. Blind fühlte sie sich ausgeliefert.

»So, jetzt den Kopf einziehen und vorsichtig niedersetzen. Sie befinden sich in einem Polizeiauto und sind geschützt. Ein Arzt kommt bald zu Ihnen. Streifen Sie den Pullover ab, der hat Gas abbekommen.« Dann rief der Mann: »Wir brauchen Wasser und Tücher. Holt den Sani!«

Die Haut brannte abscheulich und die Zunge lag bamstig im Mund. Doch der Husten wurde flacher und sie schnappte nach Luft. Das war das zweite Mal innerhalb weniger Stunden, dass sie einen Pfefferspray verschossen hatte. Diesmal hatte sie ihren Anteil ausgefasst.

»Grüß Gott. Können Sie aufstehen? Ich möchte Sie gerne vom Gas befreien.« Jemand redete eindringlich auf sie ein. Sie nickte zustimmend und begann mit verkniffenem Gesicht, ihre Beine aus dem Wagen zu schieben. Jemand packte ihre Arme und stützte sie. In den nächsten Minuten wurden ihr Gesicht und ihre Hände mehrmals mit nassen Tüchern abgerieben. »So, das reicht. Sie dürfen Ihre Augen öffnen.«

Die Lider brannten und waren bestimmt verschwollen, aber Ana stellte erleichtert fest, dass sie tadellos sah. Ihr Blick fiel auf ihr Cabrio, das mit offenen Türen im Regen stand. Horst war nirgends zu entdecken.

»Wo ist er?«, sie deutete auf ihr Fahrzeug.

»Weggerannt. Die Kollegen sind an ihm dran.«

»Das gibt es doch nicht. Er war blind, hat er zumindest geschrien.«

»Wir erwischen ihn, er war in schlechtem Zustand. Der ist mehr getaumelt als gelaufen.«

Ein anderer Beamter machte eine ruckartige Bewegung. »Wer ist das? Haben die Idioten den Weg nicht abgesperrt?«

Ana folgte seinem Blick. Ein Mann näherte sich im Laufschritt. Das Wasser spritzte, wenn er in die Lacken trat. Er winkte und zeigte, dass er unbewaffnet war. Gleich darauf stoppte Bert vor ihnen. Schweiß rann ihm über die Stirn.

»Der Kommissar hat mir erlaubt, bis hierher durchzugehen und mich um Ana zu kümmern«, keuchte er zu den Beamten, die neben dem Auto standen.

»Bist du okay?« Bert betrachtete sie prüfend. »Du warst schon schöner.«

Die Polizisten grinsten.

»Na super, dein Gequatsche brauche ich. Du traust dich eh nur, weil ich gerade kampfunfähig bin. Wo kommst du auf einmal her?«

»Steigen Sie ein und unterhalten Sie sich im Polizeiwagen.« Der Beamte wartete, bis sie ins Auto geklettert waren, und warf dann hinter ihnen die Tür zu.

»Ich bin so froh, dich zu sehen!« Beinahe begann Ana vor Freude zu heulen.

»Hast du vergessen, dass ich in der Nacht auf Abruf für euch war? Als ihr euch nicht gemeldet habt, bin ich vor Sorge fast durchgedreht. Aber ich hatte Regina versprochen, euch unter keinen Umständen zu stören. Irgendwann habe ich die Warterei nicht mehr ertragen und bin hergefahren. Und voll in der Scheiße gelandet.«

»Wieso?«

»Als ich den Pavillon von Gerald betreten wollte, sind mich aus dem Hinterhalt Einsatzkräfte angesprungen und haben mich festgenommen.«

»Festgenommen?«

»Oder auch nur festgehalten. Ist doch egal, wie das korrekt heißt. Jedenfalls sind sie gewarnt worden, dass ein Anschlag bevorsteht, und hielten mich für den Attentäter.«

»Den Hinweis habe ich ihnen gegeben.«

»Weiß ich längst. Müller hat mich befreit. Ich war übrigens nicht der Einzige, der ins Netz der Polizei gegangen ist.«

»Aha?«

Er grinste sie schelmisch an. »Die halbe Firma wurde verhaftet.«

»Was soll das heißen?«

»Peter Flor und Leo Jäger waren mit mir in Gewahrsam. Hat nur noch Pat für ein Kartenspiel gefehlt.« Er fand das lustig.

»Was haben Peter und Leo im Spital gemacht?«

»Peter wollte Gerald besuchen, um dabei zu sein, wenn Gerald aufwacht.« Er runzelte die Stirn und schaute Ana streng an. »Leo ist angeblich erwischt worden, als er Peter heimlich gefolgt ist.«

»Leo ist Peter nachgeschlichen? Ich verstehe überhaupt nichts mehr. Was treibt Leo? Das wird jetzt Müller aus ihm herausquetschen.«

»Wo ist der Typ eigentlich?« Berts Blick durchkämmte die Gegend.

»Nicht bei mir. Wo steckt Horst?«

Da knallte es. Ana machte vor Schreck einen Satz und Bert packte sie fest am Arm.

»War das ein Schuss? Autsch, du tust mir weh!«

Berts Nägel schnitten ihr in die Haut, so eisern hatte er zugegriffen.

»Entschuldigung. Die erschießen ihn!«

Schockiert presste Ana ihre Hand auf den Mund. Panik stieg in ihr hoch. Horst hatte sie geschlagen, aber ihr Leben verschont. Obwohl er ihr die Schuld an seiner Misere gab. Er war unzurechnungsfähig und die Polizei schoss auf ihn.

Lange Minuten passierte gar nichts. Die Zeit schien stillzustehen. Sie sprachen kein Wort. Verstört lehnte Ana ihre Stirn an das Fensterglas. Ihre Haut brannte und sie kaute auf ihren trockenen Lippen. Ein Beamter wachte mit gezogener Waffe neben ihrem Fenster. Sonst konnte sie nichts erkennen, das war zum Wahnsinnigwerden.

Ein Funkgerät knatterte. Der Polizist ergriff es und drehte sich um. Gleich darauf war er verschwunden.

Bert murmelte zu Ana: »Es ist krass, dass es Horst war, der Gerald überfallen hat. Das hätte ich ihm nie zugetraut.

Und dann entführt der Idiot Regina und dich? Wie blöd ist das denn?«

»Er wollte mich zwingen, Gerald umzubringen.«

»Was? Wie?«

»Er hat gesagt, mit einer Spritze.«

»Das ist abartig! Der Typ ist völlig durchgeknallt. Wie bist du ihm entkommen?«

»Mit Pfefferspray.«

»Schon wieder? Du solltest mal die Waffe wechseln.«

Ein winziges Lächeln stahl sich auf ihre Lippen. Es tat so gut, Bert neben sich zu haben.

Im Auto wurde es ständig heißer und enger. Die durchnässte Kleidung pickte auf ihrer Haut. Sie ertrug das nicht länger und schob die Autotür langsam auf.

»Was machst du?«, flüsterte Bert entsetzt.

Ana gab ihm keine Antwort. Sie kroch aus dem Wagen. Der Beamte sprach etliche Meter entfernt ins Funkgerät. Er beachtete sie nicht. Sein Kollege war fort. Ana bückte sich und begann, die Straße nach oben zu rennen.

Nach dem ersten Gebüsch richtete sie sich auf. Alles an ihr schmerzte. Wo befanden sich die alle? Sie suchte den Weg mit ihrem Blick ab. Es war kein Mensch zu sehen. Sie hetzte weiter.

KAPITEL 48

»Wart auf mich!« Knapp hinter ihr keuchte Bert. »Was hast du vor?«

Sie eilte schweigend weiter.

»Du bist völlig bescheuert. Du läufst in einen Polizeieinsatz!«

Nach der nächsten Abbiegung hatten etliche Uniformierte Aufstellung genommen, einige trugen Kampfanzüge. Alle hielten ihre Waffe im Anschlag und standen mit dem Rücken zu ihnen.

Einer presste ein Funkgerät ans Ohr und deutete ihnen, zu verschwinden, als er sie entdeckte. Ana trat unentschlossen von einem Bein aufs andere und Bert stellte sich knapp hinter sie. Nochmals fuchtelte der Beamte wild mit den Armen.

»An denen kommen wir auf keinen Fall vorbei. Wozu soll die Aktion gut sein?«

»Ich fürchte, Horst beabsichtigt, sich von der Polizei töten zu lassen.«

»Das ist seine Entscheidung. Wieso mischst du dich ein? Das ist zu gefährlich!«

»Weil ich ihn in diese Lage gebracht habe.«

»Was für ein Schwachsinn! Warum sagst du so was?«

Auf der anderen Seite des Weges schob sich eine Person hinter einem Baum hervor. Der Mann hielt die Hände gehoben und eilte in ihre Richtung. Die Einsatzkräfte musterten ihn kurz und drehten sich zurück. Der Beamte mit dem Funkgerät stapfte auf sie zu.

Ana traute ihren Augen nicht. »Leo, was machst du hier?«

»Ich habe euch gesucht. Ist Horst da drinnen?« Er deutete auf das eingerüstete Gebäude, das die Polizei im Visier hatte.

»Gehen Sie sofort nach hinten! Sie behindern uns!«, herrschte der Polizist sie an.

»Ist Herr Waberer in dem Haus? Sind da Arbeiter drinnen? Hat er Geiseln genommen?«

»Zurück! Das ist ein Befehl!«, wies sie der Beamte barsch an.

Im selben Augenblick hörte sie Motorengeräusche. Kieselsteine flogen durch die Luft, als zwei Polizeiautos abrupt stoppten. Personen in Zivil kletterten heraus, unter ihnen Kommissar Müller.

»Nehmen Sie zusätzlichen Abstand. Die Sondereinheit kommt in wenigen Minuten.«

»Bitte erschießen Sie ihn nicht.« Ana sah Müller flehentlich an. Er machte eine unmissverständliche Handbewegung. Die Geschehnisse waren nicht mehr unter seiner Kontrolle, jetzt waren andere zuständig.

»Achtung! Bewegung.«

Die Tür des Pavillons schob sich zentimeterweise auf. Durch den Spalt flog ein Messer vor das Haus und schlug am Kies auf.

»Nicht schießen, wir sind unbewaffnet!«

Ein Ruf und die Polizisten vor ihnen glitten mit angelegten Waffen näher zum Pavillon. Sie bildeten einen Halbkreis.

Ana biss sich auf die Lippen. Nicht schießen! Sie spannte ein Bein an. Eine Hand packte ihre Schulter und sie hörte ein Flüstern. »Nicht bewegen!«

»Treten Sie langsam mit erhobenen Armen heraus!«, brüllte ein Polizist.

Die Tür schob sich stückchenweise auf und eine Gestalt wurde sichtbar. Eine Hand in der Höhe, mit der anderen umklammerte der Mann die Türschnalle.

»Wir sind zu zweit. Wir haben keine Waffen. Wir kommen heraus.«

»Peter?«, flüsterte Ana entsetzt.

Der Finanzchef drehte sich nach hinten und schien etwas in den Raum zu sagen. Eine zweite Person schob sich mit erhobenen Armen an ihm vorbei ins Freie. Horst. Peter trat ein paar Zentimeter weiter vor und ließ die Schnalle aus. Mit einem hörbaren Plopp fiel die Tür ins Schloss.

Beamte sprangen vor und rissen die Männer auf den Boden. Mit dem Gesicht auf der Erde wurden ihnen Handschellen aufgedrückt und beide wurden in die Höhe gezogen. Bewaffnete Polizisten rannten in das Haus.

Der Beamte rief in sein Funkgerät. »Verdächtige sind gestellt. Gebäude wird durchsucht. Alle halten Abstand, bis wir abrücken.«

Ana schüttelte die Hand auf ihrer Schulter ab und ging langsam näher. Erleichterung durchflutete sie. Horst lebte. Hoffentlich hatte er in dem Gebäude niemanden verletzt.

»Bleiben Sie sofort stehen!«, schrie jemand auf. Ein Mann im Kampfanzug stapfte auf sie zu.

»Halt!«, brüllte eine bekannte Stimme in ihrem Rücken. »Sie ist eine Zeugin.« Der Uniformierte erstarrte und sein Helm schüttelte sich. Ana sah hinter ihm den Pavillon sich öffnen und zwei Polizisten herausgleiten.

In diesem Moment krachte das Funkgerät. Der Beamte sagte: »Gebäude gesichert. Leer. Keine weiteren Verdächtigen. Lage entschärft. Abrücken.«

Die Polizisten vor ihr senkten die Waffen und steckten sie in das Halfter. Zwei packten Horst und schleppten ihn an den Oberarmen in Richtung Autos.

Ana fühlte, wie ihre Beine nachgaben. Jetzt nicht schlappmachen. Angestrengt wankte sie auf die Männer zu, die sie anstarrten und mit einem Ruck stoppten. Ana schleppte sich bis zu Horst. Sein verschwollenes Gesicht war staubverschmiert und Tränen hatten Spuren auf den Wangen gezogen. Die Haare klebten an den Schläfen. Das T-Shirt war schmutzverkrustet und an einem Ärmel war die Naht aufgerissen. Sein Anblick war erbärmlich.

In diesem Augenblick vergaß Ana, was sie ihm hatte sagen wollen. Hilflos zuckte sie mit den Schultern und wandte sich ab. Sie drehte sich zu Peter. Kalkweiß stand er regungslos da.

Plötzlich hörte sie Horst losreden. »Ich wollte das alles nicht. Ich wollte niemanden verletzen. Dich auch nicht.« Er schluchzte auf. Die Polizisten zerrten ihn vorwärts. Er drehte den Kopf und verzweifelte Augen hingen an Ana, bis er in ein Auto geschoben wurde. »Sag meiner Frau, dass es mir so schrecklich leidtut und dass …« Die Autotür schlug zu.

Ana verharrte regungslos, als sich der Wagen langsam in Bewegung setzte. Ihr Blick folgte ihm, bis er um die Kurve bog und verschwand.

Gerade wurde Peter vorwärtsgeschoben. »Ich habe nichts getan!«, protestierte er laut. »Ich habe ihn zur Aufgabe überredet. Lassen Sie mich sofort frei!«

Die Beamten blieben stehen und warteten auf einen Befehl. Der Polizist mit dem Funkgerät und Kommissar Müller trafen gleichzeitig bei ihnen ein. Sie redeten und gestikulierten.

Ana verstand kein Wort. Müller würde schon das Richtige machen. Es war vorbei. Diesmal war es wirklich zu Ende. Trotzdem lag es ihr bleischwer im Magen. Ana griff auf ihren pochenden Kopf und betrachtete angewidert ihre verschmierten Finger. Ihr fehlte die Erinnerung, warum sie blutete.

»Frau Rubin, Sie sehen ziemlich ramponiert aus.« Kommissar Müller war zu ihr getreten. Er nahm ihre Hand sanft in seine.

»Regina? Ist es wahr, Regina geht es wirklich gut?«

»Bis auf einen Schreck und die Angst um Sie ist alles bestens.«

»Danke. Das vergesse ich Ihnen nie.«

Sie bemühte sich, ihn anzulächeln, aber es tat scheußlich weh. »Ich fürchte, ich brauche eine Generalsanierung. Irgendwie schmerzt mich jede Faser.«

»Wir schaffen Sie umgehend in ein Bett und übergeben Sie einem Arzt. Schließlich befinden wir uns in einem Spital. Der flickt Sie zusammen und Sie sind dann so gut wie neu. Kommen Sie.« Kommissar Müller legte seinen Arm energisch um Anas Schultern und stützte ihren unsicheren Gang.

»Wo haben Sie gesteckt? Warum haben Sie nicht bei meinem Haus zugegriffen?« Ana blieb stehen und schaute Müller fragend an. »Das ist ganz anders abgelaufen, als ich mir vorgestellt habe.«

»Die Vorbereitung konnte in der kurzen Zeit nicht abgeschlossen werden und die Gefahrenquelle war unklar. Der Leiter der Einsatztruppe ist ein exzellenter Spezialist, der weiß genau, was er tut.«

»Mhm. Ich habe versucht, Horst hinzuhalten. Bis er Regina den Fetzen in den Mund geschoben hat. Da bin ich panisch geworden und habe mich beeilt.«

»Es war viel zu kurz. Wir sind Ihnen aber ständig gefolgt, Sie waren zu keinem Zeitpunkt ohne Begleitung.«

»Ich habe mich mutterseelenallein gefühlt. Und ich hatte so schreckliche Angst, dass Regina erstickt.« Ana kämpfte mit den Tränen.

»Wieso hat Waberer Sie gezwungen, unten anzuhalten, und ist nicht bis zum Pavillon gefahren? Dort hatten wir alles vorbereitet.«

Schlechtes Gewissen kroch in ihr hoch. Ana seufzte und sah Müller in die Augen. Es war unvermeidbar, sie musste ihn enttäuschen. »Er hat mich nicht gezwungen, das war meine Idee. Ich bin einfach stehen geblieben.«

»So hatten wir das nicht vereinbart. Sie sollten kein zusätzliches Risiko auf sich nehmen. Das wäre beinahe ins Auge gegangen. Warum haben Sie das gemacht?« In seiner Frage lag kein Ärger, nur Verwunderung und Besorgnis.

»Ich habe mir eingebildet, ich kann ihn zum Aufgeben überreden. Ich wollte verhindern, dass …« Ihre Stimme versagte.

»Dass wir ihn erschießen?«

Ana nickte und ließ den Kopf hängen. Kommissar Müller drückte sie noch eine Spur fester an sich und führte sie auf die Krankenstation.

KAPITEL 49

Zwei Wochen später

Ana streckte ihre Finger und ließ die weiße Rose hinuntergleiten. Ein schwaches Knacken ertönte, als der Stiel den Sarg berührte und die Blume verdreht liegen blieb. Gedankenversunken starrte Ana auf den Holzdeckel, den Blüten und Erdpatzen bedeckten. Malerisch und unordentlich. Ob ihm das gefallen hätte?

Eine leichte Bewegung hinter ihr forderte sie zum Vorrücken auf. Sie trat zur Seite und ließ den Blick über die kleine Menschengruppe schweifen. Bis auf ein altes Paar waren alle Begräbnisbesucher Kollegen aus der Firma. Sie entdeckte keinen Angehörigen, dem sie kondolieren konnte.

Die Melancholie dieses Friedhofs wuchs ins Unerträgliche. Keine Verwandten, keine Freunde. Lediglich Arbeitskollegen, die von sich sagten, dass sie Paul-Egon Wagner wenig gekannt hatten.

Bei der Kapelle warteten Pat und Marilies Kreis. Die Frau des Personalchefs strahlte ihr entgegen. »Schön, Sie zu sehen. Haben Sie sich erholt?«, begrüßte Geralds Frau sie freudig. Ana wurde es warm ums Herz und sie umarmte die Frau. »Ich bin fit, Unkraut vergeht nicht.«

Marilies Kreis wisperte ihr ins Ohr: »Unsere Lüge wurde Ihnen verziehen?«

»Ja«, flüsterte Ana und sagte laut: »Ich bin so froh, dass Gerald aufgewacht ist und völlig gesund wird.«

»Ein wenig dauert es noch, der Weg zurück ist ein hartes Stück Arbeit nach dem langen Koma. Aber Hauptsache, es geht bergauf.«

»Richten Sie ihm aus, er kann sich Zeit nehmen, wir halten einstweilen die Stellung.«

»Gerald schickt liebe Grüße und er freut sich auf Ihren Besuch. Und …« Frau Kreis beugte sich nochmals zu Anas Ohr. »Wenn Sie jemals in Ihrem Leben Hilfe brauchen, bin ich für Sie da.«

»Und du kommst wirklich am Montag zur Arbeit?«, fragte Pat.

Ana grinste sie fröhlich an. »Mich kribbelt es unter den Fingernägeln. Zuerst sperren sie mich zwei Tage im Spital ein und danach verwöhnt mich meine Schwester nach Strich und Faden. Höchste Zeit, in die Arbeitswelt zurückzukehren, andernfalls werde ich dick und faul.«

»Ana?« Sie erkannte die Stimme und drehte sich langsam um. Vor ihr stand Peter Flor. Er zappelte nervös von einem Bein aufs andere und blickte sie mit angespannten Gesichtszügen an.

Ana gab sich einen Ruck und streckte die Hand aus. »Peter, wie geht es dir?«

Betreten fühlte sie, wie er ihre Finger mit beiden Händen umfasste. »Halbwegs. Wir haben gestern Andi begraben und ich muss einen Neuanfang finden. Für unsere Kinder.

Ich habe mir ein halbes Jahr Sabbatical genommen, danach sehen wir weiter.« Er hob den Blick und schaute ihr in die Augen. »Ich versichere dir, dass ich nichts von Andis Taten wusste. Im Unterbewusstsein habe ich es wohl geahnt, deshalb bin ich ständig unrunder geworden. Ich habe es aus Leibeskräften verdrängt, bis am Kahlenberg alles zusammengestürzt ist. Entschuldige, dass ich dich schlecht behandelt habe.«

»Ich finde es großartig, dass du Horst geholfen hast. Das war unheimlich mutig und dein Eingreifen hat bestimmt Schlimmeres verhindert.«

»Seine Taten sind nicht zu entschuldigen. Aber nichts davon war geplant. Er ist in die Katastrophe hineingeschlittert. Aus meiner Sicht ist Horst ein weiteres Opfer von Mark.« Nach einem letzten Druck ließ er sie los und ging gebückt und mit gesenktem Kopf davon.

Ob sie ihre Zweifel jemals würde ablegen können?

»Hey, schau nicht so traurig! Er wird seinen Weg zurück finden. Er hat eine tolle Frau und liebe Kinder.« Leo Jäger trat neben sie und lächelte sie an.

»Leo! Das ist schön, dass du da bist. Bei dir muss ich mich, nein, will ich mich entschuldigen.« Ana schlang die Arme um ihn, drückte ihn fest an sich und gab ihm einen Kuss auf die Wange. »Bitte verzeih mir.«

»Oh. Tut das gut! Ich finde, du musst mich nochmals küssen, damit ich dir komplett vergebe.« Leo strahlte über das ganze Gesicht. Er sah erholt aus und wirkte voller Tatendrang. »Komm, lass uns gemeinsam hinausgehen.« Er umfasste ihren Unterarm und zog sie mit. »Pat meint, dass du nächste Woche wieder arbeitest. Ich beneide dich darum. Ich muss mich erst an den Rentnerstand gewöhnen. Momentan mache ich alle um mich herum wahnsinnig, weil ich ständig den Drang verspüre, etwas zu unternehmen.«

»Jetzt verrate mir bitte endlich, warum du so unerwartet in Pension gegangen bist. Das war uns allen ein Rätsel.«

Leo seufzte. »Ungern. Dir zuliebe reden wir ein letztes Mal über diese Geschichte, dann möchte ich nichts mehr davon hören. Ich habe Mark schon immer verabscheut. Seine Überheblichkeit und sein menschenverachtendes Verhalten. Er wollte mich loswerden. Ich sei zu alt und er brauche in Österreich frischen Wind. Tauben solle ich füttern, das sei der richtige Job für mich. So ein Drecksack. Ich habe, ohne zu zögern, eingewilligt.«

Leo stoppte und verzog das Gesicht schuldbewusst. »Ich geniere mich, aber dir verrate ich es. Als ich dich aus seinem Hotelzimmer gezogen habe, habe ich Genugtuung verspürt, dass der Schweinehund tot ist. In der Nacht hat mich das schlechte Gewissen überfallen.«

Leo schnitt eine Grimasse und schüttelte den Kopf. »Am nächsten Morgen hat Paul-Egon angefangen, über die Vergangenheit zu philosophieren. Der Arme hat sich hineingesteigert. Eine tiefe Angst hat von ihm Besitz ergriffen, die er in dubiosen Andeutungen ausdrückte. Als er dann plötzlich verschwunden ist, haben mich Ahnungen zu plagen begonnen.«

»Du hast gewusst, dass Andi der Mörder ist?«

»Ich habe Peter verdächtigt, nicht Andi. Den hatte ich komplett ausgeblendet, weil er meiner Meinung nach noch auf Reha war. Peter ist seit langer Zeit mein Freund, ich habe mit ihm um Emma getrauert und um Andi geweint.«

»Du bist der Taufpate seiner Tochter?«

Leo nickte. »Ich hatte Angst, dass Peter in einer Kurzschlusshandlung Mark erledigt hat. Auf das Verschwinden von Paul-Egon konnte ich mir keinen Reim machen. Der Polizei habe ich meinen Verdacht verschwiegen, weil ich das der Familie Flor nicht antun wollte. Ab dem Moment konnte ich keine Minute mehr schlafen.«

»Deshalb bist du mir gefolgt?«

»Ich habe doch gesehen, wie wütend Peter auf dich war. Mir war angst und bange um dich.«

»Und ich habe geglaubt, du verfolgst mich.«

»Ich habe Peter auf meinen Verdacht angesprochen und die Wahrheit verlangt. Das war keine gute Idee von mir.«

»War er der Unfall, den du im Firmenwaschraum gehabt hast?«

»Peter war außer sich und hat mir eine Tracht Prügel verpasst, bis ich ihm entkommen bin. Ich hatte Glück, dass ich keine ernsthaften Verletzungen davongetragen habe. Dieser Eklat war mir zu viel. Wie hätte ich mich Peter gegenüber verhalten sollen? Der einzig denkbare Ausweg war, mich herauszunehmen, indem ich in den Krankenstand flüchtete.«

»Aber auf mich wolltest du um alles in der Welt weiterhin aufpassen?«

»Ja, Prinzessin. Ich beabsichtige, meine Pension zu genießen, und dabei hätte mich deine Leiche gestört. Du hättest mich als Gespenst heimgesucht und ein Leben lang genervt.«

»Sehr witzig. Dem Peter bist du in die Klinik nachgefahren, wo euch die Polizei erwischt hat?«

»Dir durfte ich nicht mehr folgen. Also habe ich mir gedacht, ich passe auf Peter auf, damit er keinen zusätzlichen Mist baut.«

Er blieb stehen und umarmte sie nochmals. »Halt die Ohren steif. Ich hoffe, wir halten Kontakt. Ich glaube, du wirst erwartet.« Er deutete hinter ihren Rücken. »Alles Gute und viel Erfolg! Zeig es ihnen! Ich setze darauf, dass du in wenigen Jahren die CEO der Firma bist.«

Ana sah ihm lächelnd nach. Beschwingt schritt er durchs Tor hinaus. Der lebensfrohe Leo war zurück.

Auf dem Vorplatz warteten Regina und Bert. Ihre Schwester hatte sich wie eine Mutter um sie gekümmert und ihr jeden Wunsch von den Augen abgelesen. Überraschend viel Zeit hatte Bert im Haus verbracht. Fast jeden Tag war er nach der Arbeit zu ihnen gekommen und hatte mehrmals bei ihnen übernachtet. Seine Lebendigkeit und seine dummen Späße hatten Ana geholfen, die Ereignisse zu verarbeiten.

Allerdings lag die Vermutung nahe, dass Bert nicht ihretwegen ständig auftauchte. Ihre hübsche Schwester hatte es ihm offensichtlich angetan. Wie stark das auf Gegenseitigkeit beruhte und wie sich das auf den Cowboy in Kanada auswirkte, darüber schwieg sich Regina bisher aus.

»Komm!« Ihre Schwester schloss sie in die Arme. »Wir bringen dich auf andere Gedanken.«

Eine Stunde später blickten sie von der Terrasse des Donauturms in die Tiefe. Die Aussicht war grandios.

»Das war eine Superidee von euch, da wollte ich längst herauf.«

»Das hast du erzählt, Schwesterherz, ich lausche aufmerksam.« Regina zwinkerte ihr zu.

»Schau mal, dort unten ist der Grillplatz. Da hat die Geschichte angefangen.«

»Deshalb sind wir aber nicht heraufgefahren. Ich will kein Wort mehr über diesen Irren hören. Wie sich der mit dem Messer angeschlichen hat, habe ich geglaubt, meine letzte Stunde hat geschlagen.«

»Das werde ich mir nie verzeihen. Ich könnte mich ohrfeigen, dass ich dich in das Schlamassel hineingezogen habe.«

»Nonsens. Hast du vergessen, dass ich deine große Schwester bin? Du weißt doch, dass ich für dich da bin.«

»Für eine Landpomeranze aus Kanada hast du dich wacker geschlagen.«

»Die Nummer mit unserer Geheimsprache war ein Hit, der Kommissar Müller war schwer beeindruckt.«

Ana entwischte ein Lächeln. Ihr war eingefallen, wie Heinz Müller mit einem riesigen Strauß Rosen und einem verlegenen Grinsen im Spitalzimmer aufgetaucht war. Er hatte beteuert, als Privatperson und nicht als Polizist auf Besuch zu kommen. Sie hatten sich ausgiebig unterhalten und einen kurzweiligen Nachmittag verbracht. Diesmal wollten sie in Verbindung bleiben – auch ohne Mordfall.

DANKSAGUNG

In einem dankbaren Herzen herrscht ewiger Sommer (Celia Layton Thaxter).

Niemand schöpft allein aus sich selbst heraus. Gelesenes, Gehörtes und Gesehenes fließt in jedes Werk mit ein. Anregung ist überall im Beruf, im Familienalltag, im Freundeskreis, ja sogar beim Einkaufen und im Kaffeehaus.

Jetzt ist ein guter Zeitpunkt, dass meine Dankbarkeit Worte findet: Aus vollem Herzen danke ich meiner Familie, meinen Freunden und allen, die mich mit aufmunternden Worten und Tipps unterstützen. Herzlichen Dank auch an die Profis von Lektorat, Korrektorat, Buchsatz und Cover. Danke … Für Eure Hilfe. Für Eure Zeit. Und dass Ihr mir jederzeit ein Lächeln auf das Gesicht zaubert.

Tausend Dank an meine LeserInnen – dafür, dass Sie noch immer lesen – obwohl der Roman bereits zu Ende ist. Ich nehme das als Wertschätzung meiner Schreiberei und als Inspiration zu neuen Werken.

Hat Ihnen mein Buch gefallen? Ich würde mich sehr über eine Bewertung oder kurze Rezension bei Amazon oder Ihrem Händler freuen.

DANKE, und ich hoffe, dass Sie auch in Zukunft meine Romane lesen werden.

Sie erreichen mich unter:

https://www.mariaheinrich.com

https://www.facebook.com/
MariaHeinrichThrillerAutorin/

https://www.instagram.com/
thriller_autorin_mariaheinrich/

https://www.linkedin.com/in/
maria-heinrich-autorin/

DIE THRILLER-REIHE KEIN NORMALER ARBEITSTAG:

TÖDLICHER EHRGEIZ (BAND 1)

»Am Ende zählen Freundschaft und Ehrlichkeit mehr als Karriere.«

»Wieso sagst du das? Freundschaft und Karriere schließen sich doch nicht aus!«

Gestern war ihre Welt noch in Ordnung. Die Wiener Informatikerin Ana Rubin arbeitet hart für ihre Karriere in einem internationalen Unternehmen und der nächste Erfolg ist zum Greifen nahe.

Da verschwindet ein Mitglied ihres Teams spurlos und die Polizei nimmt keine ernsthaften Ermittlungen auf. Hin- und hergerissen zwischen Sorge und beruflichen Interessen, startet Ana eine gefährliche Suche.

Unterstützt von Mitarbeitern und einem befreundeten Privatdetektiv stochert sie in Geheimnissen und lässt sich von Drohungen nicht abschrecken. Bis eine Leiche im Wiener Prater gefunden wird. Der letzte Anruf des Opfers galt Ana. Bald steht nicht nur Anas Karriere, sondern auch ihr Leben auf dem Spiel.

Wer verfolgt einen teuflischen Plan? Welchen Preis muss Ana für ihr Engagement zahlen?

**Ein packender Roman mit Wiener Flair
über beängstigende Ereignisse im Leben einer starken Frau.
Einblicke in berufliche Höhen und Tiefen sowie
Firmenintrigen sind inbegriffen.**

Printed in Poland
by Amazon Fulfillment
Poland Sp. z o.o., Wrocław

33627890R00210